EDWARDS KEUZE

ANDER WERK VAN MARIJKE VOS BIJ HARPERCOLLINS HOLLAND

Ik pleit voor jou!
De matchmaker (e-book)
Wedden dat ik blijf
Eens in je leven

OOK VERSCHENEN IN DE SERIE *RIDGEWOOD HALL*

Daniels belofte
James' geheim

RIDGEWOOD HALL 1

MARIJKE VOS

EDWARDS KEUZE

HarperCollins

FSC www.fsc.org
MIX
Paper | Supporting responsible forestry
FSC® C021394

Voor het papieren boek is papier gebruikt dat onafhankelijk is gecertificeerd door FSC®
om verantwoord bosbeheer te waarborgen.
Kijk voor meer informatie op www.harpercollins.co.uk/green.

HarperCollins is een imprint van Uitgeverij HarperCollins Holland, Amsterdam.

Omslagontwerp: bij Barbara
Omslagbeeld: © Imageselect (huis); © Shutterstock (overige)
Foto auteur: © Martien Mourits Fotografie
Zetwerk: Mat-Zet B.V., Huizen
Druk: ScandBook UAB, Lithuania, met gebruik van 100% groene stroom

ISBN 978 94 027 1246 9
ISBN 978 94 027 6821 3 (e-book)
NUR 301
Eerste druk juni 2023

HarperCollins Holland is een divisie van Harlequin Enterprises ULC.

www.harpercollins.nl

'Innsidh na geòidh
as t-fhoghar e.'

Alles zal te zijner tijd worden onthuld.

– SCHOTS-GALLISCH SPREEKWOORD

Proloog

1904

Gillian wrong nerveus haar handen en streek voor de ontelbaarste keer de plooien in haar rok glad. Hoe dichter ze bij het station van haar bestemming aan kwam, hoe meer haar maag kantelde.

Wat als ze het niet kon?

Wat als ze te veel fouten maakte?

Ze was nog nooit op zo'n groot landhuis als Ridgewood Hall geweest. Sterker nog, ze was tot voor kort zelfs nog nooit voorbij de stadsgrens van Edinburgh geweest. Haar leven had zich tot op heden in de hobbelige straten van haar geboortestad afgespeeld. Samen met haar ouders, haar broers en haar zussen leidde ze een simpel, maar fijn leven. Tot vandaag. Ze staarde onrustig naar het voorbijglijdende heuvellandschap terwijl de trein voort stoomde. Ze wist nog altijd niet precies wat er straks van haar verwacht werd en hoewel ze van mevrouw Porter had geleerd welke etiquette er gold in een huishouden als dat van Ridgewood Hall, was ze als de dood dat ze het binnen een week zou verpesten. Of misschien kwam dat júíst door wat mevrouw Porter allemaal had gezegd.

Spreek nooit tenzij er tegen jou gesproken wordt.

Wees onzichtbaar.

Onthoud, slechts enkelen hebben het geluk zo'n betrekking als deze te krijgen.

Zorg dat je ouders trots op je kunnen zijn.

Gillian zuchtte. Het was niet eerlijk om onaardig over mevrouw Porter te denken. De oudere vrouw had hun gezin altijd geholpen waar ze kon. Ze had Gillian en haar jongere broers en zussen onderwezen en was met de jaren een goede vriendin van haar moeder geworden. En hoewel haar moeder altijd met warmte in haar stem over mevrouw Porter praatte, leek de blik van de vrouw strenger te worden wanneer ze naar Gillian keek. Gillian was ervan overtuigd dat de vrouw haar om onverklaarbare redenen helemaal niet mocht.

Ze was dan ook verrast geweest toen mevrouw Porter op bezoek kwam met de mededeling dat ze voor Gillian een betrekking op een landgoed had geregeld. Verrast én geschokt. Want al snel bleek dat het landgoed honderden kilometers van Edinburgh lag, ergens in het zuidoosten van Engeland.

Met een smekende blik op haar gezicht had Gillian beurtelings naar haar ouders gekeken. De opeengeperste lippen van haar vader en de sombere blik in de ogen van haar moeder maakten haar echter duidelijk dat ze weinig keus had. Gillian was al een tijdje op een leeftijd waarop ze uit huis zou moeten gaan: ze zou moeten trouwen met een geschikte partij, of anders op z'n minst een steentje bijdragen aan het huishouden. Natuurlijk hielp ze haar moeder waar ze kon en ze zorgde elke dag voor haar broertjes en zusjes, maar het inkomen dat deze betrekking volgens mevrouw Porter zou opleveren, was meer dan welkom voor het grote gezin dat de touwtjes aan elkaar moest knopen.

'*Dinna fash*,' zei haar moeder zachtjes. Maak je niet druk. Het was een van haar moeders geliefde Schotse uitdrukkingen. Ze had later die avond over de wang van haar dochter gestreken en gemompeld hoe trots ze op haar was. En dat ze zeker wist dat ze het fantastisch zou doen. Het zou een avontuur zijn.

En dus reed Gillian nu haar nieuwe thuis, het avontuur, tegemoet. Ze wist niet veel van Ridgewood Hall. Mevrouw Porter had verteld dat het landhuis met de bijbehorende landerijen van een graaf was. Haar oude vriendin mevrouw Cole stond er aan het hoofd van de huishouding – dat was ook de reden dat mevrouw Porter dit had kunnen regelen. Gillian had ook een waarschuwing meegekregen, die maakte dat ze het liefst bij het eerstvolgende station wilde uitstappen en desnoods te voet terug zou keren naar huis. De graaf van Ridgewood scheen namelijk geen prettige man te zijn. Maar hij was erg rijk en bovendien machtig, hij had zelfs een zetel in het Hogerhuis in Londen, waar de belangrijkste beslissingen over het land genomen werden. Mevrouw Cole sprak in haar brieven daarentegen wel altijd warm over de drie zoons van de graaf, zo had mevrouw Porter haar verteld. De moeder van de jongens was al vroeg gestorven en haar jeugdvriendin had geprobeerd er zoveel mogelijk als een moederfiguur voor de jongens te zijn, zo goed en zo kwaad als het kon in haar positie. Alleen de oudste zoon woonde nog op het landgoed, de andere twee hadden blijkbaar in Cambridge en Londen een leven opgebouwd. Ook over de zoons van de graaf wist Gillian niet veel, behalve dat mevrouw Cole hun voorkomende karakter en knappe uiterlijk regelmatig met moederlijke trots had beschreven. Ze zou zich alleen zorgen moeten maken over de middelste zoon, die regelmatig grenzen opzocht en al meerdere malen op de rand van een schandaal had gebalanceerd. Een beruchte rokkenjager.

Niet dat Gillian daar iets van mee zou krijgen. Mevrouw Porter had haar meerdere malen op het hart gedrukt dat ze in haar rol als dienstmeid onzichtbaar zou zijn. Ze zou zich door de verscholen gangen van het landhuis bewegen, ongezien haar werk doen en zich daarna op haar kamer of in de keuken terugtrekken.

Gillian zuchtte en tuurde uit het raam. Mevrouw Cole klonk gelukkig vriendelijk en ze had mevrouw Porter beloofd om haar leerling warm te ontvangen en alles te leren wat ze wist. Gillian nam zich voor om er het beste van te maken. Ze hoopte dat ze na de feestdagen in ieder geval een paar dagen naar huis zou kunnen. Niet eerder was ze zo lang van haar ouders, broers en zusjes gescheiden geweest en ze miste hen nu al zo erg dat haar hart ineenkromp als ze aan de komende maanden dacht. Met een beetje geluk zag ze de graaf en zijn zoons niet vaak en vlogen de komende maanden voorbij.

Na een lange rit begon de stoomtrein eindelijk vaart te minderen, terwijl Gillians hartslag juist versnelde. Over enkele minuten zouden ze het station vlak bij Ridgewood Hall binnenrijden. Mevrouw Porter had geregeld dat Gillian opgehaald zou worden door een livreiknecht en bij het landhuis zou ze door de huishoudster zelf ontvangen worden.

Op het moment dat de trein zuchtend en puffend tot stilstand kwam op het perron, verzamelde Gillian haar weinige bezittingen, rechtte haar rug en liep met opgeheven hoofd de wagon uit.

De wind blies over het perron en haar rode haren wapperden in haar gezicht toen ze uit de trein stapte. Ze snoof de frisse lucht op en sloot even haar ogen. Toen slaakte ze een diepe zucht en zette koers naar de uitgang van het station, waar een blonde jongen met een rijtuig op haar wachtte.

Ze was klaar voor dit nieuwe avontuur.

Deel 1

HEDEN

1.

'Floor?'

Ze sloot haar ogen toen ze zijn stem hoorde. *Ook dat nog.* Haar schouders gingen omhoog en haar spieren zetten zich vast, alsof ze zich op die manier tegen hem kon wapenen. Ze had niet gedacht dat ze zich vandaag nóg verdrietiger kon voelen, dat er nóg meer tranen zouden zijn. Serieus, zat daar niet ergens een limiet aan? Maar zijn aanwezigheid wakkerde het onrustige gevoel van de afgelopen maanden alleen maar aan.

Hij schraapte zijn keel. 'Floor, lieverd…'

Bij dat laatste woordje kromp ze ineen. Hij had zijn recht op dat woord verspeeld op het moment dat hij ervoor koos bij háár te willen zijn.

Flora opende haar ogen, staarde een kort moment naar het kabbelende water van de Amstel en deed een vluchtig schietgebedje voor wat extra moed. Toen draaide ze zich naar hem om.

Stan stond halverwege de houten aanlegsteiger bij haar ouderlijk huis. Tot net had ze hier in alle rust gezeten, alleen met haar eigen gedachten en haar verdriet. Ze liet haar ogen onwillekeurig over zijn lichaam glijden. Helaas, ze kon het niet ontkennen: hij zag er zoals altijd aantrekkelijk uit in zijn zwarte maatpak. Haar maag kromp ineen. Had zíj het voor hem gestreken? Had zíj hem wellustig aangekeken voordat hij was vertrokken? Had ze gezegd dat hij er knap uitzag en dat ze niet kon wachten tot hij weer thuis zou komen? Zou hij zijn armen om haar heen slaan en zijn lippen in haar nek drukken?

Niet doen, niet aan denken.

'Flora, ik wilde nog even zeggen dat... dat het me spijt.' Stan keek haar niet aan, maar hij liet zijn blik over het water glijden.

Flora snoof zachtjes. Over welk deel van deze ellende had hij precies spijt? Over het feit dat haar moeder was overleden? Of over het feit dat ze niemand meer had omdat hij haar in de steek had gelaten op het moment dat ze hem het meest nodig had?

Het maakte niet uit. Hij had zijn keuze gemaakt. Flora knikte bij wijze van dank en keerde hem haar rug weer toe in de hoop dat hij de hint begreep. Met haar ogen gericht op het rimpelende wateroppervlak streek ze met haar teen door het verkoelende water. Normaal gesproken kalmeerde deze plek haar. De rust, de rivier en de futen die voorbij zwommen, op zoek naar lekkernijen die met het blote oog niet zichtbaar waren. Als tiener had ze hier ontelbare keren gezeten, op het uiterste puntje van deze aanlegsteiger, mijmerend over vriendjes en dromend over haar toekomst. Hier had ze eeuwige pacten gesloten met vriendinnen die ze nu nooit meer zag en haar woede laten uitrazen na de zoveelste puberale ruzie met haar vader of moeder om niets. Deze plek was altijd haar stille bondgenoot geweest in haar tienerjaren, tot de dag dat ze het huis uit was gegaan.

Op het moment dat er een steek door haar borst schoot, verliet een traan haar ooghoek. Het leek alsof er een strakke band rond haar borst werd getrokken. Ze zou nooit meer ruziemaken om niks met haar moeder. Ze zou nooit meer geïrriteerd met haar ogen rollen of zuchten als het zoveelste appje binnenkwam zonder interpunctie of met een overvloed aan vraagtekens.

Stan schraapte zijn keel. Haar schouders verstrakten opnieuw. Verdorie, hij stond er nog steeds. Ze wilde niet met hem praten. Niet vandaag.

De steiger kraakte toen hij zich verplaatste. Flora sloot haar ogen en hoopte met alles wat ze in zich had dat hij zou begrijpen dat ze hem niet wilde zien, dat hij weg moest gaan. Dat hij haar alleen moest laten met haar verdriet.

'Flora?'

Hij was dichterbij gekomen en knielde nu naast haar neer. Een warme hand landde op haar schouder. Hoewel die hand ontelbare keren over haar huid had gestreken, voelde hij nu vreemd aan. Zijn vingers waren koud en de gedachte dat die vingers een paar uur geleden nog door háár haren hadden gewoeld, maakte dat ze zijn hand het liefst van haar schouder af wilde schudden.

'Het spijt me voor je. Je moeder was een fijne vrouw met een groot hart.'

Hij bazelde maar wat. In de drie jaar dat ze samen waren geweest, was Stan maar een paar keer met haar meegegaan naar haar moeder, op de verplichte verjaardagen en feestdagen. Hij had het verder altijd te druk gehad met zijn werk, moest op zakenreis of had liever afgesproken met vrienden.

'Ga jij maar lekker naar je moeder, jullie hebben mij toch helemaal niet nodig.' Ze hoorde het hem nog zeggen. En hij had gelijk gehad: ze hád hem ook niet nodig.

Ze was honderd keer beter af zonder hem.

Echt.

Maar waarom voelde ze zich dan zo verloren zonder hem?

Ergens diep in haar binnenste smeekte een stemmetje om zich om te draaien, om haar handen in zijn nek te laten glijden en haar hoofd tegen zijn borst te leggen. Om nog één keer zijn vertrouwde geur op te snuiven, om zijn troostende armen om zich heen te voelen alsof die immense, onoverbrugbare kloof tussen hen er niet was. Hij zou zeggen dat hij er voor haar was en dat hij weer die prins op het witte paard zou zijn over wie ze vroeger, precies op deze plek, talloze keren gedroomd had.

Zijn hand verdween weer. 'Ik moet ervandoor, maar –'

Haar hart veerde tegen beter weten in op. Het was dat eenzame deeltje dat ondanks alles toch nog een sprankje hoop koesterde. Ze wist heus wel dat het voorbij was en bovendien zou ze hem nooit meer kunnen vertrouwen. Het was als een stukje heimwee, een verlangen om terug te gaan naar hoe het was. Ze wilde zich weer geliefd voelen, ook al wist ze dat Stan niet langer een rol speelde in haar leven. Hij was onverwacht in de coulissen verdwenen, als een abrupte plotwending van het universum.

'Ik snap dat dit niet het goede moment is, maar…' Stan kwam met een zucht omhoog. 'Er liggen nog wat spullen van mij bij jou die ik graag terug wil.'

Het duurde even voordat zijn woorden tot haar doordrongen. Langzaam keek Flora naar hem op. Ze liet haar blik over zijn vertrouwde gezicht glijden: die lichte ogen, het blonde haar dat bij de slapen al iets begon te grijzen en de steeds dieper wordende lijnen rond zijn mond. En opeens keek ze naar een vreemde. Een vreemde die haar iets onmogelijk onbeduidends vroeg op een van de verdrietigste dagen van haar leven.

'Serieus, Stan?' Tot haar grote irritatie kwamen de woorden er fluisterend uit. Het paste totaal niet bij de woede die in haar begon op te borrelen. Van alle dagen dat hij haar had kunnen bellen, van alle momenten waarop ze had gehoopt dat hij contact zou opnemen, dat hij het zou uitleggen en haar een verklaring zou geven, koos hij uitgerekend de dag van de begrafenis van haar moeder om te vragen naar wat nietszeggende spullen die nog bij haar thuis stonden.

'Ik snap dat –' begon hij.

'Nee, je snapt het duidelijk niet,' onderbrak Flora hem. 'Echt, je kunt beter vertrekken, Stan. Bedankt voor je komst,' voegde ze er vlak aan toe.

Stan had het fatsoen om beschaamd zijn hoofd te buigen. 'Oké,' mompelde hij, waarna hij met zijn blik de hare kort vasthield. Het was een blik vol medelijden en op dat moment haatte ze hem daarom. 'Ik bel je binnenkort,' zei hij toen vlug. 'Het was… Het was een mooie dienst. En nogmaals, het spijt me.'

Dat was dat. Het speet hem dat haar moeder er niet meer was. Het speet hem dat hij hier onder deze omstandigheden was en het speet hem misschien dat hij zijn vraag op een ongelukkig moment had gesteld. Maar het speet hem niet dat hij haar had bedrogen met zijn collega en haar in de steek had gelaten.

Flora kon niets anders dan nogmaals knikken en draaide zich toen opnieuw om, deze keer om te voorkomen dat hij de tranen zag die zich achter haar gesloten oogleden verzamelden.

Het bleef een kort moment stil.

De wind ging liggen, vogels zwegen.

Het was alsof zelfs de natuur haar adem inhield en afwachtte.

Toen ze zijn voetstappen hoorde verdwijnen, brak ze. Ze blies haar adem uit en daarmee stroomden de tranen over haar wangen. Haar handen drukten op haar borst, alsof ze de fysieke pijn zo kon onderdrukken. Ze voelde zich zo leeg. Net zo leeg als het huis aan de andere kant van het grasveld achter haar. Als ze zich zou omdraaien, zou ze zien hoe het leven steeds meer uit haar ouderlijk huis verdween, hoe de ziel van het huis wegsijpelde met elk uur dat haar moeder er niet meer was, met elke in het zwart gehulde bezoeker die vertrok. Ze greep met haar vingers in de stugge stof van haar zwarte kokerrok en schopte vervolgens woest met haar voet door het water. Spetters vlogen omhoog en het water liet dikke druppels achter op het hout van de steiger en op haar blote benen. Ze richtte haar aandacht op de langzaam verdampende druppels in de hoop haar tranen te stoppen, maar het had geen zin. Een snik vond zijn weg naar buiten en haar neus begon nu ook te lopen. Ze huilde niet alleen om het gemis van haar moeder. Ze huilde om alles. Om hoe haar leven er nu voor stond: ze was een workaholic zonder relatie, zonder familie en met een handjevol vriendinnen die vandaag niet eens de moeite hadden genomen om te komen. Alle tranen die ze de afgelopen maanden dapper had teruggedrongen, vochten nu hun weg naar buiten. Ze huilde omdat ze alleen was en opzag tegen wat haar de komende tijd te wachten stond. Ze had geen broers of zussen om haar verdriet mee te delen, om avondenlang herinneringen mee op te halen of om ondanks alles te lachen om anekdotes. Er waren geen ooms of tantes om haar te steunen en te helpen bij de stappen die gezet zouden moeten worden. En toen ze eerder vanmiddag haar ogen over de gasten had laten glijden, had ze beseft dat er, buiten Stan, die er uit een vreemd soort plichtsgevoel was, niemand écht voor haar was gekomen. Geen collega's die zich geroepen voelden om haar te steunen – ze werden allemaal opgeslokt door hun overvolle agenda's – en geen vriendinnen die bemoedigd naar haar hadden geglimlacht – ze hadden geen oppas, of simpelweg te weinig interesse om zich in haar verdriet te mengen. Ze hadden genoeg aan zichzelf en hun eigen leven, zoals dat tegenwoordig ging.

En nu Flora hier zo zat en opnieuw met haar voet het wateroppervlak brak in een wanhopige poging iets in beweging te zetten, voelde ze zich alleen op de wereld.

Haar moeder, die er altijd voor haar was geweest, zelfs ondanks haar eigen verdriet na het plotselinge overlijden van haar man, was er niet meer. Ze had haar enige dochter achtergelaten met een kast van een huis en een leeg hart.

'Flora?' Een zachte stem klonk achter haar.

Flora had geen idee hoelang ze daar al zat. Ze veegde de tranen van haar wangen, haalde diep adem en draaide zich om. Mieke, de jonge uitvaartonderneemster, stond halverwege de steiger. Ze had haar handen bescheiden in elkaar gevouwen en was een toonbeeld van kalmte, zoals haar functie dat van haar vereiste. 'Ik wilde je liever niet storen, maar we zijn inmiddels helemaal klaar. De laatste gasten zijn weg en alles is opgeruimd.'

Flora kwam snel overeind. Het hout van de steiger was koel onder haar blote voeten toen ze naar de vrouw toe liep. De medewerkers van de uitvaartonderneming waren heel behulpzaam geweest, ze hadden alles tot in de puntjes geregeld en Flora geholpen bij het vormgeven van het afscheid.

Flora wierp een blik op het huis. De tuin, waar vanmiddag rijen met houten stoeltjes hadden gestaan, was leeg. Er stonden twee medewerkers op de veranda te praten, maar verder leek het alsof er niets was gebeurd. Alsof haar moeder elk moment met haar schort voor naar buiten kon komen om haar geliefde rozen te verzorgen.

'Kunnen we nog iets voor je doen?'

Flora schudde haar hoofd. 'Nee, dank je wel. Voor alles,' voegde ze er snel aan toe.

'Vanzelfsprekend,' glimlachte de jonge vrouw. 'Dan pakken we de laatste spullen in en laten we je alleen.'

Met elke stap dichter naar het huis toe voelde Flora haar keel verder dichtknijpen. Over een paar minuten zou iedereen weg zijn en was ze alleen in het huis waar haar ouders zoveel jaren met liefde hadden gewoond. Het huis waar ze als tiener had gevloekt, had gelachen, stiekem had gedronken en haar eerste vriendje mee naar boven had gesmokkeld. En waar haar moeder de laatste jaren haar best had gedaan om het te blijven vullen met die warmte, ondanks het feit dat haar vader er niet meer was geweest.

'Is er misschien iemand die je kunt bellen?' vroeg de jonge vrouw plotseling.

Flora schrok op uit haar gedachten en keek vragend opzij.

'Zodat je niet alleen hoeft te zijn, bedoel ik,' verduidelijkte ze.

'O. Nee, dank je,' prevelde Flora en ze keek naar de gevel van het grote herenhuis. 'Er is niemand.'

De jonge vrouw leek even te twijfelen, maar knikte toen en gebaarde naar haar collega's. 'Dan laten we je alleen. Veel sterkte.' Ze schudde Flora's hand en kneep er even in.

'Dank je wel,' herhaalde Flora. Ze keek toe hoe de laatste spullen in de auto werden gezet, waarna ze wegreden.

Het grind knisperde onder het gewicht van het busje toen het uit het zicht verdween door het smeedijzeren hek.

Op een zwak briesje na, dat de bladeren van de grote eik naast het huis deed ritselen, was het nu muisstil. Flora draaide zich om en keek naar het huis dat ooit haar toevluchtsoord was geweest.

Nu zag ze alleen maar een verzameling bakstenen.

2.

'Gecondoleerd met uw verlies.' De man tegenover Flora keek haar over de rand van zijn leesbril heen met een somber gezicht aan. Al vanaf het moment dat ze in de sobere wachtruimte had gezeten totdat ze naar binnen werd geroepen, had een onrustig gevoel zijn klauwen in haar keel gezet en het kneep hem steeds verder dicht.

Hij had haar zwijgend binnengelaten, waarbij hij op de stoel tegenover zijn bureau had gewezen. Daarna was hij zelf gaan zitten. Voor hem lag een map waar hij met een gewichtig gebaar beide handen op had gelegd. De man was fors en op leeftijd. Het haar op zijn hoofd was opvallend dun. Hij had daarentegen wel borstelige wenkbrauwen en droeg een kleine leesbril met een dik, zwart montuur die op de punt van zijn grote neus balanceerde.

De inrichting van zijn kantoor bestond uit niet meer dan een boekenkast met een indrukwekkende hoeveelheid antiek ogende wetboeken, een groot bureau waarop netjes geordende stapeltjes papier lagen en een klein zitje aan de zijkant. Een nietszeggend schilderij van een landschap hing aan de wand, en daartegenover prijkte een groot raam van plafond tot muffig vloerkleed, dat uitkeek over de stad. Een groene plant deed een armzalige poging nog enige sfeer te brengen, maar ook die had zijn takken inmiddels jammerlijk laten hangen om zich aan te passen aan de stemming.

De man schraapte zijn keel en wees met een grote hand op de map. 'Uw moeder heeft enige jaren geleden, na het overlijden van uw vader, een testament op laten stellen door ons kantoor. Het is mijn taak om u, helaas zo kort na de dood van uw moeder, hierover te informeren en u indien nodig te ondersteunen bij het uitvoeren van haar laatste wens.' Hij keek haar even aan en wachtte op een reactie.

Flora slikte moeizaam. Ze kreeg bijna geen lucht, maar knikte kort, ten teken dat hij door moest gaan.

De man aarzelde een moment. 'Misschien kan ik u een glaasje water aanbieden?' Hij maakte aanstalten om op te staan, maar Flora schudde haar hoofd.

'Nee, dank u,' wist ze uit te brengen. Kon ze niet gewoon een uur doorspoelen?

'U ziet nogal bleekjes. Weet u zeker dat u...'

'Ja, gaat u alsjeblieft door.' Flora perste dapper een glimlach op haar gezicht. 'Alstublieft, ik wil dit graag achter de rug hebben.'

'Uiteraard, zoals u wenst.' De man knikte en opende de map. Zijn ogen schoten een kort moment over de tekst, toen knikte hij opnieuw en richtte zijn blik weer op Flora. 'Goed, uw moeder heeft u in haar testament als enige erfgenaam benoemd. Dat betekent dat al haar bezittingen, het vermogen en het vastgoed automatisch naar u zullen gaan, mits u het aanvaardt uiteraard. Er bestaat een mogelijkheid om de erfenis te weigeren, in het geval er schulden zijn bijvoorbeeld, maar daar is geen sprake van, tenzij u wilt dat ik u alsnog de verschillende mogelijkheden van afstand doen van de erfenis uitleg?' Hij pauzeerde kort om haar aan te kijken, maar toen Flora snel haar hoofd schudde, ging hij verder. 'Daarnaast heeft ze nog wat andere wensen opgeschreven. Ik neem het geheel graag met u door, zodat alles duidelijk is en er geen vragen zijn.' Weer een afwachtende blik. Flora verstrengelde haar vingers in elkaar en knikte opnieuw. 'Goed. Het huis aan de Amsteldijk Noord zal inclusief alle bezittingen...' De man praatte door, over kadasters, afgeloste hypotheken, erfbelasting en vermogens, en terwijl de woorden bleven komen, keek Flora naar de letters op het document voor hem. Ergens op dat document stond de handtekening van haar moeder. Zij had ook hier, in deze kamer, gezeten. Ze had nagedacht over wat er moest gebeuren wanneer ze zou komen te overlijden. Had ze hier ook gezeten toen pap was overleden?

'Zijn er tot dusver vragen?'

Flora schrok op en keek de notaris schuldbewust aan. Tot haar opluchting glimlachte de man voor de eerste keer sinds ze hier zat. Zijn gezicht brak open en zijn uitstraling kreeg iets vaderlijks. De kamer werd direct een paar graden warmer. Hij nam haar even onderzoekend in zich op en zuchtte terwijl hij de map dichtsloeg. 'Luister, ik snap dat het veel is, zeker zo kort na de begrafenis. Uw ouders waren al jaren bekend bij ons kantoor. Het waren liefdevolle, vriendelijke mensen. Ik kan me voorstellen dat uw hoofd er nu niet naar staat om dit allemaal te horen en te verwerken en om beslissingen te nemen. De nalatenschap van uw moeder is gelukkig niet erg ingewikkeld. Kort gezegd zullen het huis met al zijn bezittingen en het vermogen van uw moeder, waaronder de geregistreerde aandelen, op uw naam komen te staan, mits u de erfenis dus aanvaardt. Er zijn verder geen schulden of andere tegenslagen, uw moeder had alles netjes op orde, meer dan dat zelfs, dus ik zou u aanraden om de erfenis te aanvaarden.'

'Oké, ik denk... Ik aanvaard de erfenis,' antwoordde Flora toen maar, omdat ze geen idee had wat ze nu precies moest zeggen.

'Goed.' Hij pakte opnieuw de map op, bladerde een paar pagina's door en schraapte zijn keel. 'Uw moeder had daarnaast ook de wens om een trustfonds op te zetten op uw naam voor haar eventuele toekomstige kleinkinderen.'

De lucht verliet met een zucht haar longen. Kinderen. Haar moeder had dolgraag kleinkinderen gewild. Ze had vaak gezegd dat ze niet kon wachten tot het grote huis aan de Amstel weer gevuld zou worden met kinderstemmen, tot er weer rennende voetstappen door de gangen zouden klinken en het grasveld weer een openluchtbalzaal zou worden in de zomer, zoals vroeger wanneer Flora vriendinnetjes te spelen had. Flora sloot haar ogen om de opkomende tranen terug te dringen. Haar moeder zou haar kleinkinderen nooit ontmoeten en zien opgroeien. Flora zou nooit haar angsten, haar zorgen en haar liefde voor haar eigen kinderen kunnen delen met haar moeder. Haar maag kromp ineen. Ze had altijd gedroomd van een groot gezin. Ze had de laatste jaren al meerdere malen met de pilstrip in haar hand gestaan, twijfelend of ze ermee zou stoppen en wat Stan daarvan zou vinden. Nu was ze blij dat ze niet had doorgezet: ze zou geen enkel kind door een scheiding willen laten gaan, ze had op haar werk als kindertherapeut gezien hoe dat was. Maar nu ze weer alleen was, was een toekomst met kinderen verder weg dan ooit.

'Gaat het, mevrouw De Keizer?'

Flora keek in de ogen van de oudere man en zag vluchtig de weerkaatsing van haar verdriet voordat de man even knipperde en zich herstelde. Ze slikte haar tranen weg. 'Ja. Sorry, gaat u verder.'

Hij knikte. 'Het is aan u of u deze zaken zelf wilt afhandelen of dat wij dit namens uw moeder verder zullen uitvoeren. Wilt u daarover nadenken of –'

'Doet u het maar,' onderbrak Flora hem. Het laatste wat ze nu wilde, was zich bezighouden met papierwerk, laat staan papierwerk dat ging over haar toekomstige kinderen waarvan ze op dit moment niet eens wist of die er ooit nog zouden komen.

'Zoals u wilt,' knikte hij en hij sloot de map. Tot haar verbazing reikte hij naar een lade van zijn bureau en haalde er een dikke envelop uit. Hij opende hem en trok er een boek uit dat hij voor haar op het bureau legde. 'Tot slot wilde uw moeder dat u dit boek zou ontvangen.' Niet begrijpend keek Flora van het boek – een ogenschijnlijke gewone roman – naar de notaris. 'Een paar weken geleden is het hier bezorgd met een korte instructie erbij,' ging hij verder, 'om het aan u te geven na het overlijden van mevrouw De Keizer.'

Flora's blik gleed nieuwsgierig naar het boek. Het had een paarse omslag, ze kon zich niet herinneren dat ze het eerder in haar moeders huis had gezien. Ze las de titel. *An Iron Will* van C.M. Andrews. Ze trok haar wenkbrauwen op. Het zei haar niets. Ze keek op. 'Wat stond er verder in die brief?'

De notaris schudde zijn hoofd. 'Helaas was dat het. Alleen dat u het moet krijgen. Ik neem aan dat het boek belangrijk was voor uw moeder.'

Flora pakte de roman op en keek ernaar. Ze had geen idee waarom haar moeder dit boek op deze wijze aan haar wilde geven. Ze bladerde er vluchtig doorheen, maar er was niets opvallends aan.

'Misschien wilde ze dat u het zou lezen?' suggereerde de notaris.

Flora knikte halfslachtig en stopte het boek met een verward gevoel in haar tas. Ze zou er later nog eens naar kijken.

De man tegenover haar legde zijn handen ineengevouwen voor zich neer en keek haar een korte tijd zwijgend aan. De afspraak was bijna ten einde, besefte ze. Langzaam gleed er wat kalmte door haar lijf. 'Is er verder nog iets wat ik moet doen? Met het huis of...'

'Het huis zal via ons kantoor op uw naam gezet worden. Mijn assistent komt zo met enkele documenten ter ondertekening, en verder zullen wij alles voor u regelen. Met uw gegevens en uw goedkeuring kunnen we alles in orde maken. Het is vervolgens aan u om te bepalen wat u met het huis wilt doen...'

Flora knikte. Daar had ze natuurlijk al eerder over nagedacht, maar ze was er nog niet uit. Het grote huis was een echt familiehuis, waar een gezin hoorde te wonen. Het hoorde gevuld te zijn met vrolijke kinderstemmen, met gelach en knusse etentjes. En op dit moment stond haar leven aan de andere kant van de weegschaal. Ze had tijd nodig om na te denken.

En daarom stond ze op, pakte haar tas en bedankte de notaris. 'Ik zal nadenken over het huis. Ik kom er bij u op terug.'

'Uiteraard, neem uw tijd.' Hij stond ook op. 'En dit is gewoon een extra advies: als u het huis zou willen verkopen, is er geen gunstigere tijd dan nu.'

Flora knikte afwezig, schudde de hand van de man en liep het kantoor uit. Toen ze eenmaal buiten op de stoep stond, met de voorbijrazende auto's voor haar en het grijze gebouw achter haar, kon ze eindelijk weer volledig ademhalen.

'Komt het uit?' Jantine klonk aarzelend aan de andere kant van de lijn. Eerlijk gezegd verbaasde het Flora ook een beetje dat ze belde, haar vriendin was namelijk een van de grote afwezigen geweest op de begrafenis. Misschien begreep Flora het wel; sommige mensen vonden het nu eenmaal lastig om naar begrafenissen te gaan en als íémand van haar vriendinnen een emotioneel type was, dan was het Jantine wel. Tegen het dramatische aan zelfs. Toch had het pijn gedaan dat ook Jantine had geappt – geáppt notabene – dat ze het niet ging redden.

Flora had gefronst toen Jantines naam op het scherm verscheen, maar ze had al opgenomen voordat ze er goed en wel over na had kunnen denken.

'Ja, het komt uit.' Ze keek om zich heen. Ze liep door een park dat ze niet kende, ergens in de stad. Zolang ze bleef lopen, bleven haar tranen uit. En dus liep ze door.

Er klonk wat gerommel op de achtergrond. 'Het spijt me dat ik er niet was, je weet wel, op de begrafenis.' Flora zweeg, zeggen dat het niet uitmaakte of dat ze het begreep, kon ze op dit moment niet. En dus wachtte ze tot haar vriendin verderging. 'Ik hoop dat het een mooie dienst was. Ik had er graag bij willen… Kai! Niet aan die plantenbak. Nee!' klonk het plots luid, waarna Jantine weer zachter in haar telefoon praatte. 'Sorry, ik ben alleen met de kids en… Nee, mama is nu aan de telefoon. Ga maar even op de iPad, Quincy.' Jantine zuchtte. 'Het spijt me dat ik er niet was, Floor, maar je weet hoe dat gaat. Hugo is druk met zijn werk en ik had geen oppas en dus… Nou ja, je snapt het.'

Flora beet op haar onderlip. Eerlijk gezegd snapte ze het niet. Jantine en Hugo gingen vaak genoeg met zijn tweeën op pad, *date night* noemden ze het. Negen van de tien keer stuurde Jantine van tevoren een foto van zichzelf compleet in de make-up en altijd met een nieuwe jurk aan omdat ze weer had geshopt. Bovendien hadden ze een vaste oppas, en twee oma's die stonden te trappelen en wat Flora betreft hadden Kai en Quincy zelfs gewoon mee mogen komen. De tuin was groot genoeg. Ze zakte op een bankje neer en terwijl ze luisterde naar de onophoudelijke stroom excuses afgewisseld met boze vermaningen naar de kinderen, vloeide alle energie uit haar weg.

'Sorry, Jan, ik moet ophangen,' onderbrak ze het betoog.

'O. O, ja, natuurlijk. Nou, eh... Als ik iets voor je kan doen, moet je het maar laten weten, hè. En anders doen we snel weer een wijntje, weer gewoon even ouderwets, weet je wel.'

Flora mompelde een antwoord, zei gedag en drukte het gesprek weg voordat Jantine nog meer dingen kon zeggen die als olie op het vuur waren. Op dit moment was het alsof niets meer 'weer gewoon' zou zijn. Alles was anders. Ze stopte haar telefoon in haar tas. Haar oog viel op het boek en plots schoten de tranen in haar ogen. Nee, ze wilde er nu niet aan denken. Het idee dat haar moeder dit boek onlangs nog had vastgehouden... Haar keel kneep dicht en snel sloot ze haar tas weer. Ze zou er later naar kijken. In plaats daarvan haalde ze diep adem en keek om zich heen. Het was een mooi park, met oude eiken die het slingerende pad flankeerden en een grote vijver waarin talloze eenden en twee zwanen gemoedelijk door het water gleden. Het was een warme dag en het was druk. Gezinnen liepen voorbij, stelletjes slenterden langs en groepjes jongeren hingen rond op het gras, speelden een potje voetbal of luisterden naar de muziek. En daar, te midden van al die mensen, voelde Flora zich eenzamer dan ooit.

3.

Er ging een week voorbij voordat Flora opnieuw de moed vond om naar het huis van haar moeder te gaan. In de veilige omgeving van haar eigen appartement was het haar gelukt om de wereld en alle gebeurtenissen van de afgelopen maanden een tijdje buiten te sluiten. Ze had de gordijnen dichtgetrokken en genoeg proviand ingeslagen om de deur niet uit te hoeven.

Van Stan hoorde ze niets meer. Hij had de boodschap blijkbaar begrepen.

Terwijl Flora lusteloos op een broodje knabbelde, keek ze naar de doos die ze bij de voordeur had gezet. Ze had zich inmiddels dapper voorgenomen niet te wachten tot hij haar opnieuw zou overvallen: ze zou zijn spullen zelf afgeven op een door haar gekozen moment. Het was alleen nog niet gelukt om zichzelf ertoe te zetten om Stan een bericht te sturen of om daadwerkelijk naar hem toe te gaan. Alsof dat laatste beetje van Stan haar nog een sprankje hoop of liefde kon geven. Onzin, dat wist ze best, maar het hart werkte nu eenmaal niet altijd even logisch.

Ze zuchtte. Vandaag zou ze de spullen in ieder geval niet terugbrengen. Vandaag ging ze naar haar moeders huis. Er moesten beslissingen genomen worden en als enig kind was het aan Flora om dat te doen. Hoewel ze er vroeger van droomde om later als ze groot was in dat mooie herenhuis aan het water te wonen, voelde ze zich nu juist alleen maar ellendig als ze eraan dacht dat ze in haar eentje in dat grote huis zou zitten. Zonder haar ouders voelde het leeg en zielloos.

Haar telefoon lichtte op. Het was haar collega Marian. Een kort moment twijfelde Flora of ze op zou nemen. Ze hield enorm van haar werk als kindertherapeut, het had haar zelfs op de been gehouden de afgelopen maanden, maar op dit moment kon ze zich er niet toe zetten om erover na te denken of om weer aan het werk te gaan. De gedachte alleen al maakte dat ze het benauwd kreeg. Gelukkig hadden haar collega's gezegd dat ze vooral haar tijd moest nemen. Flora snoof terwijl ze toekeek hoe Marians naam op het scherm knipperde. Het zat haar dwars dat ook haar collega's hadden geschitterd door afwezigheid op de uitvaart. Blijkbaar was het makkelijker om tijd te maken voor meer cliëntafspraken om de wachtlijst te beperken dan om tijd te maken voor een uitvaart. Haar eigen jeugdige patiënten waren tijdelijk onder haar collega's verdeeld zodat geen enkel traject stagneerde. En hoewel Flora zich afvroeg waarom Marian belde, wachtte ze tot haar telefoon automatisch doorschakelde naar de voicemail.

Toen het scherm weer zwart werd, nam Flora de laatste slok van haar inmiddels koud geworden koffie en rechtte haar schouders. Ze had het lang genoeg uitgesteld.

Het geautomatiseerde hek gleed traag open op het moment dat Flora kwam aanrijden. Het was een technisch snufje van haar vader geweest, hij was altijd dol op dat soort dingen. Haar moeder had zich na zijn overlijden absoluut geen raad geweten met alle technische systemen in het huis, zoals de via een app bedienbare verlichting en op spraak ingestelde televisie. Meerdere malen had Flora haar lach niet kunnen inhouden wanneer haar moeder weer eens klaagde dat ze een of ander apparaat niet aan de praat kreeg. 'Vroeger had je gewoon een aan-en-uitknop,' mopperde ze dan. 'Waarom moet dat tegenwoordig toch allemaal zo ingewikkeld?'

'Het idee is dat het juist makkelijker zou moeten zijn, mam,' had Flora een keer gezegd.

'Niets in het leven is makkelijker geworden sinds je vader er niet meer is,' had haar moeder toen gezucht, waarna ze allebei stil bleven.

Nu glimlachte Flora weemoedig bij de gedachte dat er nog altijd restjes van haar vaders passie in dit huis te vinden waren. Ze reed de oprit op en parkeerde voor de indrukwekkende voordeur van het herenhuis. Het was achttiende-eeuws en in de loop der jaren opgeknapt en uitgebreid. Nu was het een prachtig huis van twee etages met statige ramen, die door witte kozijnen in tientallen kleine vensters waren verdeeld. De voordeur had prachtig glas in lood en ook op andere plekken in het huis waren authentieke details terug te vinden.

Flora stapte uit en bleef staan. Ze wilde het moment dat ze naar binnen zou lopen en onvermijdelijk overspoeld zou worden door herinneringen nog even uitstellen. Haar aandacht ging naar de oude eik naast het huis. De boom was bijna net zo hoog als het huis zelf. Vroeger had er een schommel aan een van de dikke takken gehangen, haar vader had hem zelf gemaakt. Het grote grasveld om het huis was netjes gemaaid; de buurjongen die haar moeder de laatste jaren met de tuin had geholpen, had aangeboden alles netjes te maken voor de uitvaart. Alles zag er een week later nog steeds onberispelijk uit. Alsof er niets was gebeurd. Alsof alles nog...

Flora kwam in beweging. Ze wilde niet opnieuw verdwalen in haar verdriet. In plaats daarvan richtte ze haar aandacht op het water rechts van het huis. Het grind knisperde onder de zolen van haar gympen toen ze die kant op liep, langs de geliefde rozenstruiken van haar moeder. Bij de houten steiger stond ze stil. Het grasveld glooide lichtjes en de bloemperken bloeiden volop.

Ondanks het gemis van een broer of zus had ze hier een gelukkige jeugd gehad. Toen ze oud genoeg was, hadden haar ouders haar na haar zoveelste smeekbede uitgelegd dat ze maar één kindje hadden kunnen krijgen, hoe graag ze er ook meer hadden gewild. Vanaf dat moment had Flora nooit meer om een broertje of zusje gevraagd, maar was ze altijd dankbaar geweest voor de liefde die ze van haar ouders kreeg. Haar gedachten gingen verder terug in de tijd, toen haar opa en oma er ook nog waren. Opa Graham kwam uit Schotland, hij had altijd vol trots en met een sterk accent verhalen over de oorlog en zijn geboorteland verteld. Hij was tijdens de Tweede Wereldoorlog uitgezonden naar Nederland en had hier de liefde van zijn leven ontmoet, oma Janet. Ook zij kregen tot hun grote verdriet maar één kind: Flora's moeder Annabel.

Flora draaide zich om naar de veranda, waar de tuinstoelen ingeklapt tegen de muur stonden. Ze glimlachte terwijl ze zich al die keren herinnerde dat ze met haar ouders en grootouders op de veranda had gezeten om samen te lunchen of gewoon wat te drinken en te praten tot het donker werd, de sterren zichtbaar werden en haar moeder haar zachtjes sommeerde naar bed te gaan.

De tinteling bij haar neusbrug waarschuwde haar voor de opkomende tranen. Snel knipperde Flora ze weg. Ze draaide zich om en liep terug naar de voorkant van het huis, waar ze zichzelf via de voordeur binnenliet.

Binnen was het ongewoon kil vergeleken met de warme zomerlucht. Haar voetstappen galmden door de hal, waar de bloemen van de uitvaart langs de muur stonden opgesteld. Ze keek er even naar, maar liep toen door naar de gemoderniseerde keuken. Het ruime kookeiland had genoeg ruimte geboden voor alle baksels die haar moeder zo graag had gemaakt. Flora zette haar tas neer en liet haar vingers over het blad van het kookeiland gaan. Ze had hier als kind oneindig vaak toegekeken hoe haar moeder in de weer was. Wanneer ze haar ogen sloot, kon ze de geur van het rijzende zoete deeg in de oven nog ruiken.

Via de keuken liep Flora door naar de eetkamer, waar een grote porseleinkast de rechterwand besloeg met daarin haar moeders serviesverzameling. Haar vader had er altijd gekscherend grapjes over gemaakt: 'Waarom zoveel servies als we het toch niet mogen gebruiken, Annie?' Maar haar moeder had de kast eens per maand opengemaakt om haar dierbare servies af te stoffen en hem daarna altijd weer met zorg gesloten.

Flora slikte moeizaam. Als ze het huis zou verkopen, zou ze het servies weg moeten doen. Die gedachte maakte haar misselijk. Ze schudde haar hoofd in een poging het gevoel kwijt te raken. Ze hoefde er nog niet over na te denken. Haar moeder had haar naast het huis een aardig geldbedrag nagelaten, dus Flora hoefde het huis niet snel te verkopen. Maar wat moest ze ermee als ze er zelf niet wilde wonen? Ze zou het kunnen verhuren, maar ook dan zouden de bezittingen van haar ouders weg moeten en zou er een vreemde door deze kamers dwalen. Ze liep snel door de grote schuifdeuren naar de woonkamer.

De grote open haard trok de aandacht naar het midden van de kamer. Met een glimlach dacht ze aan alle avonden dat ze voor het knisperende vuur had zitten lezen. Ze liep erheen en staarde naar de foto's die sinds jaar en dag op de schouw stonden. Ze kon ze dromen: zijzelf toen ze nog klein was, haar afstuderen, foto's met z'n drieën, de trouwfoto van haar ouders en een oude zwart-witfoto van opa Graham en oma Janet waarop haar opa zijn militaire pak droeg. Als kind was Flora altijd onder de indruk geweest van die foto. Opa Graham was een knappe man geweest.

Hoe hard ze er ook tegen vocht, Flora kon niet voorkomen dat haar verdriet nu terrein won. Het was gewoon te veel: de vertrouwde bank met de zorgvuldig gekozen kussentjes die allemaal netjes in hun eigen hoek lagen, de salontafel met daarop een net stapeltje tijdschriften en het boek dat haar moeder in haar laatste weken had gelezen. Tranen druppelden geluidloos naar beneden, ze zakte op de bank en huilde.

Toen ze na een poosje weer wat gekalmeerd was, stond ze op en liep de trap op naar haar oude slaapkamer. Daar was weinig veranderd. Het huis had genoeg kamers, dus haar ouders hadden haar kamer gelaten zoals die was toen ze eenmaal het huis uit was. Flora ging op de twijfelaar zitten die ze in haar tienerjaren na maandenlang zeuren eindelijk had gekregen. Aan de muur hingen nog steeds posters van haar jeugdidolen en in de rand van de spiegel zaten kleine fotootjes gestoken waarop ze samen met haar vriendinnen van de middelbare school gekke bekken trok in de bekende fotohokjes. Ze dacht aan Jantine en Patricia, haar twee beste vriendinnen sinds haar studie. Of nou ja, hoe goed kon je de vriendschap noemen als ze zich met een simpel appje verscholen achter hun drukke banen en kinderen en zich daarmee verontschuldigden voor het feit dat ze niet bij de uitvaart konden zijn?

Flora stond weer op en liep haar kamer uit. Ze twijfelde even bij de deur die naar de slaapkamer van haar ouders leidde. Het voelde nog altijd als een inbreuk op hun privacy om hier zomaar binnen te lopen, dat was er vroeger blijkbaar goed ingeramd. Maar belangrijker nog, het was ook de kamer waar haar moeder was gestorven en dat woog op dit moment nog zwaarder. Flora liep door naar de oude werkkamer van haar vader. Het was haar vaders favoriete ruimte in het huis geweest. De kamer rook wat muffig, en haar neus ving zelfs nog een vleugje op van haar vaders aftershave. Misschien was dat de reden dat haar moeder deze kamer nooit uitbundig had gelucht.

Met een zucht ging ze in de versleten bureaustoel van haar vader zitten. Ze dacht aan haar vele bezoekjes aan deze kamer. Haar vader had altijd verstrooid over zijn leesbril gekeken wanneer Flora binnenkwam om hem te vertellen over haar schooldag – en jaren later over haar werkweek. Haar vader had steevast zijn boek of wat hij op dat moment ook aan het doen was aan de kant geschoven om naar zijn dochter te luisteren, of het nu ging over welke vriendinnen gemeen waren geweest of hoe ze een cliënt in een complexe situatie het best kon helpen. Hij had altijd geluisterd en haar het beste advies gegeven dat hij op dat moment kon bedenken. Zou ze hier over een paar jaar zelf zitten terwijl haar eigen kinderen binnenkwamen om over hun dag te vertellen? Ze had gedroomd over een gezin met Stan. Ze had zelfs al gefantaseerd hoe ze hier in de toekomst samen zouden wonen. Wie wist of een gezin nog wel voor haar weggelegd zou zijn? Ze was inmiddels de dertig gepasseerd en ze zou niet eeuwig de tijd hebben om haar kinderwens te vervullen.

Flora liet haar ogen langs de grote boekenkasten tegen de muren glijden om zichzelf af te leiden van haar eigen gedachten. Ze vulden de kamer van vloer tot plafond, geen enkele muur was leeg. Zijn boeken waren haar vaders grote trots. Ze waren gecategoriseerd op onderwerp en genre. Er stonden tientallen boeken over de Tweede Wereldoorlog, een stokpaardje van haar vader – mede omdat zijn eigen vader een eervolle vermelding had gekregen voor zijn daden tijdens de oorlog – maar ook boeken over botanica, reizen, talen, geschiedenis en dan nog een enorme verzameling romans. Sommige oud en vergeeld, andere nog relatief nieuw. Flora en haar moeder hadden die collectie in de loop van de jaren aangevuld met hedendaagse romans. Dikwijls had haar vader zijn wenkbrauwen opgetrokken bij het zien van de zoetsappige omslagen van sommige van die boeken, maar hij had nooit geprotesteerd.

Dat deed haar denken aan het boek dat ze bij de notaris had gekregen. Het boek dat haar moeder haar om onverklaarbare reden op die manier had nagelaten. Ze had het niet eens uit haar tas gehaald. Het voelde op de een of andere manier alsof het openen van dat boek definitief betekende dat haar moeder er niet meer was, en dus had ze dat moment de hele week ontweken. Maar nu begon een aangeboren nieuwsgierigheid aan haar te trekken. Wat was er zo bijzonder aan dat boek?

Met een onbestemd gevoel liep ze naar de keuken waar ze haar tas had achtergelaten en keerde vervolgens weer terug naar de werkkamer. Ze ging weer zitten en na een korte aarzeling en een diepe zucht haalde ze het boek uit de tas.

Ze bekeek het nu nauwkeuriger dan de eerste keer bij de notaris. Er was op het eerste gezicht niets opvallends aan. Het was een roman, niet opvallend dik of dun en het omslag had een paarse kleur. Op de voorkant stond een vrouw met haar rug naar de lezer toe, op de achtergrond het kenmerkende gebouw van de universiteit van Cambridge. Het was Engelstalig, maar dat was niet zo vreemd gezien haar opa's achtergrond. Haar moeder was zelfs tweetalig opgevoed en ook Flora sprak de Engelse taal goed. Ze bestudeerde het omslag, maar zowel de titel, *An Iron Will*, als de auteur, C.M. Andrews, zei haar niets. Ze legde haar hand om de kaft van het boek. Zodra Flora het boek opende, gleed er een zonnestraal door het grote raam. Stofdeeltjes dansten door de kamer in de baan van het felle licht en Flora kneep haar ogen samen. Met haar hand schermde ze haar ogen af en ze liet haar blik zakken. Het eerste wat haar opviel, was een broos vel dat tussen de eerste twee pagina's geklemd zat. Dat had ze bij de notaris, toen ze het vluchtig doorbladerde, niet gezien. Toen Flora het papier eruit pakte, viel haar oog op de opdracht die met een zwarte vulpen in het boek geschreven stond.

Voor mijn Lily,
Laat je door niets of niemand van je pad brengen,
Alle liefde,
oma Elizabeth

Flora fronste. Die namen zeiden haar niets. Ze draaide het boek nog eens om, maar werd niets wijzer. Misschien had haar moeder het gekocht op een rommelmarkt of ooit van iemand geleend, maar waarom had ze het dan bij de notaris afgegeven? Ze keek naar het losse vel papier. Flora wist niet wat ze verwachtte, misschien een boodschappenlijstje of iets anders onbenulligs. Ze verwachtte zeker niet de volgende woorden te lezen:

Edinburgh, oktober 1904

Beste Daniel, lieve broer,

Ik weet niet of deze brief je ooit zal bereiken, of je hem zal lezen en welk risico ik hiermee neem. Maar ik mis je. Ik wil je laten weten dat het leven in Edinburgh goed is, al is het natuurlijk een wereld van verschil met het leven op Ridgewood Hall. Soms mis ik de bedrijvigheid, onze pachters en natuurlijk jullie gezelschap. Jouw gezelschap. Maar ik heb geen spijt. Geen moment. Ik hoop dat je het goed maakt, met je werk en al je uitdagingen met die 'verrekte suffragettes'. Je bent een slimme man, dus ik vertrouw erop dat je het juiste blijft doen als het gaat om de ontwikkelingen van ons land, maar ook om je eigen geluk. Vergeet niet soms ook met je hart te denken, broer, niet alleen maar met die briljante hersenen van je.

Hoe gaat het met James? Heb je regelmatig contact? Ik maak me nog altijd veel zorgen om hem. James is altijd een denker geweest, met een goed stel hersenen. Maar hij raakt verstrikt in zijn eigen hoofd. Onze jeugd lijkt hem nog altijd parten te spelen, al weet ik niet precies wat er zo zwaar op hem drukt.

Ik zou je graag weer zien, maar ik kan het risico simpelweg niet nemen na alles wat er is gebeurd. Niet nu ik een vrouw en straks ook een kind heb. Ja, je leest het goed. Je wordt oom en we zijn heel gelukkig met dit wonderlijke nieuws.

Het spijt me dat zolang de oude graaf nog op deze aardbol rondloopt, ik de grens niet zal kunnen oversteken. En hoe we het daarna oplossen, zien we dan wel weer. Voor nu zijn we hier veilig en hebben we een mooi, simpel leven. Het stemt me ergens treurig, maar tegelijkertijd weet ik dat mijn toekomst hier in Schotland ligt. Voor het eerst sinds jaren weet ik dat ik op de juiste plek ben. Ik voel me hier thuis, ik voel me vrij en niet langer gevangen zoals ik me jarenlang heb gevoeld.

Natuurlijk vind ik het nog altijd vreselijk hoe alles is gelopen, dit is nooit mijn bedoeling geweest en ik had nooit kunnen vermoeden dat hij zo ver zou gaan. Ik weet dat dit ook zijn weerslag op jou en jouw leven zal hebben, maar ik hoop dat je ooit zult begrijpen dat ik geen andere keuze had dan de keuze die ik heb gemaakt voor de liefde.

Geef mijn eeuwige dankbaarheid en liefde aan mevrouw Cole als je haar spreekt. Zonder haar … Ik moet er niet aan denken hoe het dan was gelopen.

Ik hoop je ooit weer te zien,

Met liefde,
Edward

4.

Flora staarde naar de vergeelde brief en de woorden die hier en daar al vervaagd waren. Edward. Heette haar overgrootvader niet zo, de vader van haar opa? Het was niet moeilijk om te begrijpen dat deze brief door hem geschreven was. Op dat moment besefte ze dat ze weinig wist over de ouders van haar opa. Hij had haar dikwijls verteld over zijn ervaringen in de oorlog en regelmatig gesproken over de schoonheid van zijn vaderland, maar over zijn ouders had hij gezwegen, of ze had het niet onthouden. Het was ook allemaal erg lang geleden.

Met de brief in haar hand liet ze zich dieper in de versleten stoel zakken. Wat was er gebeurd dat Edward niet terug kon komen naar huis, naar Engeland? Was hij op de vlucht voor zijn eigen vader?

Flora fronste haar wenkbrauwen. Waarom wilde haar moeder dat ze deze brief zou lezen? Haar moeder had haar nooit iets verteld over een graaf of haar eigen opa en diens broers. Flora wist alleen dat haar opa uit Schotland kwam en in Edinburgh geboren en getogen was. Hij was achter in de twintig geweest toen hij als luitenant naar Nederland was gekomen om te vechten tegen de nazi's. Was Edwards vrouw zwanger geweest van haar opa toen Edward deze brief schreef? Nee, dat kon niet. Flora's ogen dwaalden naar de datum van de brief: 1904. Ze wist dat haar opa in 1915 was geboren, dus dit was ver daarvoor.

Er was niemand aan wie ze kon vragen hoe het zat. Had haar moeder deze brief bewust in dit boek gestopt of was het toeval? Ze pakte de roman opnieuw op. C.M. Andrews. Ze groef in haar geheugen, maar de naam zei haar niets. Niet uit de verhalen van haar opa of ouders, maar ook niet uit haar eigen leeservaring of andere boeken. En ook de titel was er één als dertien uit een dozijn. Ze sloeg opnieuw de eerste bladzijde om en bekeek de opdracht. *Lily, oma Elizabeth.*

Met een onrustig gevoel pakte ze haar telefoon uit haar tas, legde de brief voor haar neer en streek hem voorzichtig glad.

Toen opende ze Google en typte de naam in die Edward in zijn brief had genoemd: Ridgewood Hall.

Op haar scherm verscheen direct een verzameling afbeeldingen van een indrukwekkend, statig Engels landhuis, omringd door grasvelden en grote bomen langs de lange oprijlaan. Het huis zelf had drie verdiepingen en strekte zich naar beide kanten uit vanaf een imposante entree. De voorkant van het landhuis had tientallen ramen die, net als bij het huis van haar ouders, waren opgedeeld in kleinere ruitjes. Het was een imposant gebouw. Maar wat had dit met haar eigen familie te maken? Nieuwsgierig klikte Flora op een artikel over het landhuis. Ze scande de tekst tot ze las dat het landhuis en bijbehorende landgoed al lange tijd in bezit was van de welgestelde familie Parker en een stichting met dezelfde naam.

De meisjesnaam van haar moeder was Bellamy, dus de familie Parker en het landhuis waren hoogstwaarschijnlijk niet aan Edward verbonden. Maar waarom noemde hij het dan? Uit zijn woorden maakte ze op dat hij het gebouw miste. Had hij er gewerkt? Voor zover Flora wist, was haar opa in een warm, maar vooral doodgewoon gezin opgegroeid.

Flora's gedachten werden onderbroken door het geluid van haar telefoon. Marians naam verscheen opnieuw in beeld. Shit. Ze had haar voicemail nog niet afgeluisterd. Aangemoedigd door haar schuldgevoel nam Flora het gesprek snel aan. 'Met Flora.'

'Ah, Flora! Wat fijn dat je opneemt,' klonk de opgeluchte stem van haar collega. 'Ik had je al eerder gebeld, maar ik kan me zo voorstellen dat... Nou ja, dat je...' Het bleef even stil. 'Hoe gaat het met je?' vervolgde ze toen, alsof ze nu pas besefte dat het gepast was om dat eerst te vragen.

'Het gaat redelijk,' antwoordde Flora neutraal. Ze was nog altijd teleurgesteld, maar dat wilde ze niet laten merken. En bovendien was dat ook niet iets wat ze graag via de telefoon besprak.

'Ah ja, fijn. Nou ja, het is natuurlijk ook niet niets.'

Dat was het understatement van het jaar. Flora perste haar lippen op elkaar en negeerde het prikkende gevoel achter haar ogen. Ze zou nu niet gaan huilen. 'Nee, inderdaad,' mompelde ze.

'Hopelijk was het een mooie dienst,' bracht Marian uit, waarna ze even zweeg. Het bleef een korte tijd stil voordat ze verderging. 'Ik belde eigenlijk om te vragen of... Nou ja, of je misschien al weet wanneer je terugkomt.'

Er waren weinig manieren om Marians vraag te interpreteren. Toch duurde het even voordat de woorden tot haar doordrongen. Ze kon haast niet geloven dat haar collega haar zo kort nadat ze haar moeder had begraven al vroeg wanneer ze terugkwam, terwijl ze eerder nog te kennen had gegeven dat ze vooral haar tijd moest nemen. Flora werkte graag en veel en ze was zeker niet van plan geweest om lang thuis te blijven, maar iets langer dan een paar dagen had ze zichzelf toch wel gegund.

Het was alsof zich op dat moment ergens in haar binnenste een draadje losrukte en langzaam begon te ontrafelen, steeds verder totdat iets wat ze angstvallig bij elkaar had gehouden uiteen dreigde te vallen.

Haar opkomende verdriet zakte weg en werd vervangen door een nieuw gevoel van vastberadenheid. Het feit dat haar collega's haar binnenkort alweer terugverwachtten, voelde niet goed. Maar het was meer dan dat: jarenlang had ze voor iedereen klaargestaan. Ze had alles gegeven om andermans kinderen een betere kans te geven, ze had overuren gemaakt, extra opleidingen gevolgd – en dat allemaal met liefde en passie voor haar vak. Ze had ook jarenlang voor Stan klaargestaan, zichzelf weggecijferd voor zijn belangrijke baan als directeur van een groot vastgoedbedrijf. Ze had gezorgd dat het eten voor hem klaarstond, ongeacht haar eigen werk, ze had urenlang naar zijn verhalen geluisterd, ze had avonden achtereen alleen op de bank gezeten als hij weer eens moest overwerken. En wat had ze ervoor teruggekregen?

De laatste maanden had Flora bovendien gedurende haar vrije uren haar moeder verzorgd op haar ziekbed. Dat had ze natuurlijk met liefde gedaan en ze zou er geen seconde van willen terugdraaien, maar het maakte wel dat ze moe was. Doodmoe.

Natuurlijk zou ze weer gaan werken, de wereld draaide gewoon door en ze zou snel genoeg zelf weer meedraaien in die carrousel, maar ze had een pauze nodig. Ze wilde alleen zijn, even alleen aan zichzelf hoeven denken in plaats van aan anderen.

En dus nam ze ter plekke een besluit.

'Ik weet nog niet wanneer ik terugkom.' Zo gauw ze de woorden uitsprak, voelde ze de bevrijding die het teweegbracht.

'Hé, ja, sorry, ik bedoel ook niet meteen deze week of zo. Maar het is fijn om een indicatie te hebben. De agenda's zitten bomvol, de wachtlijst loopt op en het kantoor is een puinhoop. En je weet dat we er niets van kunnen maken als Cynthia de notulen maakt,' lachte Marian, maar ze werd daarna meteen weer serieus. 'Het is gewoon fijn als je er weer bent.'

Flora zuchtte, want ze begreep heus wel waar haar collega op doelde. Flora was degene die de boel op orde hield op kantoor: ze beheerde de wachtlijst, regelde de voorraad, zat de vergaderingen voor en zorgde voor duidelijke notulen zodat iedereen wist wat er besproken was. Maar het werd tijd dat anderen die rol ook eens op zich gingen nemen.

'Ik snap het, Marian, maar ik weet het gewoon nog niet. Ik heb tijd nodig,' eindigde Flora, wetende hoe vaag dat klonk.

'Snap ik helemaal,' stemde Marian haastig in, al klonk ze niet alsof ze echt hoorde wat Flora zei. 'Maar… misschien als je een indicatie geeft, dan kan ik bijvoorbeeld al wat intakes inplannen in jouw agenda? Na volgende week bijvoorbeeld?'

'Nee.' Het kwam er feller uit dan Flora had bedoeld. Hoe meer Marian de druk opvoerde, hoe meer haar onrust toenam. 'Nee, Marian,' herhaalde ze nu rustiger, maar vastberaden. 'Ik wil niet dat je al iets in mijn agenda plant. Gewoon nog even niet, ik heb echt even tijd nodig.'

'O, oké. Maar...' Marian twijfelde, duidelijk niet gewend dat Flora zoveel tegengas gaf. 'Zou ik dan wel met je kunnen sparren over Timo? Ik heb hem natuurlijk van je overgenomen, maar zijn problematiek is...'

Flora hoorde de woorden aan de andere kant van de lijn niet meer, ze sloot haar ogen en telde inwendig tot tien in de hoop dat de opkomende paniek weer zou zakken. Ze wilde dit niet. Ze wilde geen afspraken, niet overleggen, ze wilde gewoon rust.

'Ik ga er een tijdje tussenuit,' onderbrak Flora haar toen, zonder acht te slaan op Marians monoloog.

'Je... Wat?' Marian klonk verbaasd.

De rust keerde direct terug toen ze de woorden had uitgesproken. Ze knikte. 'Ja, ik ga er even tussenuit, even weg.'

'O.' Het bleef even stil. 'Waar ga je naartoe dan?' vroeg Marian achterdochtig, slim genoeg om te weten dat dit een impulsief besluit was. Wellicht hoopte ze haar toch nog op andere gedachten te kunnen brengen.

Flora liet haar ogen door de ruimte dwalen tot haar blik landde op de brief van haar overgrootvader. 'Edinburgh.'

'Edinburgh? Dat ligt in Schotland, toch?'

'Ja, daar komt mijn familie vandaan.'

'O, oké.' Weer een korte stilte. 'Ga je bij hen op bezoek?'

'Zoiets.' Flora had geen zin om op haar zojuist verzonnen trip in te gaan of uit te weiden over de brief die ze had gevonden. Het was een excuus om van Marian af te komen. Ze zou niet echt...

Toch?

'Maar oké, eh, hoe moeten we het zien? Neem je een sabbatical of zo?' Er klonk lichte paniek door in Marians stem en onbedoeld moest Flora glimlachen. Ze kon zich voorstellen dat die boodschap chaos zou veroorzaken in hun kleine praktijk. Ze zag al voor zich hoe Marian achter haar bureau zat, omringd door stapels dossiers en met een verzameling vieze kopjes naast het beeldscherm.

'Ik neem gewoon wat vakantiedagen op,' stelde ze haar collega gerust. 'Maar ik heb liever niet dat je al iets in mijn agenda inplant. Laten we gewoon even contact houden, goed?'

'Nou ja, oké dan. Ik zal ook even met Cynthia en Lot overleggen.' Marian klonk niet zo zeker van haar zaak, maar Flora negeerde het. Ze kon overleggen wat ze wilde, dat zou niets aan Flora's besluit veranderen.

'Oké, ik bel nog. Echt.'

'Ja, goed,' klonk het afgemeten. En toen: 'Veel plezier in Edinburgh.' Daarna hing Marian op.

Veel plezier in Edinburgh.

De woorden echoden in Flora's hoofd.

Wat als ze het gewoon deed?

Ze schudde die gedachte snel weer van zich af. Wat een onzinnig plan. Wat had ze daar te zoeken? Voor zover ze wist, had ze er geen familie. Haar overgrootouders waren al lang geleden overleden en ook de broers en zussen van opa Graham waren gestorven. Hij was de jongste geweest en ook hij was al een hele tijd geleden overleden.

Flora stopte het boek, de brief en haar telefoon terug in haar tas en liep de trap af. Het was genoeg geweest voor vandaag.

Met een lichter gevoel dan waarmee ze hier aan was gekomen, stapte ze in haar auto. Nu het werk niet meer in haar nek hijgde, kreeg ze onverwacht weer lucht. Ze zou haar tijd nemen en alles op haar eigen moment doen. Ze had de afgelopen jaren genoeg doorgejakkerd en voor anderen gedacht en gezorgd. Ze zette haar tas op de passagiersstoel en reed langzaam de oprit af.

Op het moment dat het hek opende, tuurde Flora door de achteruitkijkspiegel naar het huis van haar ouders. Ze werd niet langer overspoeld door verdrietige herinneringen, maar het stelde haar nu juist gerust. Op een plek waar de tijd altijd stil leek te staan, was het haast logisch dat het huis haar precies dat wilde vertellen.

Neem je tijd.

En dat zou ze doen.

Ze zou alle tijd nemen die ze nodig had.

5.

Het idee van Edinburgh en de brief van haar overgrootvader liet Flora niet los. Haar laatste vakantie was ruim een jaar geleden, toen ze met Stan een lang weekend naar Barcelona was geweest. Dat was al heel wat. Ze had Stan met geen stok buiten de grenzen van Europa kunnen krijgen. Hij was altijd bezig met zijn werk en wilde niet te lang weg zijn. Ze miste het om nieuwe culturen en landen te ontdekken en Schotland… Hoewel haar roots daar lagen, was ze er nog nooit geweest. Het was er simpelweg nooit van gekomen.

Flora had de brief met een magneet op de koelkast gehangen en telkens wanneer ze in de keuken kwam, keek ze er even naar. Ze probeerde te begrijpen waar Edward over schreef, maar het bleven raadsels.

In de dagen die volgden, speurde Flora het internet af op zoek naar meer informatie over het landhuis of de roman. Er was tegenwoordig haast niets wat níet online te vinden was, maar toch bleek het lastig om betrouwbare informatie te vinden over iets wat meer dan een eeuw geleden was gebeurd.

Ridgewood Hall was een indrukwekkend gebouw dat tegenwoordig dienstdeed als hotel. Het was opengesteld voor publiek en er werden feesten en conferenties gehouden. Het landhuis stond in het zuidoosten van Engeland, enkele tientallen kilometers ten noorden van Londen. Flora vond helaas niets wat wees op een connectie tussen het landhuis en haar overgrootvader in Edinburgh of haar familie: alle informatie en bronnen leidden terug naar de familie Parker.

Na drie dagen besloot Flora terug te keren naar haar ouderlijk huis. Ze wilde beginnen met uitzoeken welke spullen weg konden en wat ze wilde bewaren, los van haar beslissing om het huis wel of niet te verkopen. Om een onverklaarbare reden wilde ze het boek met de brief bij zich hebben, alsof ze op die manier gesteund werd door haar overgrootvader, die ooit met zijn hand over hetzelfde papier had gestreken. Ze vouwde de brief voorzichtig op, stak hem in de roman en stopte die in haar tas. Toen ze haar sleutels greep, verloor ze bijna haar evenwicht en stootte ze met haar voet tegen de kartonnen doos die nog altijd bij de voordeur stond.

Stans spullen.

Haar lichaam verstijfde een kort moment. De wetenschap dat er een moment zou komen waarop ze de confrontatie met hem aan moest gaan, drukte de lucht uit haar longen. Ze keek naar de doos. En toen wist ze dat het moment daar was. Vastberaden pakte ze de doos op, zette hem tegen haar heup en trok resoluut de voordeur achter zich dicht.

Een drukkend gewicht lag op haar schouders toen ze de straat in reed waar ze twee jaar had gewoond. Het voelde vreemd om hier te zijn nu ze al een paar maanden in haar eigen huurappartement woonde. Hoewel het eerst wat onwennig was geweest, was ze al snel blij geweest met haar eigen ruimte, haar eigen inrichting en het feit dat ze alles op haar eigen manier kon doen.

Minder dan een jaar na hun ontmoeting was ze bij Stan ingetrokken en had ze haar eigen huis te koop gezet, vol vertrouwen in de toekomst. Stans villa stond in een buitenwijk van de stad met ruime twee-onder-een-kappers. Er was een schoonmaakster die het huis eens in de week van onder tot boven in het sop zette, er waren buurvrouwen die 's ochtends naar de sportclub gingen en de rest van de dag bij elkaar in de keuken wijn dronken en talloze jonge gezinnen die elke ochtend met hun bakfiets op pad gingen om de kinderen naar school te brengen, om vervolgens te forenzen naar hun werk in de stad.

Haar oude straat voelde nu onbekend. Ze nam gas terug toen ze Stans villa naderde. Alles zag er nog precies zo uit als de laatste keer dat ze hier was. De buurvrouw stond buiten in de tuin. Ze deed zoals altijd alsof ze het onkruid weghaalde, maar haar enige missie was in de gaten houden wie er voorbijkwam in de hoop een nieuwe roddel te horen.

Flora stak haar hand op ter begroeting. De buurvrouw vernauwde haar ogen, maar stak toen ook haar hand op. Ze vroeg zich af of Stan haar iets verteld had, hoe hij had verklaard dat ze van de ene op de andere dag was vertrokken. Hoe ze haar spullen – en dus per ongeluk ook die van hem – in alle tassen en koffers had gepropt die ze maar kon vinden toen ze had gehoord dat hij vreemdging en hoe ze blind van woede en verdriet met piepende banden was weggereden.

Flora schudde haar hoofd. Ze wilde niet meer nadenken over die vreselijke dag en het verdriet dat daarop volgde. Ze richtte haar aandacht op het huis voor haar. Het voelde niet goed om de oprit te gebruiken, dus ze parkeerde haar auto op de straat. Er stonden twee auto's, waaronder die van Stan, dus hij was in ieder geval thuis. Redelijk uitzonderlijk op een doordeweekse dag. Flora aarzelde. Hoewel haar verstand haar zei dat ze hem zou moeten spreken, dat ze hem in zijn ogen moest kijken wanneer ze zijn spullen terug zou geven, had ze stiekem gehoopt dat hij niet thuis zou zijn. Ze had gehoopt dat ze zijn spullen gewoon bij de deur had kunnen zetten en dat ze er zo van af zou zijn. Maar nee, dit was beter: ze wilde dit hoofdstuk afsluiten en niet nog eens – voor de zoveelste keer – herlezen.

Ze haalde diep adem, kneep haar handen om het stuur en sprak zichzelf moed in. Daarna stapte ze uit en na een korte blik op het huis haalde ze de doos uit de achterbak. Ze dwong haar voeten naar de voordeur te lopen, waarbij ze haar blik op de deur gericht hield. Ze wilde niet naar binnen kijken uit angst hem al te zien met die blik van medelijden en... Was het berouw? Ze wist het niet. En het feit dat ze niet eens zeker wist of hij wel spijt had, maakte haar opnieuw boos.

Ze stapte naar de deur, zette de doos neer en belde aan. In haar hoofd repeteerde ze de woorden. Ze zou hem zeggen dat ze hem alle geluk van de wereld wenste en dat ze blij was dat ze zijn ware aard had ontdekt voordat ze haar gedroomde gezin was gestart.

Er klonken voetstappen aan de andere kant van de deur en toen het slot klikte en de deur langzaam openging, zette Flora zich schrap.

Ze had het gezicht omlijst met blonde haren niet verwacht. Haar hart maakte dan ook een flinke zakker.

De twee vrouwen keken elkaar een eeuwigheid – zo leek het – aan. Flora zag in de ogen van de andere vrouw dat ze precies wist wie ze voor zich had en dat ze een innerlijke strijd voerde over hoe ze moest reageren.

'Ik kom Stans spullen afgeven,' bracht Flora toen uit, vastberaden om de regie terug te pakken. Oké, ze was in het huis. Zíjn huis. Maar wat maakte het uit? Het was niet langer Flora's huis en het was niet langer Flora's leven. 'Is hij thuis?'

'Hij is… Ik zal…' De vrouw zocht naar woorden, maar hield toen haar mond weer. Ze kwam niet in beweging.

Net op het moment dat Flora opnieuw wilde vragen of Stan thuis was, hoorde ze een deur opengaan. 'Lieverd, wie is…'

Stan keek met grote ogen naar Flora en er verschenen rode vlekken in zijn nek toen zijn blik vluchtig van zijn nieuwe liefde naar haar schoot en weer terug. 'Floor, ik… Je had…'

'Ik had wat?' Flora keek hem plotseling giftig aan. 'Ga niet zeggen dat ik had moeten bellen. Ik dacht dat jij sowieso meer van het spontane was tegenwoordig. Zoals jullie ontmoeting ook… spontaan gebeurde.' Ze keek even naar de blonde vrouw, die beschaamd wegkeek, maar richtte zich toen weer op Stan. 'Zo zei je het toch? Dat het spontaan gebeurde?' Een mengeling van tranen en woede borrelde omhoog en ze haalde diep adem om het te temperen. Ze was hier niet om ruzie te maken, ze was hier ook niet om haar gelijk te halen en ze was hier al helemaal niet om die vrouw, die niet wist waar ze zich in stortte, aan te vallen. Ze zou er vanzelf wel achter komen. Of niet, ook goed.

'Ik heb je spullen hier.' Flora knikte naar de doos voor haar voeten.

Stan stapte naar voren en bukte om de doos op te pakken. Toen hij weer overeind kwam, keek hij haar aarzelend aan. 'Wil je… Wil je nog even binnenkomen misschien? Om te praten?'

Flora hoorde de vrouw naast hem naar adem happen. Dat sierde haar. Wat dacht hij zelf? Dat ze een gezellig theekransje gingen houden met zijn drieën? Godzijdank had de nieuwe vrouw in zijn leven in ieder geval het besef dat dat geen optie was.

'Nee, dank je. Ik moet er weer vandoor.'

'O, ja, natuurlijk. Ga je... Ik bedoel, ben je alweer aan het werk?'

'Nee, ik heb een tijdje vrij genomen,' antwoordde Flora terwijl ze zich tegelijk afvroeg waarom ze hem überhaupt iets vertelde.

'Ik begrijp het, na alles met je moeder en zo...'

'Ja, en zo...' knikte Flora. En ze bleven even zo staan.

'Ga je nog weg?' Stan verplaatste de doos naar zijn andere arm en Flora keek hem onderzoekend aan. Wat kon het hem schelen of ze wegging of niet? Of hoe ze het verlies van haar moeder én haar relatie in een paar maanden tijd zou verwerken.

'Nee, ik...' begon ze, maar op dat moment drong het tot haar door. Waarom eigenlijk niet? Ze wilde hier helemaal niet zijn. Niet in dezelfde stad als hij. Als zíj. Niet op de plek waar zoveel herinneringen lagen. Aan Stan, maar ook aan haar moeder. Ze wilde haar kostbare vrije tijd niet besteden aan het leeghalen van een huis, aan het opruimen van herinneringen en voelen hoe de ziel uit het huis verdween. Ze wilde zich niet elke avond in haar eentje op de bank opkrullen in dat kleine appartement en zich afvragen hoe haar leven eruit had gezien als ze nog bij Stan was geweest of als haar moeder er nog was geweest, denken aan wat als... Wat als, wat als...

Wat als je gewoon echt naar Edinburgh gaat?

Plotseling wist Flora dat er niets was wat haar op dit moment hier hield. Waarom zou ze de stad van haar opa niet gaan bezoeken, wellicht wat meer ontdekken over haar familiegeschiedenis? Waarom zou ze niet op reis gaan? Nieuwe mensen leren kennen, andere culturen ontdekken en genieten van de vrijheid die ze op dit moment had. Rouwen om haar moeder was niet aan één plek gebonden, de herinneringen en de liefde van haar moeder zou ze overal met zich meedragen.

'Ja,' zei Flora daarom opeens en ze hoorde een kalme klank in haar eigen stem.

Stan keek haar verward aan. 'Je... Wat?'

'Ja, ik ga een tijdje weg.'

'O, aha, op die manier. En waar ga je heen dan?'

'Edinburgh.'

En ze zou het geen minuut langer uitstellen.

Deel 2

1904

6.

Hij had dit moment zo lang mogelijk uitgesteld. Toen Edward Bellamy, de oudste zoon van de graaf van Ridgewood, het grote landhuis naderde, hield hij zijn paard iets in. Hij sloot zijn ogen en probeerde rustig te worden. Hij moest kalm zijn, de rust zelve, net zo stevig als de kastanjeboom waar hij vanochtend tegenaan had gezeten na zijn bezoek aan de boerderij van Wilkens. Hij zou het nodig hebben. Ridgewood Hall doemde voor hem op. Het imposante landhuis strekte zich aan beide zijden van de entree uit en zijn vader deed er alles aan om het indrukwekkende uiterlijk te behouden. Het tuinpersoneel verwijderde regelmatig de woekerende klimop van de buitenmuren, het gras werd wekelijks gemaaid met de stoommaaier die zijn vader had aangeschaft – niet om zijn personeel een plezier te doen, maar vooral om zijn vrienden te laten zien dat hij moderne apparatuur kon aanschaffen – en het grind lag er zoals altijd onberispelijk bij.

Edward onderdrukte de neiging om zijn paard flink de sporen te geven om datzelfde grind te laten opspatten en liep stapvoets door naar de zijkant van het gebouw, waar een van de staljongens op een drafje op hem af kwam gerend om het paard van hem over te nemen.

'Goedemiddag, *milord*. Dank u wel, milord.' De jongen knikte kort en sloeg toen zijn blik neer, waarna hij het hoofdstel van de zwarte hengst overpakte en met het paard wegliep zonder nog oogcontact te maken. Edward schudde zijn hoofd bij de schuchtere houding van de jongen, maar hij kon het hem niet kwalijk nemen. De knaap was de buien van de graaf gewend. Gelukkig voor de staljongen ging de voorkeur van zijn vader tegenwoordig uit naar de automobiel die hij onlangs voor een klein fortuin had aangeschaft.

De graaf van Ridgewood beschikte over veel eigenschappen, maar niemand kon hem ervan beschuldigen een hartelijke man te zijn. Hij zwaaide de scepter over zijn landgoed met ferme hand. Medeleven en empathie waren een zwaktebod in de ogen van zijn vader, die erop gebrand was de status van de Engelse adel hoog in het vaandel te houden. Het 'nieuwe geld', zoals hij het noemde – oftewel: slimme zakenmannen die hun fortuin vergaarden met de opkomende handel en industrialisatie – bedreigden zijn status in de maatschappij.

Edward wist één ding zeker: wanneer hij ooit de titel van zijn vader zou erven, zou hij alles compleet anders aanpakken. Hij hoopte echter dat die dag nog lang op zich liet wachten. Hij snoof. Zelfs het idee om nog langer onder het regime van zijn vader te leven sprak hem meer aan dan het idee dat hij zijn rechtmatige plek in het Hogerhuis in Londen zou moeten innemen.

Edward werd zijn hele leven al voorbereid op het moment waarop hij de titel van zijn vader zou overnemen. Hij had alles geleerd over de geschiedenis van het land, politiek, verschillende talen, boekhouding, en hij kende de etiquette. Dat was hem allemaal met de paplepel ingegoten. Toch bekroop hem steeds vaker het gevoel dat het niet klopte dat degenen met het meeste geld zoveel inspraak hadden in het reilen en zeilen van een land. Was dat niet meer iets voor mensen die daarvoor hadden geleerd? Voor degenen die affiniteit hadden met bestuurszaken en bovendien – en waar het zijn vader aan ontbrak – gevoel voor rechtvaardigheid? En zou het volk niet sowieso een stem moeten hebben? Het werd echt de hoogste tijd dat het land meeging met de moderne tijd, maar, dacht Edward grimmig, zolang mannen als zijn vader aan het roer stonden, zou dat niet gebeuren.

'Jij zou de persoon kunnen zijn die daar verandering in brengt,' had Daniel, zijn jongste broer, laatst gezegd toen ze samen in de salon hadden gezeten en Edward zijn twijfels had uitgesproken. Daniel had hem begrepen, maar tegelijk zijn hoofd geschud toen Edward het over gelijkheid had. 'Sommige dingen zijn nu eenmaal zoals ze zijn, Ed.' Hij doelde daarmee op de vele wetten en regels die het in Engeland onmogelijk maakten om de jarenlange strijd om gelijkheid te winnen. Wat dat betreft hadden de liberalen een veel modernere kijk op de wereld, eentje waar Edward zich beter in kon vinden. Maar die stonden vaak lijnrecht tegenover het conservatieve Hogerhuis, waar hij door zijn familienaam onlosmakelijk aan verbonden was.

De deur van het landhuis vloog al open op het moment dat Edward zijn voet op de onderste trede van het bordes zette. Wakefield, de oude butler, stond met een ernstig gezicht in de deuropening. Althans, Edward dacht dat dit zijn ernstige gezicht was, maar eerlijk gezegd had hij in al die jaren weinig andere emoties op het gezicht van de man gezien. Wakefield was een grote, norse man, die in zijn tienerjaren als lijfknecht in dienst was gekomen bij Edwards grootvader. Hij had zich in de loop van de jaren opgewerkt tot butler en daarmee tot hoofd van het personeel van Ridgewood Hall. De oude man vond een ongekende trots in zorgen dat het landgoed in al zijn glorie schitterde.

'Uw vader wacht op u in zijn werkkamer, milord.' Wakefield zette een stap achteruit om Edward voorbij te laten en stak zijn hand uit om zijn overjas aan te nemen. De oude man trok een wenkbrauw op toen Edwards rijlaars een spoortje modder achterliet, maar zo gauw Edward het zag, had hij zich alweer hersteld en had hij weer zijn vertrouwde stoïcijnse gezichtsuitdrukking.

'Dank u wel, Wakefield.' Edward knikte, nam zijn hoge hoed af en gaf hem aan de butler, die hem zwijgend aannam en vervolgens nadrukkelijk een veeg modder eraf poetste met de mouw van zijn jacquet.

Edward wendde zijn gezicht af om zijn glimlach te verbergen. De oude man was als een verlengstuk van zijn vader, maar had in tegenstelling tot de graaf een vriendelijk karakter. Bovendien was hij inmiddels onderdeel van het meubilair en Edward waardeerde de toewijding die de man voor het landgoed had. Het was een van de weinige dingen die ze met elkaar deelden.

Edward beende door de grote hal naar de met rood tapijt beklede trap die aan de zijkant omhoog krulde naar de vide op de eerste verdieping. Zijn hand gleed over de brede ebbenhouten leuning en een kort moment dacht hij aan hoe hij hier als kind lachend met zijn broers af was gegleden terwijl hun moeder hen hoofdschuddend maar met een glimlach had toegesproken. '*Jongens, doe nou toch eens rustig. Dadelijk hoort jullie vader jullie. Ga alsjeblieft buiten uitrazen.*' Onwillekeurig draaide hij zijn hoofd en hij zag zichzelf als kind lachend de deur uit rennen, met zijn broertjes op zijn hielen.

Zijn vaders werkkamer lag aan de achterzijde van het huis, waar het raam een grandioos uitzicht bood over de strakke tuinen en de glooiende velden erachter. Hij twijfelde er niet aan dat zijn vader hem zojuist had zien aankomen over die heuvels en dat hij zich nu zat te verbijten over het feit dat zijn oudste zoon hem had laten wachten. Toen hij vanochtend hoorde dat zijn vader hem wilde spreken, had Edward al plannen gehad om enkele pachters te bezoeken en die plannen had hij niet willen afzeggen. Hij had zijn best gedaan om op tijd te zijn, of nou ja, een beetje dan, maar hij had de klaagzang van die oude Wilkens gewoonweg niet kunnen afkappen. Opnieuw had zijn vader zonder aankondiging of overleg met Edward de accijns verhoogd, waardoor de man nu worstelde met het verdienen van voldoende geld om zijn gezin te onderhouden én genoeg over te houden voor de aankoop van nieuwe gewassen, waar uiteindelijk ook het landhuis weer van profiteerde. Daarbij was zijn knecht naar de stad vertrokken en kon hij het werk op de boerderij amper aan. De man was ten einde raad geweest en het enige wat Edward op dit moment kon bieden, was een luisterend oor. Een schamele troost.

Edward bereikte de grote houten deuren van zijn vaders kantoor en klopte kort voordat hij naar binnen liep. 'U wilde mij spreken?'

Zijn vader keek op van de boeken die voor hem op het riante bureau lagen en keek hem fronsend aan. 'Vanochtend al. En heb je niet geleerd om eerst het antwoord af te wachten voordat je ergens binnenstormt?'

'Ik schatte in dat elke seconde die ik later was er één te veel was.'

Een klein beetje rebellie. Zijn vader was vol van zichzelf, maar niet erg ad rem. Een van de weinige dingen waarmee hij zijn vader kon aftroeven. Hij kon het dus niet laten om van de gelegenheid gebruik te maken. Zijn vader werd rood van frustratie, maar Edward zag precies het moment waarop de man zich realiseerde dat hij geen energie wilde verspillen aan een nutteloze discussie. Daar was hij de man ook niet naar. De graaf van Ridgewood wond nergens doekjes om en maakte nooit meer woorden aan iets vuil dan nodig. Zijn wil was wet, dus waarom zou hij tegenspraak tolereren? Of zich er überhaupt druk om maken?

Dat was vermoedelijk precies waarom de opvoeding van zijn drie zoons de graaf zwaar was gevallen – voor zover hij zich daarmee had bemoeid. Zijn drie zoons hadden meer genen van hun moeder geërfd dan hem lief was en hij was met grote regelmaat op brutaal gedrag getrakteerd, zeker door de jongste twee. Edwards moeder had haar best gedaan om haar zoons met veel liefde, genegenheid en empathie op te voeden, alsof ze had geweten dat ze er niet altijd zou zijn om de kilte te compenseren die haar man later aan de andere kant van de weegschaal zou leggen. Catharine Bellamy was veel te vroeg gestorven na een kort ziekbed, de jongens waren amper aan hun tienerjaren begonnen. De jaren die daarop volgden, waren rebels geweest. Hoeveel liefde mevrouw Cole, het hoofd van de huishouding, de drie jongens ook had proberen te geven, ze hadden zich alle drie afgezet tegen hun vader en alles wat met hem te maken had. Edward had zich als oudste broer altijd verantwoordelijk gevoeld. Tijdens haar ziekbed had zijn moeder hem bij zich geroepen en hem op het hart gedrukt goed voor zijn broertjes te zorgen. 'Je bent zo'n bijzondere jongen, lieve Ed, je bent sociaal, lief, zorgzaam en zo intelligent.' Ze had moeizaam geslikt en de tranen in haar ogen teruggedrongen. 'Ik heb er alles voor over om jullie te zien opgroeien, om te zien wat voor fantastische mannen jullie zullen worden. Maar ik weet niet zeker of ik er zal zijn en ik maak me zorgen over de toekomst. Wat er ook gebeurt, jullie moeten elkaar nooit in de steek laten. Beloof me dat.' Vanwege de ernstige blik in haar ogen had hij, amper veertien jaar, haar hand gepakt en plechtig gezworen er altijd voor zijn broers te zullen zijn en voor hen te zullen zorgen. Twee dagen later was ze overleden. Omdat Edward werd opgeleid om ooit zelf graaf te worden, had hij zijn opstandige gedrag in de jaren die volgden beperkt tot gevatte opmerkingen en droombeelden over hoe het landgoed – en het land – volgens hem in de toekomst aangestuurd zou moeten worden. Zijn vader had hem al van kinds af aan laten weten dat hij hoge verwachtingen van hem had. Edward zou als oudste zoon de titel, het landgoed en alle bijbehorende privileges en verantwoordelijkheden overnemen en verdomd als zijn vader er niet voor zou zorgen dat zijn zoon daar klaar voor zou zijn. Volgens zijn eigen voorwaarden uiteraard. Edward was dan ook bang dat dit gesprek met zijn vader zijn leven opnieuw moeilijker zou maken, zogenaamd ter voorbereiding op het erven van de titel.

Alsof de graaf ooit het loodje zou leggen.

Onkruid verging niet.

'Ga zitten,' gebood zijn vader terwijl hij over zijn leesbril keek hoe Edward naar de stoel tegenover het bureau liep en plaatsnam. De graaf was lang, net als zijn zoons, hij was fit voor zijn leeftijd en had een dikke bos donker haar dat enkel bij zijn slapen licht begon te grijzen. Zijn gezicht was echter getekend door strenge groeven langs zijn mond en een diepe frons. Een onrustig gevoel bekroop Edward toen zijn vader hem lange tijd alleen maar aankeek. Hij kende die blik: het voorspelde nooit veel goeds.

Toen zuchtte zijn vader alsof Edward hem al teleurstelde door hier alleen maar te zitten. Over de rand van zijn leesbril bekeek hij een document dat hij in zijn hand hield en hij legde het weer weg. En toen kwam het. 'Ik heb besloten dat je binnenkort met Guinevere Parker trouwt.' Edward opende zijn mond om te protesteren, maar zijn vader hief simpelweg zijn hand op, waarop Edward zijn kiezen op elkaar klemde. 'Guinevere is een prachtige dame, de dochter van Oswald Parker, je hebt vast van hem gehoord.'

Edward had zeker van Oswald Parker gehoord. Hij wist dat Parker een zakenman was die de afgelopen jaren zijn fortuin had vergaard door opportunistisch te handelen in datgene waar op dat moment vraag naar was bij zijn rijke klanten, van automobielen tot uiteenlopende geïmporteerde producten uit het buitenland. Op die manier had hij zich langzaam omhooggewerkt tot een redelijk aanzien. Het was logisch dat hij zijn dochter maar wat graag wilde uithuwelijken aan een potentiële graaf. Dat zou zijn familienaam immers alleen maar meer status geven.

'Het fortuin van de familie Parker zal een mooie aanvulling zijn op dat van Ridgewood.'

'Net zoals de verhoging van de accijns,' mompelde Edward, die het gesprek met de oude Wilkens van vanochtend nog niet vergeten was.

Zijn vader keek hem doordringend aan. 'Een verbintenis met een dergelijke familie zal in ons beider voordeel werken, vandaar dat ik tot deze overeenkomst met Oswald ben gekomen. Jij wilde toch zo graag dat ik met mijn tijd meeging?' voegde hij spottend toe.

Edward negeerde die laatste opmerking. 'Heb ik zelf nog enige inbreng hierin?'

Al van jongs af aan was hem verteld dat hij offers zou moeten brengen voor het landgoed en de familie. Zijn carrière was voor hem bepaald, evenals zijn woonplaats en verantwoordelijkheden. Maar hij had, besefte hij nu tot zijn eigen verbazing, blijkbaar toch nog een sprankje hoop gekoesterd om dan op z'n minst te kunnen trouwen uit liefde. Hij had de afgelopen jaren niets te klagen gehad: er waren genoeg dames geweest die maar al te graag om zijn aandacht streden. Er was geen tekort aan dochters van mannen van adel die met knipperende ogen en wapperende handen naar hem glimlachten of aan vrouwen in Londen die zonder voorwaarden of verwachtingen zijn bed verwarmden. Maar al die ontmoetingen en gesprekken waren betekenisloos geweest. Lege woorden, snel bevredigde verlangens. Nee, hij verlangde naar iets anders. Iets wat écht was, iets wat hem iets liet voelen in zijn hart, niet enkel zijn lijf. Maar die ontmoeting was de afgelopen jaren uitgebleven en nu hij de dertig gepasseerd was, had hij zich er min of meer bij neergelegd dat er een moment zou komen waarop hem een huwelijk opgelegd zou worden.

Althans, hij dácht dat hij zich daarbij had neergelegd.

Want nu dat moment was gekomen, bekroop hem een onrustig gevoel. Berusting in een abstract toekomstig feit was één ding, maar wanneer dat feit zich daadwerkelijk aandiende, bleek het toch anders te zijn. Edward voelde veel op dit moment en hij was er vrij zeker van dat berusting er niet tussen zat.

'En als ik weiger?' vroeg hij op de man af, omdat hij wist dat dat taal was die zijn vader begreep.

Zijn vader fronste zijn donkere wenkbrauwen. 'Dat is geen optie, jongen, dat begrijp je zelf ook wel. Houd je idiote vragen voor je. Dat is meer iets voor je jongere broers. Jij weet net zo goed als ik dat deze verbintenis belangrijk is voor onze familie. Net zoals ik destijds met je moeder ben getrouwd.' Hij keek hem even hoofdschuddend aan, met een blik vol minachting. 'Alleen een idioot denkt te kunnen trouwen uit liefde.'

Edward kneep zijn handen tot vuisten toen de graaf zijn moeder noemde. Het was voor hem geen nieuws dat het huwelijk tussen zijn ouders liefdeloos was geweest. Zijn moeder had alleen warmte en genegenheid gevonden bij haar drie zoons, iets wat Edward na al die jaren nog altijd koesterde.

Het kon de graaf van Ridgewood klaarblijkelijk niets schelen welke emoties zijn mededeling bij zijn zoon teweegbracht. Hij ging met hetzelfde gemak over tot de orde van de dag. Hij pakte wat documenten bij elkaar, stopte ze in een aktetas en stond op. 'Wakefield kan elk moment de automobiel voorrijden. Ik ga naar Londen voor een extra bijeenkomst van de partij. Ik kom morgenmiddag terug. Morgenavond zal Oswald hier dineren met zijn vrouw en dochter. Ik verwacht dat jij en je broers daar allemaal bij aanwezig zijn én ik verwacht dat jullie je gedragen zoals jullie dat hebben geleerd. Inclusief James.'

En met die woorden verliet de graaf zijn werkkamer en liet zijn zoon achter.

Edward staarde uit het raam en keek verlangend naar de glooiende heuvels. Wat zou hij er niet voor geven om op zijn paard te stappen en weg te rijden zonder ooit nog achterom te kijken. Hij zuchtte en schudde zijn hoofd. Zijn plichtsgevoel maakte dat hij opstond, zijn jacquet rechttrok en op pad ging om uit te zoeken waar James uithing.

Hij had blijkbaar een diner voor te bereiden.

7.

'Hij komt heus wel.'

'Ja, maar de vraag is in welke staat,' mompelde Edward terwijl hij onrustig heen en weer liep door zijn eigen studeerkamer. Deze ruimte was een stuk minder imposant dan de werkkamer van zijn vader. En dat was precies zoals Edward het wilde. Met de goedgevulde boekenkasten, het bescheiden mahoniehouten bureau en de chesterfieldbanken was het een fijne plek om zich terug te trekken wanneer hij daar behoefte aan had. En dat was nogal eens.

'Je hebt hem toch een bericht gestuurd en gezegd hierheen te komen?' Daniels hoofd ging heen en weer terwijl hij zijn ijsberende broer volgde. 'Hij is vast onderweg.'

De positieve insteek van zijn jongste broer kon Edward alleen maar bewonderen, hijzelf stond tegenwoordig een stuk minder optimistisch in het leven.

Edward stopte met ijsberen en staarde uit het raam, dat uitkeek op de voorzijde van het landgoed. Hij haalde een hand door zijn dikke donkerbruine haar en tuurde vervolgens over de lange oprijlaan in de hoop iets te zien wat wees op de aankomst van zijn broer. Een paard, een rijtuig, verdomd, wat hem betreft kwam James met een van die nieuwe huurautomobielen. Als hij maar op tijd was. Edward zuchtte en draaide zich weer om naar zijn andere broer, die kalm op de bank zat. Hij keek in twee vragende donkere ogen. 'Wat?'

'Maak je je nou echt zo druk over James of gaat dit over iets anders?' Daniel trok vragend een van zijn wenkbrauwen op.

Edward had nog niet de moed gevonden om zijn broer in te lichten over het doel van deze avond. Ja, hij had beide broers gevraagd – of eigenlijk op het hart gedrukt – naar huis te komen voor een belangrijk diner, maar hij had hun niet verteld dat ze hun aanstaande schoonzus, de toekomstige gravin van Ridgewood Hall, gingen ontmoeten. Op de een of andere manier vond hij er gewoon de woorden niet voor. Bovendien, zodra Edward het hardop zou uitspreken, zou er gevoelsmatig geen weg terug meer zijn. Hij had zijn best gedaan niet al te veel na te denken over de aankomende ontmoeting met Guinevere Parker, maar telkens als zijn gedachten toch die kant op gingen, kantelde zijn maag.

'Vertel op,' drong Daniel nu aan, hij keek zijn broer bezorgd aan. 'Ik ken je, Ed. Er zit je iets dwars.'

Edward wierp zijn jongere broertje een veelbetekenende blik toe. Echt, hij moest eens weten. Edward zoog zijn longen vol lucht, zuchtte diep en gooide het nieuws toen op tafel. 'Vader heeft een huwelijk voor me geregeld. Met de dochter van Oswald Parker. Ze komen vanavond dineren om kennis te maken.'

Daniel fronste. 'Hè? Ik dacht dat dit een etentje was met de markies van Gregorstone en zijn vrouw.'

Edward knikte. 'Die komen ook. Geen idee waarom eigenlijk. Mevrouw Cole was sowieso in alle staten, aangezien vader gisteren pas liet weten wat hij voor het menu verwachtte.'

'Arme mevrouw Cole,' Daniels ogen verzachtten bij het noemen van de naam van de oude huishoudster, die hen na het overlijden van hun moeder had opgevangen. Alle drie de broers waren dol op de vrouw. Ze had de jongens vaak meegenomen naar buiten, de heuvels in. Ze nam dan een grote mand vol lekkers mee en liet hen uitrazen en hun hart luchten en gaf hun de ruimte om zichzelf te zijn, wat in het landhuis zelf destijds steeds moeilijker werd onder het juk van hun vader.

'Vader wil natuurlijk een perfecte indruk maken op onze nieuwe schoonfamilie.'

'Vandaar dat James op tijd moet zijn,' vulde Daniel aan. Het kwartje viel.

'Juist.'

'En vandaar dat jij zo gespannen bent.'

'Hm,' was de enige reactie van Edward, die weer uit het raam tuurde.

Daniel keek even nadenkend naar zijn whisky en draaide de drank rond in zijn glas. 'Ken je die Guinevere?'

Edward schudde zijn hoofd. 'Nee, niet dat ik weet. Haar vader wel, succesvolle zakenman. Van het "nieuwe geld" zoals vader zou zeggen.' Hij trok nadenkend een wenkbrauw op. 'Hij moet wel erg wanhopig zijn om zich aan een dergelijke familie te willen binden. Je zou denken dat het tegen al zijn principes ingaat.'

'Ze zullen een goed bod gedaan hebben. Misschien is ze wel zo lelijk als een trol.'

Edward trok zijn wenkbrauwen op. Daar had hij eerlijk gezegd nog niet eens over nagedacht. Wat voor vrouw zou Guinevere zijn? Hij zag een schuchter, spichtig meisje voor zich en trok zijn neus op.

Edward was niet arrogant, maar hij wist van zichzelf dat hij een aantrekkelijke man was. Net als zijn broers had hij dik, donkerbruin haar en donkerbruine ogen en ze waren alle drie lang en atletisch gebouwd. Hoewel ze hun karakter voornamelijk van hun moeder hadden geërfd, waren ze qua uiterlijk alle drie jongere versies van hun vader, die ondanks zijn oplopende leeftijd nog altijd een charismatische man was. Het was niet zo dat Edward niet met een lelijk meisje wilde trouwen – uiterlijk was uiteraard niet het belangrijkst voor hem – maar hij had er nooit bij stilgestaan dat... Edward schudde de gedachte van zich af. 'Dat doet er ook niet toe,' verzuchtte hij en hij wreef met zijn hand over zijn gezicht.

'Dus je gaat het doen?' Daniel keek hem onderzoekend aan. 'Trouwen, bedoel ik.'

Edward zakte nu aan de andere kant van de bank neer, nam een slok uit zijn eigen glas en legde toen met een zucht zijn voorhoofd in zijn hand. Het onrustige gevoel dat hem de hele dag al kwelde, kroop steeds verder naar de oppervlakte. 'Ik geloof niet dat ik echt een keuze heb.'

Daniel zweeg, wat genoeg antwoord was voor Edward. Na een korte stilte zei Daniel: 'Geloof me, broer, vrouwen leveren meer ellende op dan je lief is.'

Vragend keek Edward op. Ondanks alles moest hij glimlachen. 'Heeft mijn kleine broertje soms iets te vertellen?'

Daniel schudde gefrustreerd zijn hoofd. 'Niets speciaals. Maar die suffragettes in Cambridge worden steeds fanatieker in hun onmogelijke queeste om gelijke rechten.' Daniel had zich na wat rebelse tienerjaren toegelegd op zijn studie literatuurgeschiedenis. Hij was met zijn achtentwintig jaar een van de jongste professoren van het land.

Edward dacht even over de woorden van zijn broer na. 'Je moet toegeven dat het ergens ook vreemd is dat vrouwen niet dezelfde studies kunnen volgen als mannen. Of dat hun prestaties niet meetellen, terwijl sommigen een stuk slimmer zijn dan de meeste mannen die ik ken bij elkaar.'

Daniel haalde zijn schouders op. 'Sommige dingen zijn nu eenmaal zoals ze zijn. Het is waarschijnlijk niet voor niets ooit zo ingericht.'

Edward trok een vies gezicht. 'Zo klink je net als vader. Je neemt toch zeker niet zijn overtuigingen over?'

'Nee, natuurlijk niet,' wierp Daniel snel tegen. 'Maar... geloof me, bij het bestuur van de universiteit is er nog een lange weg te gaan. Ik denk ook wel dat het anders zou moeten, maar...' Hij aarzelde even en schudde toen zijn hoofd. 'Echt, het is een verloren zaak. Ik besteed mijn tijd liever aan nuttigere dingen.'

Edward was het niet eens met zijn broer, maar een blik op de staande klok achter zijn bureau wees hem erop dat deze discussie een andere keer voortgezet zou moeten worden.

Het geronk van een motor was de tweede hint.

Met een zucht stond Edward weer op en hij keek opnieuw uit het raam. 'Ze zijn er.'

'Is vader al thuis?' Daniel stond nu ook op en streek zijn jacquet glad.

'Heb je die kilte niet in huis gevoeld?' vroeg Edward; het was als grapje bedoeld, maar zijn gezicht was serieus en ze lachten geen van beiden. Vooral niet nu hij besefte dat James niet op tijd zou zijn voor het diner. Als hij überhaupt al kwam opdagen.

'Grappig, ja,' beaamde Daniel daarom droogjes terwijl hij naar de deur liep. 'Laten we de gasten maar ontvangen.' En na een korte stilte voegde hij toe: 'En je nieuwe verloofde ontmoeten.'

Edward voelde een knoop in zijn maag. Zijn *verloofde*. Was het moment dan echt aangekomen waarop hij het enige wat hij voor zichzelf had gewild – trouwen uit liefde – ook zou opgeven? Hij wreef nogmaals met zijn hand over zijn gezicht en sloot de deur van zijn werkkamer achter zich terwijl hij Daniel de gang in volgde. Langzaam liepen ze de treden van de statige trap af. In de hal klonken de stemmen van hun gasten en zijn vader die hen als zijn charmante zelf – een persoonlijkheid die hij alleen voor speciale gelegenheden bewaarde – verwelkomde.

Ze waren nog maar twee trappen en één bocht verwijderd van het moment dat ze in het zicht zouden komen en de aandacht van het gezelschap zouden trekken. Met elke stap die Edward zette, kreeg hij het warmer. Zijn hartslag versnelde. Zijn ingewanden kronkelden. Hij stak zijn vingers tussen zijn kraag en nek en trok in een poging het minder benauwd te krijgen. Het was alsof hij geen lucht kreeg.

Als hij nu naar beneden liep, dan bezegelde hij het lot voor de rest van zijn leven.

Het zweet brak hem uit.

Als hij nu doorliep, dan –

'Ik kan dit niet,' mompelde hij toen plots verstikt en voor hij zich kon inhouden, gleed zijn hand over de wand tot hij een subtiel handvat te pakken had. Hij trok de deur open, stapte de verborgen gang in, die bestemd was voor de bedienden, en trok de deur met een ruk achter zich dicht, waarmee hij een verbijsterde Daniel achterliet. Zonder om te kijken begon Edward door de schemerige gang te lopen. Hij had geen idee waar hij naartoe liep, maar hij moest weg van dit verstikkende gevoel. Het idee dat zijn hele leven voor hem uitgestippeld was en dat hij zelfs niet kon kiezen met wie hij dat leven zou doorbrengen, overviel hem, het sloeg alle lucht uit zijn longen. Hij wilde – hij móést – dat moment nog even uitstellen, ook al wist hij diep vanbinnen dat het onvermijdelijk was.

Hij was zo verzonken in zijn eigen, over elkaar tuimelende gedachten dat hij de zachte voetstappen niet hoorde. Op het moment dat hij de hoek om ging, knalde hij dan ook onverwachts tegen iets zachts en kleins aan. Het gerinkel van glas klonk, gevolgd door een kreetje en een Schotse vloek.

Geschrokken keek Edward op. Hij ontmoette de ogen van een prachtige jonge vrouw, gekleed in een zwarte jurk en een wit mutsje, zoals de dienstmeiden van mevrouw Cole droegen.

Die groene ogen sperden nu wijd open en keken hem in paniek aan, waarna ze snel neergeslagen werden. 'O, duizendmaal excuses, milord. Het spijt me verschrikkelijk, ik...' Met een Schotse tongval rolden de woorden over haar lippen en tot Edwards afschuw hoorde hij haar stem trillen van ontzetting. Hij liet zijn blik over het meisje gaan. Hij had haar nog nooit eerder gezien, ze was vast nieuw. Haar rode haren waren vastgebonden en grotendeels bedekt met het witte mutsje. Haar handen trilden toen ze ze zenuwachtig in elkaar wrong, terwijl ze met een stortvloed aan woorden haar excuses bleef aanbieden.

'Het is in orde.' Hij glimlachte in een poging haar gerust te stellen, waarna hij bukte om de scherven van de karaf die ze had laten vallen bij elkaar te vegen.

'O nee, milord,' bracht ze geschrokken uit. 'Laat mij dat doen, alstublieft.' Met een vaart dook ze omlaag, precies op het moment dat Edward zich ophief om haar aan te kijken. Met een oncharmante bonk kwam zijn hoofd tegen haar kin aan. 'Oef,' bracht ze uit, waarna ze met haar hand over haar kin wreef.

'O hemel, excuus,' bracht Edward geschrokken uit en hij pakte haar bij haar armen. Ze keek met grote ogen naar hem op. Hij liet een hand los en voordat hij zich kon beheersen, streek hij voorzichtig met zijn duim over haar kin. 'Heb je je bezeerd?'

'Nee, nee, het is niets, milord.' Ze probeerde een stap achteruit te zetten en op dat moment besefte Edward pas dat hij haar zomaar had vastgepakt. Wat vreselijk ongepast. Snel liet hij haar los en hij zette zelf ook een stap achteruit. 'Mijn verontschuldigingen, ik... Vergeef me, ik heb hier niets te zoeken.'

'Nee, vergeeft u mij, ik had beter op moeten letten, milord.' Ze glimlachte nu voorzichtig naar hem en toen ze dat deed, lichtten haar ogen op. Er tolde iets in Edwards maag.

Ze was werkelijk prachtig.

'Ik ben Edward, Edward Bellamy. Ik... woon hier,' bazelde hij, terwijl hij direct besefte hoe onnozel dat moest klinken.

Het meisje schoot in de lach, schrok zichtbaar van haar eigen reactie en herstelde zich snel. 'Ik weet wie u bent, milord,' en tot Edwards grote ontsteltenis maakte ze een kleine reverence terwijl haar wangen rood kleurden.

Hij negeerde het en bekeek haar nieuwsgierig. 'Ben je nieuw hier?'

'Ja, meneer, eh, ik bedoel milord. Ik ben... Eh, ik ben afgelopen week begonnen.' Ze keek even naar hem op en glimlachte nerveus. 'Ik help mevrouw Cole.'

'Nou, fantastisch,' prevelde Edward terwijl hij zijn ogen niet van haar af kon houden. 'Echt... goed.'

Haar voorzichtige glimlach werd breder. Toen wees ze op de scherven aan hun voeten. 'Ik zal iets gaan halen om dat op te ruimen.'

'Uitstekend. Ik moet ook... verder.' Toen tot Edward doordrong waarom hij hier was en waar hij eigenlijk naartoe moest, zonk de moed hem in de schoenen. 'We hebben een etentje,' voegde hij er totaal nutteloos aan toe. Alsof zij dat niet wist. Waarschijnlijk stond ze samen met mevrouw Cole en de andere dienstmeiden al de hele dag in de keuken om alles voor te bereiden.

'*Aye*, ik weet het,' antwoordde ze dan ook. Daarna draaide ze zich al half om om weg te lopen. 'Goed, ik ga dus... Eh...' Ze wees naar de gang achter haar.

'Ja, ja natuurlijk.' Edward gebaarde haar dat ze vooral moest gaan, terwijl hij zelf bleef staan. Hij aarzelde. Moest hij teruglopen of achter haar aan gaan? Wat was precies zijn plan geweest toen hij deze gang in was geslopen?

Uitstel van executie.

Die woorden dansten even door zijn gedachten, terwijl hij het meisje aankeek.

Ze maakte nog een snelle reverence en liep toen weg.

'Wacht!' Het woord rolde al over zijn lippen voor hij erover had nagedacht.

Ze draaide zich vragend om. 'Milord?'

'Hoe heet je?' vroeg hij toen.

Weer die glimlach. 'Gillian, milord. Gillian MacLachlan.'

Gillian

O nee, o nee, o nee.

Gillian vloog zowat door de donkere gang tot ze bij de trap naar de grote keuken kwam, waar ze razendsnel de deur achter zich sloot en met gloeiende wangen haar voorhoofd tegen de deur legde.

O nee.

Wat deed hij daar? Waarom liep hij in die gang? Lieve hemel, dat verwacht toch niemand? Gillian schaamde zich dood. Ze was niet alleen tegen de toekomstige graaf van Ridgewood gebotst, ze had ook nog een van de kostbare karaffen laten vallen én ze had zich vervolgens als een stamelende idioot gedragen.

'Ik weet wie u bent, milord.' Wat had ze betweterig geklonken! *Shite.* Ze kreunde terwijl haar eigen woorden door haar hoofd galmden.

Natuurlijk wist ze dat. Iedereen wist wie hij was. En ze werkte verdorie voor hem. Althans, ze hoopte dat dat nog steeds het geval was en dat deze ramp haar niet haar baan zou kosten, want ze had het geld hard nodig om naar haar familie te sturen.

O nee.

Ze kreunde. Ze had verdomme zelfs gevloekt in zijn bijzijn. Ze kreunde nogmaals, want nu deed ze het weer.

Goed, kalmeer.

Gillian rechtte haar rug, stopte wat verdwaalde plukken haar terug onder haar mutsje en zuchtte diep. Het was gebeurd. Ze kon er nu toch niets meer aan veranderen. En wie verwacht ook dat de toekomstige graaf in die gang rondsluipt? Maar goed, het was natuurlijk ook gewoon zijn huis. Hij mocht rondsluipen waar hij wilde. En een man als hij sloop niet, wees ze zichzelf streng terecht. Een man als hij schreed.

Gillian schudde haar hoofd. Er was niets aan de hand. Ze zou gewoon teruglopen om de scherven op te ruimen en mevrouw Cole vertellen dat ze was gestruikeld in de schemerige gang en dan zou ze – hopelijk – verder gaan met haar werkzaamheden. Ze zou niet meer nadenken over dat lange, gespierde lichaam dat ze even tegen zich aan had gevoeld. Of zijn sterke handen op haar schouders die haar op haar plaats hadden gehouden. En al helemaal niet aan die donkere ogen die haar zo intens hadden aangekeken. Ze zou niet meer denken aan hoe zijn haar over zijn voorhoofd was gegleden en al helemaal niet aan zijn laatste blik toen ze haar naam had verteld. Nee, ze zou gewoon doorgaan met haar werk. Ze mocht de oudste zoon van de graaf van een afstandje dan wel bewonderen – hoe kon je anders als je hem zag? – maar ze kende haar plek. En dat was zeer zeker niet smachtend aan zijn voeten. Dat was vanavond in de keuken, waar de voorbereidingen voor het diner in volle gang waren.

Gillian haalde diep adem en liep de trap af en de zware deur door en stapte de keuken in. Mevrouw Cole keek direct op van haar administratie, die ze aan de keukentafel controleerde.

'Alles in orde, meisje?' Mevrouw Cole keek haar opmerkzaam aan. 'Ben je niet lekker? Je ziet nogal bleek.'

Gillian besloot direct van de gelegenheid gebruik te maken en liep naar de vrouw toe. 'Ik heb een karaf kapot laten vallen, mevrouw Cole. Ik struikelde in de gang, het spijt me echt verschrikkelijk.'

De vrouw keek naar haar op. 'Och meisje, dat is niet handig. Maar maak je geen zorgen, dat lossen we wel op. Ruim het op en daarna kun je mevrouw Pillkington helpen met het dessert, voordat we het voorgerecht gaan serveren. Timothy is plotseling ziek geworden, dus het is nogal chaotisch.' Ze wees naar de kokkin, die met rode konen onophoudelijk bevelen naar haar keukenpersoneel riep. Gillian maakte een snelle buiging en holde toen naar het hok met de schoonmaakspullen. Ze greep een bezem en snelde weer naar boven, de gang in.

Een verwachtingsvol gevoel bekroop haar.

Zou hij er nog zijn?

Nee, natuurlijk niet, *idiot lass.*

Waarom zou hij hier in de gangen blijven rondhangen? Gillian snelde door de gang, ruimde de scherven op en haastte zich daarna weer naar beneden. Vervolgens hielp ze mevrouw Pillkington bij de voorbereidingen voor het diner en friste zichzelf snel op om bij uitzondering te helpen bij het opdienen ervan. De strenge Wakefield had ontzettend moeilijk gekeken toen mevrouw Cole het had voorgesteld, maar met een zieke livreiknecht had hij geen andere keuze dan de dienstmeiden mee te laten helpen.

Maar hoe hard ze ook werkte en hoezeer ze zichzelf ook probeerde af te leiden, die prachtige bruine ogen bleven haar achtervolgen.

8.

Edward was nog altijd met zijn gedachten bij zijn onverwachte ontmoeting toen hij zijn opwachting maakte in de hal, waar het hele gezelschap zich direct naar hem omdraaide.

Als eerste kruiste zijn blik die van Daniel, die hem bevreemd aankeek, en vervolgens verre van subtiel naar de andere kant van de hal seinde. Edwards ogen gleden langs de geïrriteerde blik van zijn vader naar hun gasten voor deze avond. Hij hield zijn ogen in eerste instantie angstvallig gericht op de markies en markiezin van Gregorstone. Hij groette de man met een knikje en pakte vervolgens de hand van de markiezin om er een kus op te drukken. 'Markiezin, wat ziet u er fantastisch uit,' zei hij automatisch, hoewel hij amper een blik op haar had geworpen. De markiezin glimlachte genoegzaam. Toen richtte hij zijn aandacht op Oswald Parker, op diens vrouw en tot slot, toen hij echt niet anders meer kon, op hun dochter Guinevere. Met een beetje geluk – of pech – de toekomstige gravin.

Guinevere Parker was de hemel zij dank in ieder geval geen lelijke vrouw. Sterker nog, ze was tot Edwards verrassing beeldschoon. Haar goudblonde haren waren in kunstige krullen opgestoken en ze droeg een lichtblauwe jurk volgens de laatste mode, met een lage taille, met kant bewerkte mouwen en een rok die wijd uitliep. Edward liep naar haar toe, boog zijn hoofd en kuste haar hand. 'Juffrouw Parker,' groette hij.

Ze gaf een kleine reverence. 'Milord,' knikte ze, waarbij een rode blos op haar wangen verscheen. Edward keek vervolgens opzij naar haar vader, een pafferige grote man met rossig haar. Hij groette de zakenman en diens vrouw op een gepaste manier en draaide zich vervolgens om naar zijn vader, die hem als een havik in de gaten hield.

Op dat moment onderbrak Wakefield de ongemakkelijke stilte. 'Er staat een aperitief klaar in de salon, milords en ladies.'

De graaf van Ridgewood knikte goedkeurend en nodigde vervolgens met een charmant gebaar zijn gasten uit om hem voor te gaan naar de salon, waar ze een aperitief zouden drinken voordat ze aan tafel gingen.

Toen Edward hem naderde, keek zijn vader hem ijzig aan. 'Waar is James?'

Edward haalde zijn schouders op. 'Ik heb hem een bericht gestuurd.'

Zijn vader mompelde een lelijk woord en liep toen de salon binnen.

Edward volgde met een zucht.

Dit zou wel eens een lange avond kunnen worden.

Een uur later zat het gezelschap aan tafel in de eetzaal. De tafel was overduidelijk gedekt om indruk te maken. Het servies glom en het kristal van de kroonluchters weerspiegelde in de wijnglazen en karaffen die op tafel klaarstonden. Een groot exotisch bloemstuk sierde de tafel in het midden over de gehele lengte. De graaf van Ridgewood zat aan het hoofd. Volgens de etiquette zaten zijn belangrijkste gasten naast hem, waarbij de echtparen niet naast elkaar mochten zitten, en man en vrouw afgewisseld werden. Edward zat zodoende tussen de markiezin en de vrouw van Oswald Parker ingeklemd en schuin tegenover hem zat Guinevere Parker, tussen haar vader en de markies in. Daniel zat aan de andere zijde van mevrouw Parker, haar man tegenover hem. James' plek bleef leeg. Edward klemde zijn kaken op elkaar, maar besloot dat hij er nu niets meer aan kon doen. Hij kon alleen nog maar hopen dat James helemaal niet meer zou komen opdagen, dat was het beste om een nog gênantere situatie te voorkomen.

'Mijn middelste zoon moet zich helaas excuseren,' zei zijn vader met een charmante glimlach naar zijn gasten. 'Hij werd opgehouden in de stad.'

Wat een perfecte toneelspeler was hij toch.

'Ach, de jeugd vindt altijd meer deugd in de stad dan hier op het platteland, nietwaar?' stemde de markies van Gregorstone in. 'Ik weet nog goed hoe het was toen wij jong waren, nietwaar, Bellamy? We hebben toch heel wat avonden de stad onveilig gemaakt.'

Zijn vader glimlachte zuinig, maar zijn ogen bleven donker.

Edward kon zich niets voorstellen bij zijn vader als jongeman en enig losbandig gedrag dat daarbij kwam kijken. Het was alsof de man nooit iemand anders was geweest dan een starre, hooghartige graaf die vanaf zijn troon neerkeek op de rest van de wereld.

'Wat studeert u ook alweer?' hoorde Edward mevrouw Parker beleefd aan zijn broer Daniel vragen.

'O, ik heb mijn studiedagen al enige tijd achter me gelaten en heb nu het plezier om nieuwe studenten de kennis bij te brengen die ik de afgelopen jaren heb opgedaan,' antwoordde Daniel en hij glimlachte kort, waarna hij een lepel soep in zijn mond stopte ten teken dat hij uitgepraat was. Mevrouw Parker begon daarop onverstoorbaar een verhaal over een nicht en diens zoon en het duurde niet lang voordat Edward – evenals Daniel – zijn aandacht voor het gesprek verloor. Hij keek naar de overkant van de tafel en ving de blik van Guinevere Parker, die hem met onverholen interesse observeerde. Op het moment dat hun ogen elkaar ontmoetten, sloeg ze die van haar neer. Haar glimlach bleef desondanks om haar lippen spelen, wat maakte dat Edward vermoedde dat de dochter van de handelsman lang niet zo verlegen was als ze deed voorkomen.

'En Edward, kijk je er al naar uit om je vader op te volgen in het Hogerhuis?' De markies keek hem vragend aan. De markies was, net als zijn vader, een voornaam lid van de conservatieve partij en een sparringpartner van de graaf. Samen hadden ze veel invloed in de regio, waar ze voornamelijk in hun eigen voordeel gebruik van maakten.

'U loopt op de zaken vooruit, markies,' antwoordde Edward diplomatiek. 'Mijn vader is nog springlevend en hoeft nog lang niet opgevolgd te worden.'

De markies schudde zijn hoofd. 'Ware woorden, mijn jongen. Toch is een goede voorbereiding belangrijk.'

'Edward is op alle mogelijke manieren voorbereid op zijn toekomst.' De graaf van Ridgewood verplaatste zijn blik veelbetekenend naar Oswald Parker. 'Mijn zoon weet precies wat er van hem verwacht wordt.' De handelsman knikte en wierp een korte blik op Edward, waarna hij zijn glas aan zijn mond zette en de rode wijn naar binnen goot.

Edwards maag trok samen. Hoewel Guinevere een mooie vrouw was om te zien en hij nog geen zwaarwegende reden had gevonden om zich tegen dit huwelijk te verzetten, vocht er iets in zijn binnenste om erkenning, om vrijheid, om eigen keuzes kunnen maken. Op dat moment ging de deur van de eetzaal open en kwamen er verschillende bedienden binnen met de volgende gang. Hij zag haar direct. Haar rode krullen piekten speels onder het witte kapje vandaan terwijl ze wat ongemakkelijk om zich heen keek. Toen hun blikken elkaar kruisten, glimlachte Edward. Hij hoopte dat het haar gerust zou stellen. Met woordeloze orders beval Wakefield de bedienden naar de juiste plek te lopen om de gebruikte borden af te ruimen en de nieuwe gang op te dienen.

Edward kon zijn ogen niet van haar afhouden. Het was hoogst ongebruikelijk dat het diner werd opgediend door dienstmeiden, maar in plaats van daarover na te denken volgde hij met interesse haar bewegingen. Ze liep geruisloos door de kamer, wierp af en toe een onzekere blik om zich heen, maar kreeg zwijgend steun van een van de livreiknechten die al geruime tijd voor hen werkte. Het deed Edward goed om te zien dat het nieuwe meisje zo goed werd opgevangen door de rest van het personeel, maar tegelijkertijd stak het hem dat hij haar die geruststelling niet kon geven, aangezien ze hem niet langer dan één seconde durfde aan te kijken. Toen ze door Wakefield naar hem toe werd gestuurd met een karaf wijn om zijn glas bij te vullen, verstijfde ze zichtbaar, alsof ze liever niet bij hem in de buurt kwam. Ze keek even op.

Op het moment dat Edward haar opnieuw bemoedigend wilde toeknikken, vloog de deur open en wankelde James binnen, wat ieders aandacht direct naar die kant van de zaal trok.

Edwards hart zonk in zijn schoenen bij de aanblik van zijn broer. Zijn donkere, korte haar zat in de war en op zijn kaken was een baard van een aantal dagen zichtbaar. Zijn ogen waren roodomrand en werden bovendien gesierd door donkere kringen. Goede genade, het was alsof hij rechtstreeks uit de plaatselijke pub kwam.

'Mijn welgemeende excuses voor het feit dat ik te laat ben.' James glimlachte zijn bekende glimlach, waarmee hij doorgaans heel veel voor elkaar kreeg, en keek de eetzaal rond. De markiezin trok haar mond tot een strakke streep en ook de markies keek misprijzend op. Oswald Parker had daarentegen een nieuwsgierige blik, evenals zijn vrouw én zijn dochter, die lichtjes één wenkbrauw optrok. Edward zag de frons op Daniels gezicht, die hem vervolgens met opgetrokken wenkbrauwen aankeek. *En nu?*

'James.' De graaf keek zijn zoon met nauwelijks verborgen woede aan. 'We hadden je niet meer verwacht.'

'Maar hier ben ik dan toch. Gesommeerd als een paradepaard.' James' lodderige blik gleed door de kamer en landde beurtelings op zijn broers. 'En de rest apporteert ook weer netjes, zo te zien.' Hij slenterde naar een lege stoel, maar in plaats van de plek die voor hem gedekt was, koos James provocerend de stoel aan het hoofd van de tafel, recht tegenover zijn vader. Hij ging zitten, pakte zonder iets te vragen een glas en knipte met zijn vingers om een karaf wijn, die hij vervolgens zonder pardon uit de handen van een van de livreiknechten pakte om zichzelf in te schenken.

Edwards blik gleed onwillekeurig naar Gillian, die met grote ogen vanuit de hoek van de ruimte toekeek. Het dienblad in haar handen helde gevaarlijk over. Nog net op tijd wist haar collega te voorkomen dat de borden van het dienblad vielen, waarna Wakefield met hoge urgentie en een rood hoofd alle bedienden de eetkamer uit joeg.

'James.' Zijn vader had maar één waarschuwend woord nodig om zijn boodschap duidelijk te maken: hij accepteerde het niet om voor schut gezet te worden door zijn zoon, zeker niet ten overstaan van zijn vrienden en toekomstige schoonfamilie.

'Wat is de gelegenheid deze keer, vader? Een nieuw politiek akkoordje? Een onverwachte erfenis? Of...' James keek de tafel eens goed rond en liet zijn blik uiteindelijk op Guinevere en haar vader rusten. 'Of een bruidsschat natuurlijk.' Hij grijnsde en keek toen naar Edward, die hem met een strenge blik non-verbaal het zwijgen probeerde op te leggen.

Tevergeefs.

'Oswald Parker, als ik me niet vergis?' James keek nu de handelsman aan, die met een star gezicht knikte.

'Jámes...' herhaalde de graaf nogmaals op dreigende toon.

'O, laat je door mij vooral niet tegenhouden. Ga gerust verder.' James zwaaide zijn arm over de tafel heen en begon zelf op te scheppen, waarna hij met gulzige happen begon te eten. Edward kreunde inwendig. Het maakte hem niet zoveel uit dat James zijn vader voor schut zette, maar hij wist dat dit op de een of andere manier weer zo gedraaid zou worden dat het zijn schuld was. Om onverklaarbare redenen verwachtte de graaf dat Edward, als oudste, zijn jongere broers in toom zou houden. Wat in het geval van James in principe een redelijk onmogelijke taak was.

Zijn vader had zich inmiddels herpakt. Hij keek naar de overkant van de tafel en sprak op kalme toon, alsof hij een krankzinnige tot rede probeerde te brengen. 'James, we hebben vandaag meneer Parker met zijn vrouw en dochter te gast. Meneer Parker is succesvol zakenman en –'

'En opportunist, jaja, ik ken hem wel,' brak James met volle mond in. Hij zwaaide met zijn vork naar Oswald Parker. 'Wel de hersenen en het geld, maar niet de titel en de bijbehorende status.' Hij haalde nonchalant een schouder op. 'Logisch om hier aan tafel te zitten.'

De dames aan tafel hapten geschrokken naar adem.

De graaf liep nu rood aan van woede. 'James Bellamy, wel verdom –'

'Vader,' onderbrak Edward hem snel voordat de situatie volledig uit de hand zou lopen, hij legde zijn servet naast zijn bord. 'Met uw goedkeuring neem ik James even mee, ik moet nog iets met hem bespreken.'

Zijn vader haalde diep adem en knikte toen. 'Verdwijn. Uit mijn ogen.'

Edward schoof haastig zijn stoel achteruit, stond op en liep naar zijn broer, die hij zwijgend sommeerde ook op te staan. James keek naar zijn oudere broer, rolde opzichtig met zijn ogen, maar deed wat er van hem verwacht werd. Hij keek de tafel rond. 'Als u me weer wilt excuseren, ik heb schijnbaar heel toevallig op dit moment belangrijke zaken met mijn broer te bespreken...'

Edward onderdrukte de neiging om zijn broer bij zijn elleboog vast te grijpen. Dat bewaarde hij voor het moment dat ze buiten de eetzaal stonden en de deur achter hen dichtviel. 'Ben je helemaal gek geworden?' Met een duwtje dirigeerde Edward hem de juiste kant op, in de richting van de oostvleugel, waar de broers alle drie hun eigen vertrekken hadden. 'Kom.'

Zwijgend liepen de broers door de lange hal, hun voetstappen weerkaatsend op de marmeren tegels. Toen ze het enorme portret van hun moeder passeerden, keek Edward de andere kant op. Hij kon het niet aan om haar trieste glimlach nu te zien. Toch voelde hij de ogen van zijn moeder in zijn rug prikken. *Wat er ook gebeurt, jullie moeten elkaar nooit in de steek laten. Beloof me dat.* Edwards woede zakte met elke stap verder weg. Hij kon nooit lang boos zijn op James, al schaamde hij zich voor die vertoning van zojuist. Goed, hij had ook een hekel aan zijn vader en hij had als geen ander het recht om niet blij te zijn met dit gearrangeerde huwelijk, maar hij was nog altijd een heer en zo zou hij zich ook bij elke gelegenheid gedragen. James was een ander verhaal. Hij had zijn opstandige gedrag uit zijn tienerjaren nooit van zich afgeschud en leek geen rust te vinden. Hij had geen doel in zijn leven, niet zoals Edward en Daniel inmiddels hadden. James was het grootste gedeelte van zijn tijd in het Londense nachtleven te vinden, waar hij feesten, gokhallen en bordelen afstruinde, samen met vrienden die net als hij maar al te graag een verantwoordelijk leven ontvluchtten.

Edward moest bekennen dat hij niet zeker wist of hij het gedrag van zijn middelste broer verafschuwde of dat hij heimelijk jaloers was op die laisser-fairehouding en de vrijheden die James zich had toegeëigend.

'Ik heb gelijk, of niet?' mompelde James toen ze bij de deur van zijn salon aankwamen.

'Welk onderdeel van je gedetailleerde beschouwing bedoel je precies?' vroeg Edward.

'Wil hij dat je met die blonde trouwt?'

'Dat is wel het plan.' Edward wreef met de muis van zijn hand in zijn oog. Hij was plotseling doodmoe. De deur van James' salon ging open en ze stapten samen naar binnen.

'Maar wil je dat? Je kunt toch gewoon nee zeggen?'

Edward zuchtte. 'Was het maar zo simpel.'

'Maar...'

'James. Zorg jij nu eerst maar dat je je eigen leven op orde krijgt, ja?' Zijn woorden waren harder dan hij ze had bedoeld, maar een preek van zijn losgeslagen broer was wel het laatste wat hij nu kon gebruiken.

James bleef even stil en keek toen zijn broer onderzoekend aan. Hij was opeens verrassend scherp in tegenstelling tot even daarvoor. 'Het spijt me,' zei hij toen.

'Wat?' Edward keek hem aan.

'Het spijt me. Niet voor het gedoe met vader, dat interesseert me niet. Maar ik wil jou geen ellende bezorgen.'

'Het is al goed. Slaap je roes uit, we praten morgen,' antwoordde Edward, waarna hij zich omdraaide en de kamer weer uit liep.

Even speelde Edward met de gedachte om niet meer terug te keren, maar na een paar seconden van bezinning streek hij zijn jacquet glad, zuchtte een keer diep en liep terug naar de eetkamer.

9.

Het diner verliep verder zonder bijzonderheden. Het onderwerp James werd angstvallig vermeden, al waren de onderlinge blikken niet te missen. Zijn vader had meerdere malen verbeten naar Edward gekeken, alsof hij persoonlijk verantwoordelijk was voor het gedrag van zijn broer. Guinevere had Edward ook meerdere onderzoekende blikken toegeworpen, maar Edward had geen aandacht meer aan haar besteed. Hij had er simpelweg geen ruimte meer voor in zijn hoofd. Hij was te druk met zich zorgen maken over het gedrag van zijn broer en het wanhopige pleidooi van de oude Wilkens en tussendoor werd zijn aandacht ook nog eens getrokken door een onwetende roodharige jonge vrouw die ergens in het huis rondliep.

In de dagen die volgden, keek Edward dan ook naar haar uit. Wanneer hij zijn dagelijkse ronde door het huis maakte, gleden zijn ogen steevast langs elke kamer in de hoop haar ergens te treffen. Maar het was alsof ze in de lucht was opgelost. Ironisch natuurlijk dat dat ook de belangrijkste opdracht was die het personeel van Ridgewood Hall kreeg: wees onzichtbaar. Wat hij zou willen zeggen of doen als hij haar zag, wist hij niet zo goed, maar er groeide een onrust in hem die alleen maar gestild kon worden door haar aanblik. Hij verlangde ernaar haar weer te zien, die glimlach van haar, die prachtige groene ogen. Hij wist ook niet wat hem bezielde: hij was zich er dondersgoed van bewust dat het hoogst ongepast zou zijn om zich in te laten met het personeel, om zich te bekommeren om een nieuwe dienstmeid. Maar die wetenschap maakte zijn nieuwsgierigheid naar haar niet minder. Sterker nog, het idee dat hij iets deed wat tegen de regels inging, trok hem

– zoals de laatste tijd wel vaker – steeds meer. Hij verafschuwde zijn vader, met zijn pompeuze vrienden in hun starre wereldje. De tijden waren aan het veranderen: de rol van de adel schoof in rap tempo naar de achtergrond en meer en meer kreeg de gewone burger een plaats in de maatschappij. Een verademing als je het aan Edward vroeg, want hoewel hij dol was op het landgoed, hechtte hij weinig waarde aan zijn toekomstige titel en de verantwoordelijkheden die daarbij hoorden. En waren elk nieuw idee en elke nieuwe overtuiging niet ooit modern totdat ze dat niet meer waren?

Verzonken in gedachten liep Edward op de derde dag na het diner waarbij hij zijn toekomstige verloofde had ontmoet de salon binnen, waar zijn vader even daarvoor gasten had ontvangen. Hij was zo afgeleid dat hij haar pas opmerkte toen ze geschrokken rechtop ging staan en de lege glazen op het dienblad in haar hand gevaarlijk rinkelden.

Edward keek op en zijn ziel maakte een sprongetje toen hij haar zag staan. Ze had een roze blos op haar wangen en een onzekere, maar ook nieuwsgierige blik in haar ogen.

'O. Vergeef me, milord,' haastte ze zich te zeggen. Ze hield het dienblad net op tijd recht om te voorkomen dat ze opnieuw scherven kon rapen. 'Ik ben zo klaar. Dan ben ik weg.'

Hij schudde direct zijn hoofd. 'Nee, alsjeblieft, doe rustig aan. Ik heb hier niets te zoeken.'

Er verscheen een glimlach om haar lippen. 'Het is uw huis, dus u hebt overal wat te zoeken.'

Edward wreef nadenkend over zijn kaak, waarna ook hij glimlachte. 'Misschien heb je gelijk. Al is het huis in principe van mijn vader.' Hij trok een scheef gezicht, en herstelde zich direct toen hij besefte dat hij onmogelijk zijn vader belachelijk kon maken tegenover haar.

Ze bleef even staan en hoewel ze snel wegdraaide, zag hij hoe haar heldergroene ogen een kort moment over zijn lichaam gleden. Een fractie van een seconde later kwam ze met een schokje in beweging. Ze zette het dienblad haastig neer en begon gejaagd de overige lege glazen te verzamelen. Haar handen trilden lichtjes. Hij hoopte dat dat niet door hem kwam. Al was het idee dat hij haar ook niet onberoerd liet een interessantere gedachte dan hij wilde toegeven. Hij keek om zich heen, op zoek naar iets om haar op haar gemak te stellen. 'Ik was hier alleen om…' Zijn blik viel op een krant die op de salontafel lag. '…de krant te pakken,' eindigde hij zijn zin met een tevreden klank.

Ze ontweek ieder oogcontact, knikte zwijgend en leegde nu in rap tempo de asbakken op de tafels. Ze bewoog zich geluidloos door de ruimte en deed er duidelijk alles aan om op te gaan in het behang en bovendien zo snel mogelijk weg te komen.

Van hem?

Edward pakte de krant op, liep terug naar de deur en bleef toen staan. Nu hij haar eindelijk zag, was er eerlijk gezegd geen haar op zijn hoofd die eraan dacht om deze salon zo snel weer te verlaten. Hij draalde daarom wat bij de deur, deed alsof hij aandachtig de krantenkoppen las en keek toen nonchalant naar haar op. 'Bevalt het hier?'

Haar hoofd vloog omhoog en ze knipperde even met haar ogen. 'Pardon, milord?'

Goed, ze was het duidelijk niet gewend dat er een praatje met haar gemaakt werd. Wat best logisch was, want het was ook totaal niet gepast. Maar dat kon Edward opeens niets meer schelen. Hij móést gewoon meer over haar weten.

'Vind je het fijn hier?' herhaalde hij daarom.

Haar gezicht verzachtte een kort moment. 'O, *aye*, *pure barry*. Mevrouw Cole is ontzettend vriendelijk. En iedereen is zo lief voor me. Van de bediening dan natuurlijk. Ik bedoel, u bent… U…' Ze slikte moeizaam, haar wangen werden rood. 'Maar goed, ik heb dus een fijne kamer boven,' praatte ze er rap overheen. 'Het is natuurlijk even wennen, zo'n groot huis. Maar ik weet mijn taken steeds beter, dus dat is fijn,' knikte ze. Toen hield ze abrupt haar mond en keek hem met grote ogen aan. Zijn mondhoeken krulden omhoog. Dat waren meer woorden achter elkaar dan hij tot nu toe van haar gehoord had. Meer ook dan hij had verwacht, maar hij genoot van de klank van haar stem.

'O neemt u mij niet kwalijk, milord, ik praat te veel, een slechte karaktereigenschap van me, dat zei mijn moeder ook altijd, familiekwaaltje,' prevelde ze nu en ze begon weer verwoed op te ruimen.

'Het is in orde, ik vroeg er toch naar? Fijn om te horen dat je het naar je zin hebt.' Hij aarzelde even, zijn gedachten schoten naar het diner van een paar dagen geleden. 'Hopelijk was je niet al te ondersteboven van mijn broer.' Op het moment dat hij de woorden uitsprak, besefte hij hoe verkeerd dit zou overkomen. James was een aantrekkelijke verschijning en vrouwen vielen over het algemeen met bosjes voor hem. Edward moest er niet aan denken dat Gillian op die manier onder de indruk was van zijn broer. Een misplaatste scheut jaloezie schoot door zijn borst bij de gedachte alleen al. Snel herformuleerde hij zijn vraag. 'Ik bedoel van zijn gedrag dan, dat was natuurlijk... niet... Nou ja...' hij maakte een wuivend gebaar met de krant, goed beseffend dat hij compleet buiten zijn boekje ging als hij deze zin af zou maken zoals hij van plan was geweest, '...niet helemaal zoals het hoort,' zwakte hij het daarom af.

Gillian glimlachte en het viel Edward op dat haar ogen oplichtten bij haar volgende woorden. 'O, dinna fash. Ik heb zelf thuis vijf jongere broers en zussen die er regelmatig een puinhoop van maken, dus ik ben wel wat gewend,' sprak ze snel, waarna ze haar lippen weer op elkaar perste. Ze leek zichzelf inwendig een standje te geven.

Edward voelde zijn borst warm worden. Ze was aandoenlijk wanneer ze dacht dat ze buiten haar boekje ging. En hij wilde niets liever dan meer over haar horen. Waar ze vandaan kwam, hoe ze was opgegroeid, hoe ze hier terecht was gekomen.

'Ah, woont je familie in de buurt?' Hij kon zichzelf wel voor zijn kop slaan na die vraag. Haar Schotse tongval verraadde het antwoord immers al.

'Nee, in Edinburgh,' antwoordde ze dan ook, er klonk verlangen in haar stem.

'Je zult hen vast missen,' gokte Edward, en daarmee schoot hij in de roos.

Ze knikte en keek toen weer naar het dienblad. 'O ja, ik... O, ik moet verder.'

'Natuurlijk,' knikte Edward en hij probeerde zijn teleurstelling te verbergen. 'Laat mij je niet van je werk houden.'

Ze knikte nogmaals, maakte een korte reverence en verdween toen snel door de andere deur, die leidde naar de vertrekken van het personeel.

Edward bleef nog even staan. De krant bungelde doelloos in zijn hand terwijl hij nadacht over haar woorden. Ze kwam dus uit Edinburgh, uit een groot gezin. De oudste van zes. Ze wist hoe het was om jongere broers en zussen te hebben en zo te horen ook hoe het was om zich verantwoordelijk voor hen te voelen. Daarnaast praatte ze blijkbaar graag, althans, wanneer ze op haar gemak was. Hij glimlachte bij die gedachte. Ze bracht een bepaalde levendigheid met zich mee. Iets wat dit huis wel kon gebruiken. Ridgewood Hall was vroeger misschien een levendige plek geweest, toen zijn moeder er nog was en hij met zijn broers door de gangen had gerend, maar de laatste jaren werden die gangen gekenmerkt door een drukkende stilte, enkel onderbroken door het gemopper en gevloek van zijn vader. Iedereen die zich in dit huis waagde, liep op eieren. Daniel trok zich het grootste deel van de tijd terug in zijn huis in Cambridge, onder het mom van werk, en James verbleef liever in Ridgewood House, hun huis in Londen, dan op het landhuis. Toch vond Edward het altijd fijn als zijn broers thuis waren. Het gaf hem een bepaalde moed als ze samenkwamen in hun ouderlijk huis. Alsof ze met z'n drieën alles konden trotseren wat op hun pad kwam, één front tegen hun vader, net als vroeger. Ondanks dat ze zo verschillend van karakter waren, waren ze met elkaar verbonden en begrepen ze elkaar. Ze zouden er altijd voor elkaar zijn. Als het erop aankwam, zou zelfs James voor hen door het vuur gaan, dat wist hij zeker.

Dat maakte dat zijn gedachten weer naar Guinevere gingen. Een huwelijk met de dochter van Oswald Parker. Was dat het zoveelste offer dat Edward voor zijn familie moest brengen? Was dat wat hij moest doen om zijn rol te vervullen als toekomstige graaf van Ridgewood?

Een kuchje trok zijn aandacht en Edward besefte dat hij nog altijd in de deuropening van de salon stond. Hij draaide zich om en zag Wakefield staan. Hij had de oude butler helemaal niet aan horen komen. Stond hij daar lang? Had hij zijn gesprek met Gillian gehoord?

Edward hield zich van de domme. 'Wakefield,' knikte hij groetend. 'Wat kan ik voor u doen?'

'De graaf zou u graag willen spreken,' antwoordde de butler rustig en hij keek Edward aan. Onrust bekroop Edward.

Edward knikte. 'Bedankt. Ik zal hem zo opzoeken.'

'Hij wacht op u,' benadrukte Wakefield, waarna hij knikte en geluidloos wegliep.

Edward besloot deze keer direct naar zijn vader toe te lopen, al nam hij wel een omweg, deels om tijd te rekken, maar ook in de hoop nog een glimp van Gillian op te vangen. Maar toen hij de deur van zijn vaders werkkamer bereikte, had hij uitsluitend lege hallen doorkruist en alleen zijn eigen eenzame voetstappen in de lange gangen horen weerklinken.

Hij klopte aan en opende direct daarna de deur. De scherpe blik van zijn vader wees hem op het feit dat hij opnieuw niet had gewacht tot hij toestemming had gekregen om binnen te komen. Edward liep naar het bureau van zijn vader en keek de man aan. 'U wilde me spreken?'

De graaf van Ridgewood knikte nadenkend en wees toen zwijgend op de stoel tegenover hem. Edward zonk neer, sloeg zijn ene lange been over het andere en bleef zijn vader afwachtend aankijken. Hoewel hij – hopelijk – rustig overkwam, pompte zijn bloed wild door zijn aderen. Hij wist wat zijn vader te melden had. En deze keer… Deze keer wist Edward niet meer zo zeker of hij het gewillig over zich heen zou laten komen.

'Dus, hoe denk je over de dochter van Oswald Parker?' vroeg zijn vader tot zijn grote verrassing. Dat had hij niet verwacht. Edward had niet gedacht dat zijn mening relevant zou zijn.

Hij verschoof op zijn stoel en koos zijn woorden zorgvuldig. 'Ze is een mooie vrouw, beleefd, slim waarschijnlijk.'

Zijn vader knikte instemmend. 'Ze zal een goede gravin zijn.'

Edward gaf geen antwoord, maar wachtte af.

Zijn vader zweeg een kort moment en knikte toen tevreden alsof hij een eind maakte aan een interne discussie en het klaarblijkelijk – zoals altijd – met zichzelf eens was. 'Morgenmiddag zal ik onze familie en nabije vrienden uitnodigen voor een middagbijeenkomst voor de feestelijke mededeling.'

Er blies een ballon in Edwards maag op, groter en groter, tot hij amper kon ademhalen en onrustig zijn vingers tussen zijn kraag en nek stak in de hoop wat meer lucht te krijgen. Hij gaf geen antwoord, maar bleef zijn vader aankijken in afwachting van de gevreesde woorden die zouden volgen.

'Ik zal het huwelijk tussen jou en juffrouw Parker morgenmiddag officieel aankondigen.'

En de ballon in Edwards maag knapte.

10.

Edward voelde zich klemgezet. Hij besefte dat zijn vader geen ruimte zou geven om het huwelijk tussen hem en Guinevere Parker te weigeren, maar tegelijk maakte alleen al de gedachte eraan dat hij wilde vluchten. Weg van hier en nooit meer omkijken. Plotseling twijfelde hij aan alles. Jarenlang was hij onderwezen met als enige doel de nieuwe graaf van Ridgewood te worden en hij had het allemaal vanzelfsprekend gevonden. Hij had geen keuze, toch? Hij had zich het beheren van het landgoed eigen gemaakt, en daarbij al veel taken van zijn vader overgenomen. Maar wat betekende dit nu echt voor hem? Wat betekende het voor zijn leven? Steeds meer bekroop Edward het gevoel dat hij niet leefde, maar geleefd werd.

Hij kreeg niet de vrijheid om net als Daniel een eigen carrière op te bouwen, of zich zoals James te buiten te gaan aan alles wat God verboden had, zonder dat er consequenties aan vastzaten. Nee, Edward moest altijd het goede voorbeeld geven, luisteren naar zijn meerderen en in de voetsporen van zijn vader treden. Het was hem al lange tijd duidelijk dat hij nooit zoals zijn vader wilde zijn. Wanneer hij ooit graaf zou worden, zou hij vriendelijk zijn voor zijn personeel, meelevend naar de pachters, liefdevol voor zijn kinderen en bovendien zou hij proberen iets goeds te doen met de invloed die hem door zijn geboorterecht in de schoenen was geworpen. Hij zou die macht niet zoals zijn vader alleen maar gebruiken om er zelf beter, rijker en machtiger van te worden.

Tot voor kort had Edward inderdaad gedacht geen keuze te hebben, maar zijn ontmoeting met Gillian deed hem onverwacht verlangen naar iets anders. Het was een verlangen naar een ander leven, zonder de strakke regels, de etiquette en altijd maar doen wat er van hem gevraagd werd, een leven zonder al die verwachtingen die al jaren als een zwaard van Damocles boven zijn hoofd hingen.

De volgende ochtend zadelde Edward in alle vroegte zijn paard. Toen hij het hoofdstel om het hoofd van zijn zwarte hengst deed, kwam de staljongen verwilderd aangerend, zijn haren in de war, zijn ogen slaperig. Hij had blijkbaar in alle haast zijn kleding aangetrokken, want zijn broek zat binnenstebuiten en zijn overjas was scheef dichtgeknoopt. 'Sorry, milord, ik was… Ik sliep en –'

'Tuurlijk sliep je,' onderbrak Edward hem op rustige toon. 'De zon is nog niet eens op. Ga maar terug naar bed, ik red me wel.'

'Maar milord…' De jongen bleef aarzelend staan.

'Ik weet echt wel hoe ik mijn eigen paard moet zadelen. Het komt goed,' verzekerde hij de jongen, die de slaap nog uit zijn ogen wreef.

De jongen aarzelde nog een kort moment, boog toen zijn hoofd en schuifelde achteruit, nog altijd onzeker of hij echt weg zou gaan of dat er nog iets van hem gevraagd werd.

Edward steeg op en liet zijn paard rustig het erf op stappen. Met de vrijheid in zicht gaf hij zijn paard kort daarna de sporen en galoppeerde over de glooiende heuvels de horizon tegemoet.

Pas in de loop van de middag kwam Edward terug. Zijn lichaam was stijf van de lange rit en zijn paard uitgeput door het onvermoeibare tempo waarmee zijn berijder hem had voortgejaagd. Hij liet het dampende dier achter bij de staljongen, die zichtbaar opgelucht was deze keer wel van dienst te kunnen zijn zoals dat van hem verwacht werd.

Edward had uren over de heuvels en door de bossen gereden. Hij had zijn paard steeds weer aangemoedigd om sneller te gaan, alsof de razende wind langs zijn hoofd zijn gedachten kon verjagen. Alsof zijn vrijheid met elke mijl die hij reed dichterbij zou komen. Hij had het gevoel het bijna te kunnen vastgrijpen.

Bíjna.

Totdat hij besefte dat hij weer terug moest. De plicht trok zwaarder aan hem dan ooit tevoren. Als hij nu niet terug zou gaan, kon hij nooit meer terug en de gevolgen zouden niet te overzien zijn. Dat zette hem aan het denken. Want wat zou zijn vader doen als hij het huwelijk weigerde en daadwerkelijk zou vertrekken? Hij zou razend zijn, maar verder? Zou hij zijn woede op Daniel en James botvieren? Die zorgden wel dat ze uit de buurt bleven.

Het deed er niet toe wat de graaf van Ridgewood zou doen, want het was niet nodig. Edward ging terug omdat hij had gevoeld dat hij geen andere keuze had. Hij liep via de achterzijde van Ridgewood Hall naar binnen, in de hoop via deze route een glimp van Gillian op te vangen. Hij dwong zijn vermoeide benen de trap op en trok zich terug in zijn vertrekken om zich gereed te maken voor de aankomst van hun gasten én het onvermijdelijke moment waarop de verloving bekend zou worden gemaakt.

Niet veel later liep Edward met een onrustig gevoel vanuit zijn eigen salon naar zijn werkkamer met de intentie zichzelf nog wat moed in te drinken. Hij voelde zich opgesloten in zijn eigen leven. Met een ruk trok hij de deur van de werkkamer open. Tot zijn verbazing trof hij zijn beide broers aan.

James zag er frisser uit dan een paar dagen eerder. Deze keer was hij op tijd uit de stad teruggekeerd en maakte hij een nuchtere indruk. Hij hief zijn glas ter begroeting. 'Broer, gaat er gebeuren wat ik denk dat er gaat gebeuren?'

Edward gaf geen antwoord, liep door naar zijn bureau en vulde voor zichzelf een glas uit de karaf whisky die klaarstond. Hij nam een slok en liet de gouden vloeistof door zijn mond glijden. Schotse whisky. Hij snoof. Natuurlijk. De kleur van de drank deed hem denken aan de rode gloed van haar haren en hij omklemde het glas stevig met zijn vingers.

'Ga je dit echt doorzetten?' vroeg Daniel.

Die opmerking maakte dat Edward zich met een ruk omdraaide. Hij keek zijn broer met samengeknepen ogen aan, zijn hartslag versnelde en hitte vloog naar zijn wangen. 'Heb ik een keuze dan?' barstte hij uit.

Daniels ogen werden groot. James keek weg en nam een slok uit zijn glas.

'Alles is verdomme voor me uitgestippeld, mijn hele leven al,' ging Edward verder. Alle opgekropte spanning vond zijn weg naar buiten. 'Niemand interesseert het wat ík wil, wíé ik wil. Verdomme!' Hij liet zijn glas met een klap neerkomen op het bureau, boog zijn hoofd en probeerde zichzelf weer onder controle te krijgen. Zijn vingers trilden op het koele hout.

Zijn broers zwegen, beiden waarschijnlijk opgelucht dat zij niet in de schoenen van hun broer stonden, die gewoon de pech had om als eerste geboren te zijn.

'Voor wat het waard is: je had het slechter kunnen treffen,' bracht Daniel zachtjes in. 'Ze is mooi, en ze lijkt me intelligent en goed gemanierd.'

Edward hield zijn ogen nog altijd gesloten. Hij begreep dat Daniel hem probeerde te helpen, maar op dit moment kon niets hem kalmeren. Zijn vader stond op het punt om aan de wereld bekend te maken dat Edward ging trouwen met een vrouw die hij niet kende, van wie hij niet hield en waarvan iedereen zou weten dat het een verstandshuwelijk was. Men hoefde maar te horen dat zij de dochter was van de rijke handelsman om te begrijpen waarom dit huwelijk plaatsvond. Hij was niet meer dan een marionet van zijn vader. En iedereen wist dat.

'Misschien ga je op den duur van haar houden,' zei Daniel zacht.

Edward richtte zich op en keek naar zijn broer. 'Zoals onze moeder van onze vader is gaan houden, bedoel je?'

Daniels gezicht betrok. De broers wisten alle drie dat er nooit sprake was geweest van liefde tussen hun ouders. Hun vader kende alleen liefde voor zichzelf en zijn titel, hun moeder was bijzaak geweest. Een middel om erfgenamen te creëren. Wat Guinevere in de ogen van hun vader ook was.

'Ik vertrouw haar niet.'

Daniel en Edward draaiden zich allebei tegelijk om naar James, die zich tot nu toe op de achtergrond had gehouden. 'Wat bedoel je?' vroeg Edward behoedzaam.

'Ik heb haar wel eens gezien in Londen. Op feestjes. Ze komt onschuldig over, maar volgens mij is ze een slinkse dame. Ze observeert de boel altijd, heeft alles in de gaten. Die scherpe blik van haar... Ik mag haar niet.' Hij schudde zijn hoofd. 'Ze is niet oprecht, ze speelt een toneelstukje.'

'Wat heeft ze te verbergen dan, volgens jou?' Daniel trok vragend zijn wenkbrauwen op, duidelijk twijfelend aan de woorden van zijn broer.

James haalde zijn schouders op. 'Ik weet het niet. Maar iets klopt er niet aan die vrouw.'

'Nou, daar heb ik wat aan,' verzuchtte Edward, hij pakte zijn glas, gooide de inhoud in één teug naar binnen en zonk toen in een grote fauteuil neer. Hij zette zijn ellebogen op zijn knieën en liet zijn hoofd in zijn handen zakken. 'Goede genade, wat moet ik doen?'

Stilte.

En voordat een van de broers de moed had gevonden om iets te zeggen, klonk er een kort klopje op de deur.

'Binnen,' mompelde Edward zonder zijn hoofd uit zijn handen te halen.

De deur ging open en het gezicht van Wakefield verscheen. 'Het is tijd,' sprak hij zacht, alsof zelfs hij begreep dat het leven van Edward op het punt stond drastisch te veranderen. Hij keek Edward met een bezorgde blik aan. 'De graaf van Ridgewood wacht.'

De gasten waren bijeengekomen in de salon. Naast de markies en markiezin van Gregorstone zag Edward ook enkele leden van het Hogerhuis, de hertog van Bedfort, en enkele leden van de Londense society die naar Ridgewood Hall waren gekomen in afwachting van de grootse aankondiging die de graaf zou doen. Guinevere Parker stond met haar handen ineengevouwen naast haar moeder en keek met een tevreden glimlach om zich heen.

Ik vertrouw haar niet.

De woorden van zijn broer galmden door Edwards hoofd en hij observeerde haar onopvallend. Ze keek oplettend de kamer door, alsof ze goed wilde onthouden wie er allemaal waren. Af en toe bleef haar blik langer hangen bij een van de voorname gasten, waarna ze een korte blik op haar vader wierp. Toen sloeg ze ineens haar ogen op en keek Edward aan. Er speelde een verleidelijke glimlach rond haar lippen, waarna ze haar hoofd kort boog. Edward knikte terug en perste er een glimlach uit. Wat James ook dacht, als dit echt zijn vrouw zou worden, dan kon hij maar beter zorgen voor een goede start. Hij excuseerde zich bij zijn broers en liep naar haar toe. Toen hij haar uitgestoken hand aannam, drukte hij er een kus op. Haar hand was slank en koel. 'Hebt u het koud?' vroeg hij daarom attent.

Ze glimlachte. 'Nee,' antwoordde ze. 'Gewoon een beetje nerveus.'

Edward keek haar onderzoekend aan. Misschien had zijn broer het wel mis, misschien was ze precies waar ze op leek: de aantrekkelijke dochter van een rijke zakenman die werd uitgehuwelijkt aan een erfgenaam die nodig aan de vrouw moest. Misschien was zij net zo ontevreden over deze overeenkomst als hij. Hij ontspande iets bij de gedachte dat zij zich ook opgelaten moest voelen. Edward glimlachte naar haar. 'Het komt vast goed,' zei hij zachtjes en hij kneep even in haar hand, die hij nog altijd vasthield.

Ze slaakte een kort zuchtje. 'Ik hoop het.'

Op dat moment schoot er in zijn ooghoek iets roods voorbij. Hij keek opzij, recht in de ogen van Gillian, die met een dienblad voor hem stond. Ze glimlachte dapper naar hem, maar haar lach bereikte haar ogen niet. 'Kan ik u iets te drinken aanbieden?' Haar stem klonk afstandelijk, heel anders dan het meisje dat hem gisteren over haar familie vertelde. Ze hield het dienblad met gevulde glazen tussen hem en Guinevere in. Haar blik schoot kort naar Guinevere, waarna ze zich weer op het dienblad richtte.

Guinevere pakte een glas zonder Gillian ook maar een blik waardig te keuren.

'Is Timothy nog steeds ziek?' vroeg Edward, want het was niet gebruikelijk dat een van de dienstmeiden de gasten bediende.

'Ja, milord.' Ze keek weg. Edward glimlachte naar haar en pakte toen met een knikje ook een glas. 'Dank je wel,' prevelde hij. De ballon in zijn maag was terug.

Plotseling schoot er een gedachte door zijn hoofd: Gillian kon hier niet zijn als zijn vader het nieuws aankondigde. Ze mocht dit niet horen.

Met een ruk draaide hij zich om en hij beende op Wakefield af. 'Ik wil dat je Gillian naar beneden stuurt. Ik wil geen dienstmeiden in de salon vandaag,' zei hij. Wakefields wenkbrauwen schoten slechts een fractie van een seconde omhoog, maar hij knikte en bewoog zich daarna onopvallend door de ruimte tot hij Gillian bereikte. Hij sprak in haar oor, waarna ze verrast opkeek. Hun ogen ontmoetten elkaar, en hoewel Edward haar non-verbaal duidelijk wilde maken dat dit niets met haar te maken had – maar eigenlijk alles – zag ze er gekwetst uit. Ze knikte naar Wakefield, liet haar hoofd zakken en liep vervolgens met opgetrokken schouders de ruimte uit. Edward onderdrukte de neiging om achter haar aan te lopen. Hij wilde het uitleggen, goedpraten, haar laten weten dat het voor haar eigen bestwil was – of met name voor zijn eigen gemoedsrust, als hij eerlijk was.

Maar op dat moment tikte zijn vader tegen zijn champagneglas. 'Geachte dames en heren, ik heet u van harte welkom op Ridgewood Hall op deze fantastische middag.' Hij keek hooghartig de ruimte rond, duidelijk in zijn sas, en liet zijn blik beurtelings op de meest prominente gasten rusten. 'Ik ben ontzettend verheugd dat jullie hier allemaal vandaag bijeen zijn gekomen, want ik heb geweldig nieuws, belangrijk voor Ridgewood, voor onze families en voor de toekomst.' Zijn vader hield even stil om iedereens aandacht vast te houden. 'Vandaag is een prachtige dag in de geschiedenis van Ridgewood, want vandaag kondig ik met trots het voorgenomen huwelijk aan tussen mijn oudste zoon Edward Bellamy, erfgenaam en toekomstige graaf van Ridgewood Hall, en Guinevere Parker, dochter van succesvol ondernemer en zakenman Oswald Parker. Door onze families te verenigen en hopelijk snel te voorzien van een erfgenaam' – er werd gelachen – 'bewerkstelligen we een vruchtbare' – opnieuw gelach – 'en mooie toekomst voor Ridgewood Hall en het voortbestaan van onze prachtige cultuur met haar eeuwenoude tradities.'

Na die woorden barstte iedereen in gejuich en applaus uit. Edward werd van alle kanten op zijn schouder geslagen en gefeliciteerd, terwijl Guinevere aan de andere kant van de kamer met een blos felicitaties in ontvangst nam. Zijn vader en Oswald Parker schudden elkaar tevreden de hand en de markies stelde een proost voor op het gelukkige jonge paar. En terwijl de glazen de lucht in gingen en gelukwensen klonken, kon Edward maar aan één persoon denken. Iemand die niet langer in deze ruimte was, maar zijn gedachten volledig had overgenomen.

Deel 3

HEDEN

11.

Het idee had haar gedachten volledig overgenomen. Een ticket was zo geregeld en aangezien er niemand was om afscheid van te nemen, zat Flora een dag later al op het vliegveld te wachten tot ze kon boarden. Ze had haar collega's en vriendinnen laten weten dat ze een paar dagen naar Edinburgh ging. Jantine en Patricia wensten haar allebei simpelweg veel plezier, alsof ze gewoon een gepland weekendje wegging en niet kort na het begraven van haar moeder zo'n beetje het land uit vluchtte. Flora stelde zich voor hoe haar vriendinnen met één kind op de arm en het andere vastgeklampt aan hun been even snel op het appje hadden gereageerd, zonder te lezen wat Flora hun echt vertelde.

Pak je rust en we kijken uit naar je terugkomst had Marian geappt; Flora las alleen maar tussen de regels door dat ze hoopte dat Flora vooral snel weer terug zou komen om het groeiende wachtlijstprobleem op te lossen.

Flora zuchtte. Wellicht bekeek ze alles te somber. Ze hoopte dat haar reis naar Schotland haar zou helpen om de boel weer wat meer in perspectief te zien, om zich lichter te voelen en weer vooruit te kunnen kijken.

Om de tijd te doden tot ze aan boord mocht, pakte Flora het boek dat haar moeder haar had nagelaten. *An Iron Will.* Ze liet haar vingers even gedachteloos over de opdracht op de eerste pagina gaan en begon te lezen.

De vlucht naar Edinburgh verliep probleemloos. Binnen twee uur zette Flora voet op Schotse bodem en ze trok haar trolley achter zich aan door de ruime aankomsthal. Ze volgde de bordjes die naar de trein wezen. Het was druk, erg druk. Drukker dan ze had verwacht. Om haar heen dromden uitgelaten groepen jongeren, bonte gezelschappen van muzikanten, jonge gezinnen met lachende kinderen en gemoedelijke echtparen met kleine koffers.

Flora liep naar de balie waar treinkaartjes te koop waren.

Toen ze aan de beurt was, zag ze achter de balie een vriendelijk ogende oudere vrouw met iets te kleurrijke make-up op. Haar wimpers waren kobaltblauw en haar lippen waren felroze gestift. Ze had donker haar dat als een soort vogelnest op haar hoofd balanceerde en in de massa haar prijkte een grote rode nepbloem. Ze nam Flora nieuwsgierig in zich op en lachte haar toen vriendelijk toe. 'Kan ik je helpen, *lass*?'

'Een kaartje naar het centrum graag.'

Ze kneep haar ogen samen. 'Enkel of retour?'

Flora aarzelde. Ze had nog geen idee hoelang ze wilde blijven. Sterker nog, ze had zelfs nog geen flauw benul waar ze zou slapen. Dat zou haar volgende vraag zijn. 'Een enkeltje,' antwoordde ze. 'Ik weet nog niet zeker hoelang ik blijf,' glimlachte ze vervolgens met een vleugje spanning in haar stem.

Dat trok de aandacht van de vrouw. 'Op avontuur, meissie?' Ze grijnsde en knikte enthousiast. 'Perfect. En de beste tijd van het jaar natuurlijk.'

'Zoiets,' mompelde Flora. Toen drongen de woorden van de vrouw tot haar door. 'Wat bedoelt u met de beste tijd van het jaar?'

De vrouw keek haar even aan alsof ze water zag branden. 'Het festival natuurlijk.'

Niet-begrijpend keek Flora terug.

'The Fringe?' De vrouw fronste en schudde toen haar hoofd. 'Maar, lass toch…'

Haar verontwaardigde reactie maakte dat Flora bloosde. 'Sorry, ik ken het niet.'

De vrouw bleef haar hoofd schudden terwijl ze nu ook verschillende folders en brochures begon te verzamelen. 'Edinburgh staat momenteel in het teken van de Edinburgh Festival Fringe. We noemen het The Fringe. Drie weken lang staat de stad compleet op zijn kop, met toneel, muziek, straattheater...' De vrouw keek opnieuw naar haar op, maar toen ze nog altijd Flora's nietszeggende blik zag, schudde ze opnieuw haar hoofd. 'Verdomde Engelsen.' Maar er klonk geen boosheid in haar stem.

'O, maar ik ben geen Engelse,' haastte ze zich te zeggen.

De vrouw keek weer op. 'Niet? Zo klink je wel?'

'Nee, ik ben Nederlands. Maar mijn opa was een Schot, ik ben tweetalig opgevoed.'

Ze keek Flora opnieuw nieuwsgierig aan. 'Wat interessant. Vandaar die mooie rode lokken van je. Kwam hij hier uit de buurt?'

'Ja, uit Edinburgh zelf.' Flora kon het beetje trots in haar antwoord niet verhullen.

'Bijzonder.' De vrouw keek haar nog even aan en knikte toen goedkeurend. 'Nou, dat pleit voor je, lass.' Ze overhandigde haar een stapeltje folders met bovenop haar ticket. 'Dit is je ticket naar je nieuwe avontuur.' Ze knipoogde en wees toen naar rechts: 'Als je hier de hal uit loopt, kom je de trein vanzelf tegen. En dan kun je je meteen inlezen in wat je allemaal kunt doen tijdens het festival. En daarnaast ook nog wat folders over de stad zelf en een plattegrond. Dinna fash. In het oude centrum is ook nog genoeg te doen en te zien buiten het festival om, hoor. De stad is groot genoeg.'

Flora pakte het stapeltje aan en bedankte de vrouw, die haar nog even onderzoekend aankeek. 'Waar verblijf je?'

Haar wangen kleurden opnieuw rood. 'Ik heb nog geen slaapplek, maar ik vind vast wel iets.'

'In deze periode?' De vrouw schudde opnieuw afkeurend haar hoofd. 'Alles zit vol, *bonnie lass*. Heb je familie bij wie je kunt verblijven?'

'Nee,' antwoordde Flora zacht. 'Niet dat ik weet.'

De vrouw nam haar even in zich op. 'Het klinkt alsof je hier halsoverkop naartoe bent gekomen.'

Ergens ontstond een klein vlammetje, een sprankje dat Flora aanmoedigde om haar verhaal te vertellen aan deze compleet vreemde vrouw. Ze slikte moeizaam, onderdrukte het gevoel – wie zat er immers op haar verhaal te wachten? – en glimlachte. 'Een beetje wel. Maar ik vind vast wel wat.' Ze hield haar telefoon even in de lucht. 'Dat komt wel goed.'

De vrouw sloot haar ogen en even dacht Flora dat het gesprek voorbij was, maar toen glimlachte de vrouw ineens, keek haar samenzweerderig aan en schreef iets op een post-it, die ze vervolgens naar Flora toe schoof.

Flora pakte het briefje aan en keek ernaar. Het was een adres.

'Dit is het adres van de Tearin' the Tartan Inn.' Toen Flora's wenkbrauwen omhooggingen bij het horen van de naam, legde ze uit: 'Dat is een oud gezegde hier, het betekent zoiets als een goed gesprek voeren.' Ze glimlachte even. 'Misschien wel precies wat je nodig hebt. Het is de B&B van mijn neef, het pand zit al generaties lang in de familie. Als je zegt dat tante Katie je gestuurd heeft, regelt hij wel iets. Ik zal hem zo even bellen om te zeggen dat je eraan komt.'

Flora pakte de post-it en plakte hem dankbaar op de achterzijde van haar telefoon. 'Dank u wel.'

De vrouw knikte met een warme glimlach. 'Nou, op pad, lass. Geniet van de stad en hopelijk vind je hier wat je zoekt.'

Flora wilde nog protesterend reageren dat ze niet per se op zoek was naar iets, maar de vrouw had zich al tot de oudere man gewend die achter Flora stond en dus ging Flora aan de kant. Ze aarzelde een kort moment, streek met haar vinger over het adres op het blaadje en nadat ze haar euro's had omgewisseld voor ponden zette ze koers naar de trein die haar naar het centrum zou brengen.

Het duurde iets meer dan een halfuur om met de trein naar het centrum van Edinburgh te komen. Flora nam tijdens de rit de tijd om de folders door te bladeren. Ze begreep dat er voor veel van de theaterstukken en muziekshows tijdens het Fringefestival van tevoren tickets moesten worden gekocht, net als voor de jaarlijkse taptoe, een grote militaire parade op het plein bij het beroemde kasteel, maar daarnaast was er ook op straat genoeg te doen en te zien. Ze zocht op Google Maps waar de B&B zat: aan de rand van het oude centrum. Flora stapte uit op het station en liet zich door de straten leiden tot ze in een schuin aflopende straat stond met al net zo scheve huizen. De bruine stenen van de gebouwen gaven de straat een sfeervol aanzicht. Op veel plekken waren bloembakken aan de kozijnen gehangen en de straat was overspannen met een stoffen vlaggenlijn die vrolijk in het zomerbriesje wapperde. Ze tuurde om zich heen en zag toen een pub met groene kozijnen en sierlijke gouden letters op de gevel: Tearin' the Tartan Inn.

Op een bord op straat stond het menu van de dag en er klonk geroezemoes en gelach uit de openstaande deuren. Er was een klein terras opgesteld op de stoep, de plekken waren allemaal bezet. Ze bleef even staan. Voor het eerst sinds ze aan deze onderneming was begonnen, voelde Flora zich een beetje eenzaam. Daarbinnen zaten zo te horen ontzettend veel mensen: vrienden, stelletjes, collega's, allemaal druk pratend met elkaar, lachend om grapjes en anekdotes. Ze zou alleen naar binnen stappen, niet wetend of er überhaupt plek voor haar was en of ze welkom was.

Terwijl Flora op de stoep stond te dralen, kwam er een meisje naar buiten. Ze droeg haar donkere krullen in een staart en had een groen schort om met de naam van de pub erop. '*Haye*, kan ik je helpen?'

'O, eh. Ja...' Flora besloot maar met de deur in huis te vallen. 'Ik ben op zoek naar een slaapplek.'

Het meisje fronste en keek haar ongelovig aan. 'Je bedoelt zonder reservering?'

De moed zakte Flora direct in de schoenen. De toon van het meisje vertelde haar alles wat ze moest weten.

Toen lichtten haar ogen op. 'O, wacht. Ben jij degene die Katie heeft gestuurd?'

Flora knikte aarzelend, waarop het meisje een oogverblindende lach liet zien. 'Zeg dat dan meteen! We verwachtten je al. Ik moest je opvangen van Jackson.'

Blijkbaar had Flora haar nogal verward aangekeken, want het meisje legde snel uit: 'Jackson is mijn baas. Katie is zijn tante. En geloof me, haar wil is wet. Kom binnen, lass, wil je een *bevvy*?' Flora's Engels was altijd uitstekend geweest, maar het Schotse accent duizelde haar. 'Een drankje,' verduidelijkte het meisje snel. 'Ik ben Ava.' Ze wees op zichzelf en joeg Flora daarna naar binnen.

'Flora,' stelde ze zichzelf snel voor waarna ze achter het meisje aan de drukke pub in liep. Het was er vol en rumoerig. De pub was ingericht met robuust bruin meubilair en had een donkerhouten lambrisering. De muren hingen vol met foto's, oude reclameplaten, spiegels en oude concertposters. Er stonden hoge tafels met krukken eromheen en lage tafeltjes met comfortabel uitziende groene banken en er was een lange bar met een indrukwekkende rij biertaps. Flora's aandacht werd direct getrokken door het plafond, dat volledig was beplakt met honderden verschillende bierviltjes.

'Leuk hè,' zei Ava boven het lawaai van de volle pub uit. 'Ze komen overal en nergens vandaan. Gasten nemen ze mee en Jackson heeft zelf ook veel verzameld tijdens zijn reizen. Althans, dat zei hij, hè. Sinds ik hier werk, is hij nergens meer naartoe geweest. Niet verder dan de markt volgens mij.' Ze lachte en pakte een glas van de toog. Toen keek ze vragend naar Flora. Flora knikte en een paar seconden later zette het meisje een groot glas schuimend bier voor haar neer. Flora liet haar koffer staan en manoeuvreerde zichzelf op de laatste vrije kruk terwijl Ava een groot in leer gebonden boek pakte en met een plof op de bar neer liet komen, gevaarlijk dicht naast een plasje bier.

'Laat me eens kijken.' Ze liet haar vinger langs een lijst namen gaan, tikte vervolgens nadenkend tegen haar lippen en fronste. 'Hm, Jackson zei dat het wel kon, maar hier staat toch echt dat alles vol is.' Het meisje keek op en zag Flora's geschokte blik. 'Geen zorgen, het komt hoe dan ook goed.' Ze wees op haar koffer. 'Ik zal die alvast even achter zetten, dan ben je daar vanaf.'

'Weet je zeker dat ik hier kan blijven dan?' vroeg Flora aarzelend. Ze wilde zich niet opdringen en als er geen plek was, kon ze beter zorgen dat ze weer op pad ging om iets anders te vinden.

'Natuurlijk! We vinden wel wat, ik moet alleen even wachten tot Jackson er weer is. Hij zal wel iets regelen.'

Flora knikte aarzelend. Terwijl ze van haar bier dronk, keek ze toe hoe Ava haar koffer pakte en hem via een achterdeur de pub uit trok. Een paar seconden later kwam ze weer terug. Ze keek Flora met een stralende glimlach aan. 'Dus. Vertel eens... Wat is jouw verhaal?'

12.

Met de plattegrond in haar hand liep Flora een uurtje later de hobbelige straat uit. Ava had een aantal highlights voor haar omcirkeld en haar beloofd dat er bij terugkomst een kamer voor haar klaar zou zijn. 'Echt, maak je nu maar geen zorgen, dat komt helemaal goed,' had ze luchtig gereageerd toen Flora voor de derde keer vroeg of ze het echt zeker wist. Daarna was Ava weer aan de slag gegaan om de gasten in de bomvolle pub van eten en drinken te voorzien.

Flora snoof de frisse lucht op. Hoewel het hartje zomer was, kwam het kwik vandaag amper boven de twintig graden uit. Met een vestje om haar middel geknoopt liep ze als eerste in de richting van het indrukwekkende Edinburgh Castle, terwijl ze onderweg haar ogen uitkeek. Met de ongelijke straten, de scheve huizen en de karakteristieke uitstraling deed het oude gedeelte van de stad middeleeuws aan. Het was hier nog niet zo druk, maar Ava had haar gewaarschuwd voor de menigte die haar vanaf de hoofdstraat van het oude gedeelte, de Royal Mile, tegemoet zou komen.

Terwijl ze door de straten liep, dwaalden Flora's gedachten af naar haar opa. Had hij hier ook gelopen? Het zou misschien niet eens zo moeilijk zijn om te achterhalen waar hij precies had gewoond. Het leek haar bijzonder om het huis te zien waar opa Graham geboren en opgegroeid was.

Ava had gelijk, hoe dichter ze de Royal Mile naderde, hoe drukker het werd. Overal dromden toeristen, bontgekleurde gezelschappen, gezinnen en stelletjes om elkaar heen. Even verderop had een menigte zich verzameld en toen Flora op haar tenen ging staan om te zien waar iedereen naar keek, zag ze een man en een vrouw een traditionele dans uitvoeren op muziek die uit een kleine speaker kwam. Gefascineerd keek ze toe totdat de muziek afgelopen was en alle toeschouwers in gejuich en geklap uitbarstten. Het paar lachte en boog voor hun publiek, waarna de man snel een aantal flyers oppakte en uitdeelde aan de mensen om hen heen, terwijl de vrouw met een pet rondging.

Flora gooide er wat geld in en zette haar wandeltocht voort. Langzaam liep ze de heuvel op die naar het imposante kasteel leidde. Ook hier was het druk, maar de sfeer was ongedwongen en de mensen waren allemaal even vriendelijk. Het eenzame gevoel dat Flora pas had gehad, verdween naar de achtergrond. Ze voelde zich op haar gemak terwijl ze door de menigte heen laveerde, anoniem en tegelijk onderdeel van een geheel. Bij een doedelzakspeler in traditionele klederdracht stond ze even stil. Hij speelde 'Scotland the Brave'. Flora herkende het nummer direct, want haar opa had het vroeger regelmatig laten horen. Ze sloot haar ogen en liet zich door de melodie meevoeren, terwijl ze zich voorstelde hoe haar opa als klein jongetje door deze straten rende. Wat was hij altijd trots geweest op 'zijn' Schotland en in de korte tijd dat Flora hier was, kon ze het al een beetje begrijpen. De mensen waren hartelijk en warm en de stad was werkelijk prachtig, zelfs wanneer die vol toeristen was.

Flora liep verder omhoog tot ze bij de entree van het kasteel aankwam. Er stonden al grote tribunes klaar om later die week alle bezoekers van de militaire parade een plek te geven. Ze kocht een kaartje om het kasteel te bezichtigen en liet zich mijmerend met de menigte meevoeren langs de verschillende zalen en de kroonjuwelen. Bij een grote buitenmuur, naast een rij kanonnen, hield ze na het bezoek aan het kasteel even pauze. Terwijl ze daar op die muur zat en een broodje at, bekroop haar een vreemd gevoel. Haar lichaam begon te tintelen alsof het haar iets probeerde te vertellen. Er was iets met deze plek. Er hing een andere energie, maar Flora kon er de vinger niet op leggen wat het was. In de heerlijke stilte, weg van de massa, en met een prachtig uitzicht over de stad at ze haar lunch. Daarna pakte ze de plattegrond er weer bij en maakte ze zich op om de rest van de stad te gaan verkennen.

Het was al laat in de middag toen Flora zich door haar vermoeide voeten en hongerige maag terug liet leiden naar de Inn. Het was er nog altijd druk, alhoewel het dagpubliek plaats had gemaakt voor de avondgasten. Er werd gelachen, gepraat, gedronken en gegeten. Een heerlijke geur vulde haar neus en liet haar watertanden terwijl ze rondkeek of ze Ava ergens zag. Haar belangrijkste actiepunt was op dit moment zichzelf verzekeren van een slaapplaats. Het was fijn om weer wat avontuurlijker te zijn, maar op straat slapen was toch wel iets te veel van het goede. Toen ze Ava's donkere krullen nergens zag, liep Flora naar de bar, waar een lange, grote man met eenzelfde groen schort aan met zijn rug naar haar toe stond. Ze wachtte geduldig tot hij tijd voor haar had terwijl ze nog eens rondkeek in de ijdele hoop het vertrouwde gezicht van Ava te zien.

'Kan ik je helpen, lass?' Zijn diepe stem deed haar opschrikken. Hij leunde met zijn hand op de bar, stak ruim een kop boven haar uit en keek vragend met helderblauwe ogen op haar neer. Zijn donkerbruine, iets langere haar krulde in zijn nek en was nonchalant achterovergekamd, zodat hij er geen last van zou hebben, hoewel enkele plukken alweer naar voren waren gegleden. Hij had een warme uitstraling, en op de een of andere manier kwam hij vertrouwd op haar over. Hij schraapte zijn keel en trok zijn wenkbrauwen op toen er geen reactie kwam.

'Ik ben op zoek naar Ava,' bracht ze snel uit. 'Of Jackson.'

'Nou, dat treft.' Hij glimlachte. 'Want dat ben ik. Jij moet de Flora zijn die tante Katie deze kant op heeft gestuurd. Ava heeft al over je verteld.'

Flora voelde haar wangen rood worden, al wist ze niet zo goed waarom. Was het dat rollende accent van hem? Ze had gek genoeg altijd al een zwak gehad voor het Schotse accent, een erfenis van haar opa vermoedelijk. Snel gebaarde ze naar de deur waar haar koffer achter was verdwenen. 'Ik weet niet of er toch plek is, maar zo niet, dan hoef ik alleen maar mijn koffer te he –'

Hij hield een hand op om haar te onderbreken. 'Dat is al geregeld.

Je denkt toch zeker niet dat ik tegen tante Katie in durf te gaan?' Hij schudde met grote ogen zijn hoofd. 'O nee, mijn leven is me meer waard dan dat.' Hij draaide zich om en wipte een bosje sleutels van een houten bord. 'Peetie, houd jij de boel hier even in de gaten? Ava is zo weer terug.' Hij keek even naar een roodharige jongen aan de andere kant van de bar, die direct knikte en zijn duim opstak. 'Kom mee.'

Zonder verder nog iets te zeggen liep hij achter de bar vandaan en wrong zich tussen de tafeltjes door naar de deur waarachter Ava was verdwenen toen ze Flora's koffer had weggezet. Hij hield hem voor haar open. Ze bevonden zich nu in een smalle gang en Flora moest een tandje bijzetten om hem bij te houden. Ze passeerden een aantal deuren, totdat ze bij een steile trap aankwamen. Daar draaide Jackson zich naar haar om en keek naar haar lege handen. Hij vloekte kort maar grondig. 'Shite. Je koffer. Natuurlijk. Sorry,' zei hij terwijl hij op de andere kant van de gang wees. 'Die staat nog in de ontbijtzaal, wat overigens chiquer klinkt dan het is. Het is meer een kamer. Ontbijtkamer.' Hij liep op haar af en bleef toen tot Flora's verbazing vlak voor haar stilstaan. Plotseling stond hij heel dichtbij. Met een ongemakkelijk gevoel keek Flora naar hem op.

Hij wees achter haar. 'Mag ik er even langs?'

O jeetje, natuurlijk. Flora schoof tegen de muur aan en drukte zich zo plat mogelijk, zodat hij haar kon passeren. 'Ik kan hem anders zelf –'

'Dinna fash,' wuifde hij weg. Hij manoeuvreerde langs haar en liep weer terug door de smalle gang om vervolgens achter een klapdeur te verdwijnen. Nog voordat de deur terug kon springen, verscheen hij weer met haar trolley in zijn hand alsof het een boterhamzakje was.

'Wat betekent dat eigenlijk? Dat dinja fash? Ik hoorde het Ava ook al zeggen.'

'Dinna fash? Iets als maak je geen zorgen, of geen probleem. Een Schots gezegde. En ons motto hier,' antwoordde hij en hij bleef voor haar stilstaan, waarna hij omhoog wees, de steile trap op. 'De kamer is op de tweede verdieping.'

De houten treden kraakten toen ze in beweging kwam, alsof ze haar wilden vertellen hoe oud ze waren. Ze liepen de twee trappen op totdat ze in een gang met dik rood tapijt aankwamen, waar gelukkig iets meer ruimte was. 'Hier rechts.' Ze volgde hem terwijl hij met de sleutels rammelde en stilhield bij de deur aan het einde van de gang. 'Het is maar een kleine kamer, eigenlijk alleen voor noodgevallen,' zei hij verontschuldigd, waarna hij de deur opende. Hij had niet gelogen. De kamer was amper groter dan een inloopkast, maar er waren een bed, een stoel en een kastje en dat was genoeg. Hij liep naar het raam toe, waar hij de donkerrode gordijnen opzij trok. 'Het is niet veel, maar het uitzicht maakt een hoop goed.' Flora liep nieuwsgierig naar hem toe en keek langs hem uit het raam. Onder haar kronkelden de straten van de stad en in de verte werd het kasteel op de heuvel inmiddels sprookjesachtig verlicht. Nu het begon te schemeren, hulde de ondergaande zon de verlichte stad in paars met oranje tinten.

'Wauw...' murmelde Flora als betoverd.

'Yep.' Hij probeerde zich om te draaien, waardoor ze opnieuw erg dicht bij elkaar stonden. Zijn geur omringde haar. Hij rook aards, met een hint van dennen, maar ze rook ook gebraden vlees, wat haar maag deed rammelen.

'Pardon,' mompelde hij en hij stapte snel achteruit in een poging haar ruimte te geven. In de deuropening bleef hij staan en hij draaide zich naar haar om. 'Verderop in de gang is een gedeelde badkamer. Installeer je maar en dan zien we je vanzelf beneden om iets aan die rammelende maag van je te doen.' Zijn mondhoek trok iets omhoog en hij keek haar een kort moment aan. Toen draaide hij zich om en verdween.

Het duurde niet lang voordat de honger Flora inderdaad naar beneden dreef. Ze vond een plekje op een van de fluwelen groene banken tegen de wand en pakte de menukaart. Ava liep moeiteloos met een vol dienblad door de menigte. Peetie, de roodharige jongen, stond achter de bar en lachte om iets wat een klant zei, terwijl hij nonchalant op een van de taps leunde. Flora zocht de ruimte af tot ze Jackson zag. Hij stond bij een tafeltje in de buurt van de ingang en was druk in gesprek met een van de gasten. Terwijl hij lachte, sloeg hij de man zacht op zijn schouder, kneep er even in en richtte zich toen weer op om rond te kijken. Toen hij Flora zag, zei hij iets, nam afscheid en liep haar kant op.

Flora voelde zich ietwat nerveus terwijl ze toekeek hoe hij zich tussen de mensen door bewoog. Hoewel hij lang en behoorlijk breed was, baande hij zich zonder moeite een weg tussen de drinkende en lachende gasten. Hier en daar groette hij mensen of lachte om iets wat hem toegeroepen werd. Toen hij haar tafeltje bereikte, keek hij met een vriendelijke blik op haar neer. Er flitste nieuwsgierigheid door zijn blauwe ogen. 'En, wat mag het zijn?'

Ze was compleet vergeten om daadwerkelijk iets van de kaart te kiezen. Snel richtte ze haar ogen op de verschillende simpele, maar smakelijk klinkende gerechten. Waarschijnlijk kon ze geen verkeerde keuze maken.

'Ik kan de Scotch Pie aanraden, Tearin' the Tartan staat erom bekend.' Er klonk enige trots in zijn stem. 'Perfect met een lokaal biertje erbij.'

Omdat Flora geen moeilijke eter was, stemde ze met een glimlach in. 'Dank je wel, dat klinkt prima.'

Jackson knikte en liep weer weg. Flora keek hem even na en liet haar ogen toen weer langs de vele gezinnen, stelletjes en vriendengroepen gaan die zich in de pub hadden verzameld. Iedereen leek het naar zijn zin te hebben, maar hoe harder het gelach klonk, hoe ongemakkelijker Flora zich begon te voelen. Daar zat ze dan, in haar eentje in een pub, in een vreemd land. Wat deed ze hier in hemelsnaam? Hoorde ze niet thuis te zijn, te rouwen om haar moeder in plaats van in een pub in Schotland, zonder plan, zonder te weten wat ze precies kwam doen? Wat zou iedereen thuis van haar denken? Zou Marian boos zijn? En Patries en Jantine? Onopvallend trok Flora haar telefoon uit haar broekzak, maar ze had geen nieuwe berichten. Een onbestemd gevoel overviel haar. Hier zat ze dan, zich druk te maken over wat anderen van haar dachten, terwijl er blijkbaar niemand aan háár dacht. Kon ze haar moeder maar bellen, of zelfs alleen een berichtje zou al...

'Een Scotch Pie voor de *wee lass.*'

Flora schrok op toen Ava met een vriendelijke glimlach een bord voor haar neerzette. 'Met de complimenten van de kok uiteraard. En een Flying Scotsman van het huis om het af te maken.' Ze zette een glas op tafel en keek Flora toen aan. 'Ik zei toch dat het goed zou komen. Jackson regelt het wel, zeker als Katie zegt dat dat moet.' Ze grijnsde en knikte toen naar het eten. 'Smakelijk.' En voordat Flora kon reageren, was ze alweer weg.

Flora proefde al snel dat Jackson niet had gelogen: de hartige taart gevuld met gehakt was heerlijk en in combinatie met het bier duurde het niet lang voordat ze haar bord leeg had en de afterdinerdip zich aandiende. Het was inmiddels ook rustiger geworden in de pub: de gezinnen en toeristen waren grotendeels verdwenen en er zaten alleen nog wat vaste klanten en enkele stelletjes, weggedoken in de donkere hoekjes. Jackson stond achter de bar glazen te spoelen, Ava zat aan de bar met een aantrekkelijke man te praten en Peetie was nergens meer te bekennen. Flora's oogleden werden zwaar, ze was moe van alle indrukken van deze eerste dag en wilde haar rekening betalen om naar haar kamer te gaan.

Ze zocht oogcontact met Ava, maar het was Jackson die kort daarna naast haar stond. 'En? Was het lekker?' vroeg hij terwijl hij het tafeltje afruimde.

'Jazeker, het was heerlijk. Complimenten voor de kok. Ik wil ook graag afrekenen.'

'Ah, nou, dank je wel, het was mijn moeders recept.'

'Heb jij dit gemaakt?' Flora wist ook niet waarom het haar verbaasde, maar blijkbaar was de verbijstering in haar stem te horen.

Zijn mondhoek ging geamuseerd omhoog. 'Verrast?'

'Nee! Nou ja, misschien een beetje.' Ze lachte onbeholpen. In de ongemakkelijke stilte die daarop volgde, nam Jackson haar onderzoekend op. Het maakte haar onrustig. 'De rekening?' herinnerde ze hem voorzichtig.

'Ik zet het wel op de kamer.'

Flora knikte en maakte aanstalten om op te staan.

'Heb je... Ik bedoel...' Jackson zocht naar woorden. Vragend keek Flora naar hem op. 'Mijn tante zei dat je misschien hulp nodig had.'

Verrast keek ze hem aan. Wat had die vrouw allemaal gezegd? Flora had haar amper iets verteld.

'Dat je je familie zoekt?' Jackson zette zijn vrije hand in zijn zij. 'Ik kan morgen even kijken of ik iets voor je kan doen?'

Flora aarzelde. 'Ik weet eerlijk gezegd niet of ik nog familie hier heb,' zei ze toen. 'Ze woonden hier vroeger, mijn opa komt hier vandaan.'

'O, ja? Nou, misschien kunnen we iets over hem vinden. Weet je waar hij gewoond heeft?' Flora schudde haar hoofd en Jackson dacht even na. 'Anders zien we elkaar hier morgen na het ontbijt. Misschien weet ik wel iets om je verder te helpen.'

13.

Die nacht sliep Flora onrustig. Beelden van haar moeder en herinneringen aan Stan bestookten haar dromen en ze schrok meerdere malen wakker, waarbij het telkens even duurde voor ze wist waar ze was en weer opnieuw in slaap viel. De nachten waren het zwaarst. De spokende gedachten en tollende emoties in haar hoofd namen in de nachtelijke stilte toe terwijl haar vermogen om te relativeren juist afnam.

Met een onrustig gevoel wachtte ze de volgende ochtend na het ontbijt op Jackson. Door de kleine speakers van het bescheiden terras voor de pub klonk classic rockmuziek. De buitentemperatuur was aangenaam en de lucht was gevuld met de geur van versgebakken brood. Flora tuurde naar de uiteenlopende voorbijgangers en nipte ondertussen van haar koffie, die Chrissie, de vriendelijke dame die verantwoordelijk was voor het serveren van het ontbijt, haar had gebracht.

Flora had al vroeg ontbeten. Ze had fronsend gekeken naar het volle bord met eieren, worst, iets zwarts, bacon, bonen en nog veel meer, en ter plekke besloten dat haar maag absoluut niet gemaakt was voor een traditioneel Schots ontbijt. Ze koos voor een simpele toast met jam.

Het ontbijt was nu ongeveer een halfuurtje geleden afgelopen. Ze was benieuwd hoe Jackson dacht haar te kunnen helpen en eerlijk gezegd een beetje in de war dat hij zijn hulp zomaar had aangeboden.

Naderende voetstappen trokken haar uit haar gedachten en ze keek op. Jackson stond in de deuropening met een mok koffie in zijn hand. Na een korte blik de straat in liep hij naar haar tafeltje en keek vragend naar de stoel tegenover haar. Flora maakte een uitnodigend gebaar, waarna hij ging zitten. Hij rook fris, naar citroen en dennen, en zijn lange haar was vochtig.

'*Madainn mhath.* Goedemorgen. Goed geslapen?' vroeg hij en hij keek haar weer aan met die onderzoekende blik van hem.

'Niet echt,' antwoordde Flora naar alle eerlijkheid. 'Maar dat heeft niets met de kamer te maken, die is prima hoor,' voegde ze er snel aan toe. 'Ik heb gewoon veel aan mijn hoofd.'

Jackson knikte alleen maar en het bleef even stil. 'Je bent hier dus om je familie te vinden?' vroeg hij toen.

'Nou, misschien eerder íets van mijn familie. Ik wilde... Het is misschien gek, maar ik wilde gewoon lopen waar mijn opa ook heeft gelopen. Als dat logisch klinkt.' Toen Jackson wederom knikte, ging ze verder: 'Ik weet eigenlijk alleen maar dat hij hier vandaan kwam. Hij vertelde altijd vol liefde over Schotland en deze stad. Ik vond onlangs een brief van mijn overgrootvader aan zijn broer, over een landhuis, en...' Abrupt stopte ze met praten. Ze praatte altijd veel als ze nerveus was. 'Sorry, ik brabbel, je vroeg niet meteen om mijn complete familiegeschiedenis.'

Jackson glimlachte slechts even en nam een slok van zijn koffie. 'We zouden kunnen kijken in het stadsarchief of we een adres kunnen achterhalen? Ze weten daar echt ontzettend veel over wat zich in de stad heeft afgespeeld.'

Flora was even uit het veld geslagen door het gebruik van het woord 'we'. Ze begreep hem vast verkeerd, dus knikte ze dankbaar. 'Als je me kunt vertellen waar ik dat kan vinden, zou je me al erg helpen.'

Hij haalde zijn schouders op. 'Ik heb een vrije dag en heb wel zin in een wandeling. Ik kan wel met je meelopen, als je dat goed vindt. Bovendien doet Katie me wat als ze hoort dat ik je alleen heb laten rondzwerven.'

Flora was gevlijd, maar ze wilde niet dat hij zich ergens toe verplicht voelde. 'Ik red me alleen ook wel.'

'Daar twijfel ik geen moment aan. Maar je kent mijn tante niet...'

Dat ontlokte een glimlach aan Flora's lippen. 'Ze klinkt als een bijzondere vrouw, maar ik heb haar echt maar zo kort gesproken. Ik snap niet hoe ze je iets kan opleggen als het om mij gaat.'

'Je hebt in ieder geval indruk gemaakt, want ze drukte me op het hart goed voor je te zorgen...' Hij glimlachte nu, waardoor Flora het een beetje warm kreeg. Ze nam een slok van haar koffie en bekeek Jackson over de rand van haar mok. Hij was minstens een meter negentig en had zich niet geschoren. Hij droeg vandaag een donkere spijkerbroek, donkerbruine schoenen en een zwart shirt. Hij had iets robuusts over zich. Hij leek werkelijk in niets op Stan, dacht Flora onwillekeurig en ze schudde die gedachte snel weer van zich af. Jackson strekte zijn lange benen voor zich uit en zakte iets onderuit. 'We vertrekken als de koffie op is. Geen haast...'

Een klein halfuurtje later liepen ze door de straten van Edinburgh. Flora keek opnieuw haar ogen uit. Na elke bocht kwam ze weer in een nieuwe ansichtkaart terecht. Met de kinderkopjes, overhellende huizen en sierlijke gevels en uithangborden was elke straat een bezienswaardigheid op zich. Ze liepen over de Royal Mile, waar het wemelde van de toeristen. Opnieuw zag Flora straatartiesten en tientallen winkels met uiteenlopende producten. Jackson liep zwijgend met zijn handen in zijn zakken en knikte af en toe in de richting van een gebouw of beeld waarbij hij kort mompelde wat het was. Flora probeerde al lopend bij alles wat ze zag een mentale notitie te maken zodat ze het later nog eens op haar gemak zou kunnen bekijken.

Jackson had er zo'n tempo in dat ze op een gegeven moment zelfs een beetje buiten adem raakte. Ze versnelde haar passen om hem bij te houden, totdat hij zich naar haar omdraaide. Hij keek haar even met opgetrokken wenkbrauwen aan. 'Alles oké?'

'Ja, maar... Je loopt alleen best hard,' hijgde ze.

'O. Dat hoor ik vaker.' Hij glimlachte even verontschuldigend. 'Het goede nieuws is dat we er zijn.'

Flora keek om zich heen. Ze stonden voor een rij imposante stenen bogen. Daarachter lag een pleintje met in het midden een standbeeld.

'Dit is het stadhuis,' legde Jackson uit. 'En tevens het archief. Het gaat terug tot ergens in de zeventiende eeuw. Dus dat zou moeten voldoen.' Hij liep vastberaden onder een boog door op een van de imposante deuren af. Eenmaal binnen kwamen ze bij een kleine balie uit. 'De archieven?' vroeg Jackson aan de vrouw.

Ze werden naar de juiste afdeling verwezen, waar een wat oudere man achter een bureau zat en vragend over zijn leesbril keek toen Jackson en Flora binnenkwamen. 'Goedemorgen, wat kan ik voor u doen?'

Jackson keek Flora aan en ze haalde diep adem. 'Hallo, ik ben op zoek naar het vroegere adres van mijn opa. Graham Bellamy,' viel ze met de deur in huis.

De man knikte en typte iets op zijn computer. Hij fronste, typte nog iets en keek weer op. 'Ik vind meerdere Bellamy's, maar geen Graham. Hebt u nog een andere naam?'

'Probeert u eens op Edward Bellamy? Hij moet hier begin van de twintigste eeuw gewoond hebben. Dat was de vader van mijn opa.'

De man richtte zich opnieuw tot het scherm en niet veel later verscheen er een glimlach op zijn gezicht. 'Ah, hier heb ik het. Edward Robert Bellamy?'

Haar hart maakte een gespannen sprongetje. Was het echt zo simpel om het adres van haar opa te achterhalen? Ze knikte verwachtingsvol.

De man krabbelde een adres op een notitievelletje en schoof het toen over zijn bureau naar Flora toe. 'Alstublieft.'

Met een gevoel van ontzag pakte Flora het op en bestudeerde het adres. Dit was het adres van het huis waar haar opa was opgegroeid en waar ook haar overgrootouders hadden gewoond. Wat een gek idee.

'Dat is niet ver hier vandaan,' klonk het toen achter haar. Jackson had blijkbaar over haar schouder meegelezen. Flora draaide zich naar hem om. 'We kunnen erheen lopen als je wilt?'

'Ja, graag,' knikte Flora. Maar toen bedacht ze iets. 'Wacht even.' Ze draaide zich weer om naar de man achter het bureau. 'Kunt u nog meer informatie over de familie Bellamy vinden?'

De man tuurde op het scherm, klikte wat en zijn gezicht betrok.

Toen schudde hij zijn hoofd. 'Niet veel. Hij heeft zich in 1904 op dat adres ingeschreven, het is onbekend waar hij daarvoor woonde.' Hij klikte nog wat aan en typte een aantal woorden. 'Dat moet buiten Schotland geweest zijn, anders had ik het terug kunnen vinden.'

Flora knikte, dat zou wel eens kunnen kloppen met wat er in de brief stond. 'Verder nog iets? Wat dan ook?'

Flora had geen idee wat ze hoopte dat de man haar zou vertellen, maar iets meer dan alleen een adres zou haar al kunnen helpen.

'Ik zie hier dat Edward Bellamy bij een bank heeft gewerkt. Meer niet.' De man schudde zijn hoofd. 'Het spijt me, mevrouw.'

Een bank? Daarover had niets in die brief gestaan. Flora glimlachte naar de man. 'Het geeft niet, bedankt voor uw hulp.'

Eenmaal buiten hield Flora het blaadje stevig in haar hand, alsof het haar op een of andere manier houvast bood. Ze wist natuurlijk dat ze alleen maar een huis zou vinden, inmiddels bewoond door andere mensen, maar toch betekende dit voor haar zoveel meer. Ze had nu al het idee dat haar reis niet voor niks was geweest, dat ze niet simpelweg was gevlucht. Ze zou zo meteen het huis zien waar haar opa was opgegroeid en dat was al bijzonder.

'Deze kant op.' Jackson sloeg rechtsaf, langs een oud pand waar een rood uithangbord boven hing, Mary King's Close.

Flora bekeek het nieuwsgierig. 'Wat is dat?'

Jackson keek op, zijn blik gleed over de gevel, waarna hij fronste. 'Een toeristenattractie,' zei hij toen. 'Een *close* is een soort steeg, die zitten hier veel als zijtakken van de Royal Mile. Omdat er vroeger steeds meer gebouwd werd, zijn sommige van die straten langzaam ingebouwd geraakt, waardoor ze nu wordt weggezet als een soort geheime gangen.' Hij keek haar even aan en grijnsde. 'Vooral voor de toeristen. Bij deze...' Jackson wees op de gevel. '...wordt gezegd dat Queen Mary zich hier in de zestiende eeuw verscholen hield voor de adel die tegen haar huwelijk met de protestante graaf Bothwell was.'

Flora knipperde even met haar ogen. 'En is dat ook zo?'

Jackson haalde zijn schouders op. 'Wie zal het zeggen? Zullen we?'

Opnieuw moest ze haar best doen om hem bij te houden, maar ze klaagde niet. Ze was allang blij dat hij meeliep. Ze was er met de navigatie op haar telefoon ook vast wel gekomen, maar het was fijn om hier met Jackson te lopen, erop vertrouwende dat hij wist waar ze naartoe gingen. Het voelde op een of andere manier ook vertrouwd, hoewel ze hem helemaal niet kende.

Ze sloegen een paar keer rechts af, daalden een lange trap af, langs het nationale museum en toen weer links en nog eens links. 'Welk nummer was het ook alweer?' Jackson keek haar vragend aan.

Flora haalde het briefje uit haar broekzak. 'Acht,' las ze voor, al had ze daar het briefje niet voor nodig. Ze had het adres al in haar geheugen geprent.

Jackson speurde de straat af en wees toen naar een bakstenen huis, waar bloembakken gevuld met rode bloemen voor de ramen hingen. 'Hier is het.'

Flora liet haar ogen over de gevel glijden. Het was een ogenschijnlijk heel normaal huis, het viel niet eens op in de straat. Het had dezelfde soort geelbruine stenen als de andere huizen, dezelfde groezelige kozijnen en een klein trappetje naar de voordeur. Toch benam het zien ervan Flora de adem. Dit was het huis waar haar opa had gewoond. Het huis waar haar overgrootvader Edward was gaan wonen toen hij om welke reden dan ook uit Engeland was vertrokken.

En nu stond Flora hier. Slechts enkele meters verwijderd van misschien wel een eerste puzzelstukje van haar familiegeschiedenis.

14.

'Kom, we bellen aan.' Jackson zette al een stap naar voren.

Flora pakte hem snel bij zijn arm om hem tegen te houden. 'Wacht!'

Bevreemd keek hij haar aan. 'Je wilt er alleen naar kijken?'

'Eventjes,' mompelde ze en ze staarde nog altijd naar de gevel. Ze wist ook niet goed wat haar tegenhield; het feit dat ze hier nu voor dit huis stond was al zoveel meer dan ze had durven verwachten. Ze was bang dat aanbellen de magie van dit moment zou verbreken.

Wat zou er aan de andere kant van die deur zijn? Wat zou het haar nog kunnen vertellen over haar familie? Zouden er streepjes op de deurlijst staan die aangaven hoe hard de kinderen waren gegroeid? Of misschien, waar ze eigenlijk vooral bang voor was, zou er niets meer zijn, gewoon een modern gezin in een huis, waar alles inmiddels was verbouwd en gemoderniseerd?

Jackson stond met opgetrokken wenkbrauwen naast haar te wachten. 'Nu dan?' waagde hij na een paar minuten te zeggen.

Flora onderdrukte een glimlach, haalde diep adem en knikte toen. Ze liepen het trappetje op en Jackson belde aan. Zwijgend wachtten ze af.

Even dacht Flora dat er niemand thuis was, maar toen hoorde ze gerommel aan de andere kant van de deur. Er verscheen een oudere vrouw in de deuropening, haar grijze haren zaten in een knotje in haar nek gebonden en ze droeg een schort over haar gebloemde jurk. Ze veegde haar handen af en keek hen afwachtend aan. 'Aye? Kan ik u helpen?'

Het bleef een kort moment stil terwijl Flora tevergeefs naar woorden zocht. Verdorie, ze had net minutenlang voor het huis staan dralen, maar geen moment nagedacht over wat ze zou willen zeggen of vragen.

‘Wij kopen niets aan de deur,’ zei de vrouw toen met een frons en ze maakte aanstalten om de deur weer te sluiten.

Shit, zeg iets.

Flora was opgelucht toen Jackson voortvarend het woord nam: ‘Geen verkoop. Sorry dat we u storen, maar we waren benieuwd of u misschien iets weet over de voormalige bewoners van dit huis?’

De frons van de vrouw verdiepte.

‘Mijn opa is hier opgegroeid,’ legde Flora nu snel uit. ‘Ik was benieuwd of er misschien… Nou ja, of er nog iets over hem te vinden is hier.’

De vrouw vernauwde haar blik. ‘Je opa?’ Ze schudde nadenkend haar hoofd. ‘De vorige bewoonster woonde hier heel lang, ze was een oude vrouw en ze had geen man of kinderen.’

‘O, oké.’ Flora probeerde haar teleurstelling te verbergen. Het was ook logisch dat de vrouw niets meer wist over haar opa, het was immers een hele tijd geleden.

‘Hoe heette de vorige bewoonster, weet u dat toevallig nog?’ vroeg Jackson.

‘Och, wat was het ook alweer, we wonen hier nu zelf inmiddels ook al zo lang.’ De vrouw keek peinzend naar de vloer. ‘Mijn man weet dat soort dingen altijd meteen, hij is een echte geschiedenisfanaat. Hij was vroeger docent, snapt u?’ Ze keek hen veelbetekenend aan. ‘Ik zal hem even –’

‘O, doet u geen moeite, het –’ begon Flora.

‘Bellamy! Ja, dat was het,’ onderbrak de vrouw haar opeens. ‘Josie Bellamy. Nu weet ik het weer. Ja, zo heette ze.’

Onwillekeurig kroop het kippenvel over Flora’s huid.

Ze keek verrast op naar Jackson, die op zijn beurt tevreden naar haar glimlachte. Toen richtte hij zijn ogen weer op de vrouw voor hen. ‘Weet u toevallig nog iets meer over haar?’

‘Poeh, het was dus al een oude dame die hier lange tijd alleen heeft gewoond. Geen kinderen, geen man, zoals ik al zei. Toen we hier kwamen wonen, waren mijn man en ik ook nog jong.' Ze gebaarde naar Flora en Jackson. 'En het huis was echt aan renovatie toe, al had ze alles altijd netjes gehouden, hoor.' De vrouw keek Flora nieuwsgierig aan. 'Was zij familie van u?'

'Ik denk het wel,' knikte Flora. 'Al weet ik niet zo goed hoe en wat. Mijn opa's achternaam was ook Bellamy en zijn vader woonde hier.'

'Wacht,' zei de vrouw nu, 'ik roep toch mijn man even. Hij heeft zich er zelfs nog een tijdje in verdiept, volgens mij. Philip!' riep ze de gang in en niet veel later verscheen er een oudere heer met grijze krullen en een bril met een rond montuur. 'Deze mensen willen graag wat meer weten over de vorige bewoners. Ik wist wel te vertellen over Josie Bellamy, weet je nog, die oude dame. Maar jij weet vast nog meer. Had jij er niet dingen over uitgezocht of iets gevonden toen?'

De man blies nadenkend zijn adem uit en toen lichtten zijn ogen op. 'Dat is een hele tijd geleden, maar inderdaad, we hebben hier nog wel wat van de oude vrouw gevonden.' Hij klopte op zijn slaap en keek verontschuldigend op. 'Mijn geheugen is alleen niet al te best meer, kom toch binnen. Dan zoek ik even in mijn studeerkamer wat ik kan vinden.'

'O, we willen u niet tot last zijn.' zei Flora gehaast.

'Dinna fash,' onderbrak de man haar meteen. 'We zijn al op leeftijd, zoveel beters hebben we toch niet te doen. Kom verder.' Hij maakte een uitnodigend gebaar en Flora stapte het huis in waar haar opa had gewoond. Ze liepen door een klein halletje naar de woonkamer, waar ze op een gemakkelijke bank werden gezet. De bank zakte iets in, waardoor ze naar Jackson toe schoof. Ze probeerde terug te schuiven, maar ze zakte steeds weer naar hem toe. Ze glimlachte verontschuldigend, hij verplaatste zich niet en liet zijn dij tegen de hare liggen.

'Wacht hier even,' zei de man en hij verdween de kamer uit. De vrouw schonk koffie voor hen beiden in en hield hun een trommel koekjes voor. 'Zelfgemaakt,' zei ze met een glimlach. 'Ik bak graag.'

In stilte wachtten ze vervolgens af tot Philip terugkwam. Flora was zich enorm bewust van Jacksons been tegen het hare – het voelde vreemd – en keek de kamer rond in een poging zichzelf af te leiden. De woonkamer had een wat ouderwetse inrichting: de meubels waren gebloemd, er stonden kasten van donker ebbenhout en aan de muur hingen tientallen foto's.

'Onze kinderen en kleinkinderen,' vertelde de vrouw trots toen ze Flora zag kijken. 'We hebben twee dochters en een zoon, zes kleinkinderen. Een hele bende als ze allemaal hier zijn. Ze wonen gelukkig allemaal in de buurt. Ik ben Mary trouwens.'

'Jackson.'

'Ik heet Flora,' vulde Flora aan en ze keek naar de wand vol lijstjes. Wat een rijkdom, schoot het door haar heen, denkend aan haar eigen kleine familie, waar nu niets meer van over was. Wat zou haar moeder het heerlijk hebben gevonden om zo'n vol huis te hebben. Snel keek ze weg om te voorkomen dat haar verdriet het overnam.

Philip kwam de woonkamer weer binnen, hij hield een mapje in zijn hand. 'Ik heb jaren geleden, toen we verbouwden, wat foto's gevonden achter een plint,' begon hij meteen te vertellen. 'Vermoedelijk zijn ze ooit van de muur gevallen en op die manier verloren geraakt.' Hij hief het mapje op en glimlachte. 'Voor mijn pensionering was ik geschiedenisleraar, dus dit soort dingen fascineerden me altijd al.' Toen wuifde hij met het mapje. 'Ik zou zoiets dus nooit weg kunnen gooien.'

'Helaas,' vulde Mary met een betekenisvolle blik aan, 'geldt dat voor heel veel spullen.'

Hij negeerde de woorden van zijn vrouw en overhandigde het mapje aan Flora, waarna hij met een kreun in een grote fauteuil ging zitten. 'Het zijn foto's van het gezin van Josie Bellamy. Wellicht heb je daar iets aan?'

Flora opende het mapje met ingehouden adem. De foto's waren klein en in zwart-wit met omgevouwen hoeken en vergeelde randen.

Met trillende handen bekeek ze de foto's. Het waren er drie. De eerste foto liet een groot, indrukwekkend landhuis zien, Flora herkende het direct: dat was Ridgewood Hall. Er stonden drie in pak gestoken tienerjongens voor het gebouw. Ze waren alle drie lang, met dik, donker haar en een rechte houding. De middelste van die drie grijnsde brutaal in de camera, terwijl de andere twee juist ongewoon ernstig keken. Naast hen stond een statige, lange man, het evenbeeld van de drie jongens.

Flora staarde gebiologeerd naar de foto. Het was niet te missen: de jongens leken niet alleen op de man op de foto, maar ook sprekend op opa Graham toen hij jong was. Flora had tijdens haar kinderlijke speurtochten door het huis van haar grootouders de spaarzame foto's gezien van haar opa toen hij soldaat was en ook enkele van de periode daarvoor, als tiener. Ze herkende de donkere haren, de trotse houding en de rechte neus. Ook de oudere man – hij moest de vader van de jongens zijn – leek sprekend op haar opa.

'Dat is de graaf van Ridgewood met zijn drie zonen,' zei Philip toen.

Flora keek verrast op. 'De graaf van Ridgewood?'

Ze tuurde nog eens naar de foto. Dit konden niet anders dan Edward en zijn broers zijn. Haar overgrootvader was de zoon van een graaf? Flora draaide de foto om, er stond alleen een jaartal: 1886.

Haar hand begon te trillen.

Het zou kunnen.

'Wat ik ervan weet, is dat Edward Bellamy, de oudste zoon op die foto, die rechter...' Hij wees op de foto. '...hier begin twintigste eeuw is komen wonen. Josie Bellamy was zijn oudste dochter.'

Jackson boog iets naar voren om de foto ook te bekijken. Ze rook zijn frisse geur terwijl zijn arm langs de hare gleed. 'Dat is hem dus,' mompelde hij gefascineerd, haast ongelovig alsof hij – net als Flora – ook niet had verwacht daadwerkelijk iets te weten te komen.

'Herinnert u zich verder nog iets?' vroeg Flora hoopvol aan de man, die op zijn beurt nadenkend over zijn nek wreef. Ze liet hem even nadenken en keek naar de tweede foto. Ze herkende het huis waar ze nu waren, met daarvoor een vriendelijk ogende man – Edward, hij moest hier ergens rond de vijftig zijn. Naast hem stond een lachende vrouw.

Ze telde zes kinderen in uiteenlopende leeftijden, die van groot naar klein stonden. Helemaal rechts – er ging een schokje door haar heen – stond opa Graham. Er was geen twijfel mogelijk.

'Dit was het gezin dat hier woonde, toch, Philip?' De vrouw knikte naar de foto en wees toen op het oudste meisje. 'En dit was Josie.'

De man knikte. 'Klopt. En die laatste foto is de trouwfoto van Josies vader, Edward dus, en haar moeder.' Flora pakte de derde foto: een afbeelding van een stel dat in de camera keek. De man droeg een zwart jacquet, de vrouw een simpele witte jurk. Hoewel foto's uit die tijd altijd statisch waren, hadden ze beiden een glimlach om de lippen. Ze zagen er gelukkig uit.

Het duizelde Flora en tegelijk vulde het haar met een warmte die ze niet meer had gevoeld sinds haar moeder nog leefde. Ze had geen verwachtingen gehad en nu zat ze hier, in deze onbekende woonkamer, bij deze hartelijke mensen, met foto's van haar familie, de ouders van haar opa. Hoopvol keek ze naar de man op. 'Herinnert u zich nog meer?'

Toen knikte de man langzaam. 'Jeetje, ik had er al jarenlang niet meer aan gedacht...'

Jackson moest Flora's onrust aanvoelen, want hij schoof iets naar voren. 'We horen graag wat u zich nog herinnert. Alles helpt en is fijn om te horen, gok ik zo.' Hij wierp Flora een bemoedigende blik toe.

De man knikte bedachtzaam en richtte zijn blik op de foto in Flora's hand. 'Ik herinner me dat ik erachter kwam dat die Edward de zoon van een graaf was. Hij was blijkbaar ooit een vooraanstaande man van adel, een belangrijke figuur in de Engelse society, maar hij leidde hier een teruggetrokken bestaan: hij was een gewone burger, een hardwerkende en godvrezende man, vaak bij zijn gezin. Hij keerde nooit terug naar Engeland. Waarom weet ik niet zo goed. Hij werkte volgens mij jarenlang als accountant bij een bank hier in de stad. Zoals gezegd, hoe dat zo allemaal was gekomen, heb ik nooit precies kunnen ontdekken, maar ik moet ook eerlijk bekennen dat ik waarschijnlijk gewoon was afgeleid door iets anders en er daarom niet verder in ben gedoken.'

Peinzend keek de oude man Flora aan. 'Maar ik heb nog altijd veel nuttige contacten en niet veel omhanden, dus als je wilt, kan ik eens kijken wat ik nog meer kan ontdekken over die tijd en wat er gespeeld kan hebben.'

Flora kon haast niet geloven dat de man dat voorstelde. 'Heel graag,' antwoordde ze daarom snel. 'Als het voor u geen moeite is tenminste. Ik zou dolgraag meer weten over mijn familie. En hoe Edward hier terecht is gekomen.'

De man veerde op. 'Het is totaal geen moeite, ik vind het juist heerlijk om in de geschiedenis te duiken, toch, Mary?' Zijn vrouw knikte instemmend. 'Geef me een paar dagen en hopelijk kan ik je dan meer vertellen.'

Flora glimlachte. Philip liet er duidelijk geen gras over groeien.

Deel 4

1904

15.

Zijn vader liet er geen gras over groeien. Slechts een week na de aankondiging van de verloving stuurde hij uitnodigingen voor het verlovingsbal naar iedereen die ook maar iets te betekenen had in de Engelse society. De graaf had kort overwogen om met het bal uit te wijken naar Ridgewood House in Londen, maar, zo had zijn vader gezegd, Ridgewood Hall zou met zijn imposante verschijning een onvergetelijke indruk maken op zijn gasten. Het moest immers duidelijk zijn dat de graaf van Ridgewood nog altijd belangrijk was, ondanks de opkomst van de nieuwe rijken. De graaf wilde zijn naam dan misschien wel verbinden aan een zakenman als Oswald Parker, maar hij zou hoe dan ook iedereen in alles blijven overtreffen met zijn macht, rijkdom en status.

En dus werd het verlovingsbal een maand na de aankondiging gepland, want er was volgens de graaf geen reden om het huwelijk lang uit te stellen. Edward zou hoogstens een paar weken, misschien twee maanden hebben om aan het idee te wennen voordat hij in het huwelijksbootje zou stappen. Althans, zo had zijn vader het gepland.

Edward werd ondertussen tot waanzin gedreven. Het knaagde aan hem en de situatie maakte hem rusteloos. Daniel was al snel na de officiële aankondiging teruggekeerd naar Cambridge en ook James was niet langer dan nodig op Ridgewood gebleven. Edward had een kort moment overwogen om met zijn broer mee te reizen en de komende weken in Londen te verblijven. Hij zou er zijn oude vrienden kunnen opzoeken en genoeg afleiding vinden. Maar zijn vader had hem op onnavolgbare wijze duidelijk gemaakt dat Edwards aanwezigheid op Ridgewood Hall gewenst was.

En dus was hij gebleven.

Edward steeg van zijn paard af en gaf het aan de jongen van de lokale herberg. Het centrum van de kleine stad die aan het landgoed grensde, was niet groot, maar het bood alles wat de inwoners van deze regio nodig hadden. Er waren een herberg, een bank, wat winkels, een modiste en – de reden waarom hij hier nu was – een wekelijkse markt waar verse producten uit de hele streek werden verkocht. Een groot deel van de pachters van Ridgewood verkocht hier gewassen en producten. Edward bezocht de markt om die reden met enige regelmaat. Hij hoopte er wat bekende gezichten te zien en de pachters die het zwaar hadden een hart onder de riem te steken. Bovendien was de markt de beste plek om te horen wat er speelde in de regio, hier werd alles besproken wat mogelijk van belang was voor het landgoed.

Edward liep op zijn gemak langs de verschillende kramen, knikte naar de verkopers en proefde hier en daar wat van de producten. Hij was opgelucht te merken dat de bewoners van het dorp hem vriendelijk behandelden, sommigen waren zelfs vereerd wanneer hij een praatje met hen maakte. Hij wist dondersgoed dat ze heel anders reageerden op zijn vader, al zou die zich nooit zomaar op de markt vertonen.

'Wilt u een stukje proeven?' Een stevige dame met rode wangen hield een stukje kaas naar hem op. 'Van mijn eigen geiten,' vulde ze aan met het zware accent van de regio.

Hij pakte het met een glimlach aan en proefde. De zachte kaas had een indringende, typische smaak, maar hij hield er wel van. Bovendien was duidelijk dat het een vers product was. 'Heerlijk,' knikte hij daarom goedkeurend.

'Hier,' de vrouw verpakte haastig een stuk in dun papier en stak het hem toe. 'Voor u.'

Hij wilde zijn beurs pakken, maar de vrouw schudde haar hoofd. 'Nee, het is een geschenk.'

'Dat kan ik onmogelijk van u aannemen. Ik betaal er graag voor.' Hij gaf haar een handvol munten, meer dan wat het stuk daadwerkelijk kostte.

'Dank u vriendelijk,' riep de vrouw hem na. Edward knikte en hield het stuk kaas in zijn hand. Hij zou het later aan mevrouw Cole geven.

Net toen hij de smalle straat over wilde steken om een kraam met prachtig houtwerk te bekijken, zag hij haar vanuit zijn ooghoek. Het was alsof zijn hele wezen naar haar toe getrokken werd, alsof hij haar onmogelijk níét kon zien. Gillian stond iets verderop bij een kraam met confituren, samen met een andere dienstmeid. Ze bekeken de verschillende producten met hun hoofden bij elkaar. Ze fluisterden en giechelden om iets wat de verkoper zei. De man achter de kraam was nog jong, waarschijnlijk iets jonger dan Edward, en hij bekeek de dames voor zijn kraam met interesse. Edward keek op zijn beurt toe hoe de verkoper een van de potten met een brede lach opende, een stukje brood afscheurde om vervolgens de confituur erop te smeren. Daarna stak hij zijn hand uit. Gillian wilde het stuk brood van hem aannemen, maar hij trok het snel weg en bewoog het naar haar mond. Gillians wangen kleurden rood, maar ze leunde na een korte aarzeling naar voren om de man het brood in haar mond te laten stoppen. Zijn vingers rustten iets langer op haar lippen dan nodig was, en op dat moment voelde Edward een steek ergens in zijn maag. Zijn handen balden zich tot vuisten.

Dat was natuurlijk bespottelijk. Het was niet aan hem om iets te vinden van wat Gillian in haar vrije tijd deed en met wie. Maar de heimelijke glimlach die de jongeman achter de kraam haar vervolgens schonk, bracht Edwards bloed tot het kookpunt. Op dat moment hief het andere dienstmeisje haar hoofd, ze keek lachend om zich heen totdat haar ogen bij Edward bleven hangen. Ze werden groot, waarna ze haar blik neersloeg en een korte reverence maakte. Gillian keek nu ook op om te zien wie de aandacht van haar collega had getrokken. Toen ze hem zag, betrok haar gezicht een fractie van een seconde. Edward kon haar uitdrukking niet duiden. Lang kreeg hij daar ook niet de kans voor, want ze herstelde zich razendsnel, glimlachte even voorzichtig, en maakte toen ook een kleine reverence. De jongeman achter de kraam keek stuurs naar de oudste zoon van de graaf – hij wist zo te zien ook precies wie hij voor zich had – en veegde vervolgens zijn handen af aan de doek die over zijn schouder hing. Hij knikte naar de edelman, richtte toen zijn aandacht op een nieuwe klant en keek de twee dames niet meer aan.

Edward kon zijn ogen niet van Gillian afhouden. Zoals ze daar zojuist bij die kraam had gestaan, ongedwongen kletsend, lachend en zo vrolijk, zo wilde hij haar altijd zien. Het was een groot contrast met haar manier van doen in het huis. Ze sloeg nu haar ogen neer, haar vriendin fluisterde iets en na een korte aarzeling knikte ze nog een laatste keer naar hem. Daarna liepen de beide dames de andere kant op.

Edward wist zijn blik met moeite van haar weglopende gestalte los te rukken. Hij schudde zijn hoofd, keek op en zag in de verte de kraam van de plaatselijke poelier. Met gemengde gevoelens zette hij zichzelf in beweging: tijd om daar een praatje te maken.

Die middag zat hij in zijn werkkamer en hij leunde met een zucht achterover. Hij staarde naar de documenten voor zich. De boekhouding van het landgoed en alles wat daarbij kwam kijken lag sinds een aantal jaren op zijn schouders. Dit was zo besloten toen de politieke rol van zijn vader in Londen alsmaar groter was geworden. Het was een prima voorbode voor de toekomst, zo had zijn vader gesteld.

De cijfers dansten nu echter voor zijn ogen op het papier. Hij kon zich niet concentreren. Allerlei gedachten spookten door zijn hoofd: over zijn aankomende huwelijk met Guinevere, de ogenschijnlijk onnodig verhoogde accijns die maakte dat de pachters worstelden, en zijn vader – Edward schoof een document met uitgaven naar zich toe – die zich daardoor de luxe van een nieuwe automobiel kon permitteren. Tussendoor gleden zijn gedachten meer dan eens naar Gillian. Het was fijn geweest om haar zo ongedwongen te zien. Totdat ze hem opmerkte dan. Toen dacht hij terug aan haar gekwetste blik op het moment dat hij haar had laten wegsturen uit de salon. Hij bleef erbij dat het beter was dat ze daar niet bij was geweest.

Hij rinkelde het belletje om wat te drinken te vragen. Hij zou mevrouw Cole terloops kunnen vragen hoe het met Gillian ging. Dat zou toch niet gek zijn? Als landgoedeigenaar was het niet vreemd om te weten hoe het ging met het personeel dat voor je werkte.

Al had dat zijn vader nooit ene zier geïnteresseerd.

Een klopje op de deur kondigde de komst van de huishoudster aan. 'Binnen,' zei Edward, terwijl hij de juiste vragen in zijn hoofd probeerde te formuleren.

Toen hij opkeek, stond echter niet mevrouw Cole, maar het onderwerp van zijn warrige gedachten voor zijn bureau.

Ze hield haar hoofd gebogen. 'U had gebeld, milord.'

'Eh, ja. Ik had eigenlijk mevrouw Cole verwacht,' antwoordde hij, bij gebrek aan een zinniger antwoord.

'Mevrouw Cole werd opgehouden door de leverancier.'

'Ik begrijp het.' Edward knikte en er viel een ongemakkelijke stilte. 'Heb je het nog altijd naar je zin hier?' vroeg hij toen.

Die vraag verraste haar zichtbaar – logisch ook – want ze keek verbaasd op. 'O, ja, milord.'

Edward fronste. Hij had eerlijk gezegd wel iets meer verwacht dan zo'n simpel antwoord. Zou Wakefield haar na hun vorige ontmoeting op het matje hebben geroepen?

'Zijn ze aardig voor je? Lukt het allemaal? Krijg je genoeg betaald?' De vragen rolden over zijn lippen en bij die laatste legde hij onwillekeurig zijn hand over de documenten voor hem.

'Ja, milord,' was opnieuw het enige antwoord dat hij kreeg. Het maakte hem nerveus, er klopte iets niet. De afstand die hij voelde, maakte hem onrustig en voor hij wist wat hij überhaupt van plan was, stond hij op en liep om het bureau heen naar haar toe.

Achterdochtig keek ze toe hoe hij naderde. De afstandelijke blik in haar ogen maakte dat Edward haperde en voor het bureau bleef stilstaan. 'Gillian, ik heb… Je mag vrijuit praten, als er iets is wat je kwijt wilt.'

Hij probeerde het oogcontact vast te houden, maar ze keek opnieuw weg. Ze leek te twijfelen. 'Als er iets is…' prevelde hij, in de hoop haar bij hem in de kamer te houden en een glimp terug te krijgen van de praatgrage flapuit die hij enkele dagen terug had getroffen en de vrouw die hij op de markt had gezien.

'Nee, er is niets.' Ze schudde snel haar hoofd en maakte aanstalten om te vertrekken. Edward drukte zijn nagels in zijn handpalm. Verdorie, ze leek geen moment langer in zijn buurt te willen zijn dan nodig was. Maar na een paar passen bedacht ze zich, met zichtbare tegenzin bleef ze staan. 'Had u iets nodig?' vroeg ze toen bedeesd.

Jóú.

Edward schrok van zijn eigen gedachte, terwijl hij zich tegelijkertijd realiseerde dat het waar was. Hij wilde meer over haar weten, tijd met haar doorbrengen, haar leren kennen en haar horen praten over… wat dan ook.

'Blijf nog even,' zei hij daarom.

Haar wenkbrauwen gingen omhoog. 'Dat lijkt me… geen goed idee,' prevelde ze toen.

'Ik wil je gewoon wat beter leren kennen.' Edward besefte dat hij eerlijk moest zijn, hoewel het oneerlijk was tegenover haar. Hij voelde een onverklaarbare drang om Gillian beter te leren kennen en had opeens geen tijd te verliezen om dat voor elkaar te krijgen.

De klok tikte voor hem.

'Milord, ik… ik weet niet wat ik moet zeggen.' Gillian keek hem verward aan.

'Vertel me over Edinburgh, over je jeugd, over hoe je hier terecht bent gekomen.' Hij leunde tegen het bureau en gebaarde naar de stoel voor hem.

'O nee, ik kan onmogelijk –'

'En als ik er een bevel van maak?' Hij knikte met opgetrokken wenkbrauwen opnieuw naar de stoel. Hij wilde in niets op zijn vader lijken. Hij zou nooit zijn macht en positie gebruiken om zijn zin te krijgen. Maar ze moest weten dat hij het meende, dat hij geen spelletje speelde.

'Nou, ik blijf toch liever staan,' bracht Gillian toen uit, wat een glimlach op zijn gezicht bracht. Hij was blij dat ze genoeg lef had om tegen hem in te gaan en opgelucht dat hij niet onbedoeld angst inboezemde, zoals zijn vader zou doen. En op het moment dat hij glimlachte, veranderde er iets in haar gezicht. Haar mondhoeken krulden omhoog en haar bedeesde blik werd nu nieuwsgierig, haar ogen namen hem onderzoekend op. 'Wat wilt u weten?' vroeg ze toen, met een zuchtje ter overgave. Zijn glimlach werd breder.

'Alles,' grijnsde hij toen.

En na een laatste korte aarzeling begon ze te vertellen…

De volgende ochtend liep Edward fluitend de trap af. Wakefield begroette hem bij de onderste trede. 'Goedemorgen, milord.'

'Goedemorgen, Wakefield. Wat een stralende dag, is het niet?'

Wakefields wenkbrauw trok een millimeter omhoog, waarna hij zich herstelde. 'Inderdaad fantastisch, milord.'

'Precies,' stemde Edward in en hij liep naar de ontbijtzaal, waar hij tot zijn verbazing zijn vader trof. Het was niet zijn gewoonte om tegelijk met zijn vader te ontbijten. Sterker nog, het was vooral zijn gewoonte om dat zoveel mogelijk níet te doen. Maar hij was ook niet van plan zich van zijn goede humeur af te laten brengen. Hij was met zijn hoofd nog altijd bij zijn gesprek met Gillian, die hem meer had verteld over haar familie, over Edinburgh en bovendien over haarzelf. In de loop van het gesprek was ze zich steeds meer gaan ontspannen en enkele malen had haar lach door zijn werkkamer geklonken. Elke keer als dat gebeurde, was zijn hart opgeveerd. Tot het moment dat Wakefield aan de deur stond. Gillian schoot omhoog voordat de man naar binnenkwam en maakte zich na een korte reverence snel uit de voeten. Wakefield wierp haar een korte blik toe, maar richtte zich daarna tot Edward, die vervolgens maar de helft had gehoord van wat de butler hem te vertellen had.

Sinds zijn gesprek met Gillian was Edward in een opperbeste bui. Haar lach klonk nog na in zijn gedachten, en als hij aan haar sprekende groene ogen dacht, vormde zich als vanzelf een glimlach op zijn gezicht. De aanblik van zijn vader, gebogen over zijn krant, liet die glimlach dan ook maar kort wankelen, waarna Edward naar de buffettafel liep om zijn bord vol te scheppen.

Toen hij aan tafel plaatsnam, kwam er een bediende naar hem toe om zijn koffie in te schenken. Edward richtte zich op het ontbijt in de hoop dat zijn aanwezigheid, zoals zo vaak, aan zijn vaders aandacht ontsnapte.

Het duurde helaas maar drie happen van zijn roerei voordat zijn vader de krant met een zucht neerlegde en hem over zijn leesbril aankeek. 'Ik wil dat je vandaag naar Wilkens gaat. Hij weigert de accijns te betalen.'

Edward fronste. 'Ik ben er twee weken geleden nog geweest. De man heeft het zwaar: de oogst is tegengevallen, zijn knecht is weg. Hij kan het simpelweg niet betalen.'

'Nonsens. Hij woont op mijn grond, dus hij betaalt.'

'Vader, de oogst was amper genoeg om zijn eigen gezin te onderhouden en dan verwacht u ook nog dat hij het weinige inlevert dat hij verdient?' Edward voelde de frustratie namens de oude pachter.

De graaf keek zijn zoon indringend aan. 'Met mededogen run je geen landgoed, zoon.'

Edward slikte een venijnig antwoord in, staarde zijn vader even aan en richtte zich toen zwijgend weer op het bord voor zich.

Vanbinnen woedde er een strijd tussen zijn groeiende verlangen om tegen zijn vader in te gaan en de wetenschap dat het geen zin had.

Zijn vader liet zich echter niet zo gemakkelijk afschepen. 'Ik wil dat je het vandaag oplost.'

Edwards vork bleef in de lucht hangen. Zijn knokkels werden wit door de kracht waarmee hij het zilver omklemde. Het viel hem elke dag zwaarder om dit toneelstuk te spelen. Om de verantwoordelijke zoon te blijven, om in de betonnen voetstappen van zijn vader te treden: hem werd gevraagd het landgoed te runnen, maar dan wel precies zoals zijn vader dat wilde.

Waar was zijn eigen visie?

Geen visie. Geen leven. Geen carrière.

Geen liefde.

Edward verbeet zijn woede en probeerde een geschikt antwoord te formuleren. Maar voordat hij de juiste woorden had gevonden, vouwde zijn vader de krant op, stond op en verliet zonder nog een woord te zeggen de ontbijtzaal.

Edwards antwoord kon hem blijkbaar gestolen worden.

16.

De oude Wilkens stond op zijn erf met een riek in de hand toen Edward kwam aanrijden. Hij kneep zijn ogen samen, maar zei niets toen Edward afsteeg en de teugels van zijn paard aan een paal vastbond. Met tegenzin liep Edward naar de man toe, nog altijd geen idee hoe hij dit zou moeten aanpakken of oplossen.

'Ik betaal niets,' verklaarde Wilkens al voordat Edward iets kon zeggen en hij schudde zijn hoofd. 'Ik moet mijn gezin voeden.'

'Ik begrijp het,' antwoordde Edward en de pachter keek hoopvol op. 'Ik begrijp het maar al te goed, Wilkens. We zullen een oplossing moeten vinden waar we allebei mee kunnen leven.'

De man begon opnieuw zijn hoofd te schudden. 'De oogst is mislukt, mijn kinderen hebben maar één maaltijd per dag. Ik kan geen penny missen, het is... Het kan gewoon niet.' Verslagen liet de man zijn hoofd zakken. 'Mijn vrouw is ziek. En mijn kinderen, ze doen hun best, maar...' Hij schudde zijn hoofd. 'Het is gewoon te veel.'

'Het is in orde,' zei Edward al voordat hij goed en wel over zijn antwoord na had kunnen denken. Er waren pachters die alles probeerden om onder de betalingen uit te komen, maar hij wist dat Wilkens oprecht was. Hij kende hem al van kinds af aan, was met hem opgegroeid. Ze zouden er samen uitkomen. Edward keek het rommelige erf rond. Er zaten diepe kuilen in de grond, het hooi lag verspreid in hoopjes in de hoeken, naast de vervallen schuur stond een grote koe. 'Wat kan ik doen om te helpen?'

De man keek hem verbaasd aan. 'Maar milord...'

Edward hield zijn hand op. 'Je kunt de hulp goed gebruiken en ik kan wel wat afleiding gebruiken.' Hij trok zijn overjas uit, stroopte de mouwen van zijn overhemd op en keek de man vragend aan. 'Dus kom maar op.'

De rest van de ochtend hielp Edward Wilkens met het op orde maken van zijn erf, het uitmesten van de stallen en het verzamelen van het hooi voor de dieren. Het was bevrijdend: eindelijk deed hij weer iets nuttigs, hielp hij hun pachters in plaats van dat hij hun het leven moeilijk maakte. Dit was hoe hij het landgoed wilde leiden, dit was hoe Edward de toekomst voor zich zag. Natuurlijk kon hij niet elke dag met een riek hooi staan scheppen, maar hij was er wel van overtuigd dat ze met samenwerken meer bereikten dan met regeren vanaf de troon in het landhuis. Het voelde goed om zijn eigen pad te kiezen en niet naar de pijpen van zijn vader te dansen. Wilkens bood hem brood en melk aan, maar hij sloeg het aanbod af. Hoe kon hij in hemelsnaam eten aannemen van een man die zijn gezin amper kon onderhouden?

Het was al aan het begin van de middag dat Edward hongerig via de achteringang Ridgewood Hall in liep. Het was ook hier stil, zoals altijd wist het personeel zich geluidloos door het landhuis te verplaatsen. Hij liep in de richting van de eetzaal in de hoop daar nog iets van de lunch te treffen, maar hij trof daarentegen halverwege de gang ernaartoe Wakefield. 'Er zijn gasten voor u in de salon, milord.'

Gasten? Edward verwachtte niemand en ook zijn vader had niet gesproken over bezoek. 'Wie is het?'

'Juffrouw Guinevere Parker en haar moeder, mevrouw Parker.'

Edward onderdrukte een kreun. Door de hele ochtend bezig te zijn had hij alle gedachten aan zijn aankomende huwelijk naar de achtergrond weten te drukken. Tot dit moment.

Hij keek even verlangend naar de deur van de eetzaal. Dat ontging Wakefield blijkbaar niet. 'Ze zitten al een tijdje te wachten, milord.' En daarmee maakte Wakefield een einde aan de inwendige discussie of Edward eerst nog wat zou eten. Hij kon zijn gasten immers niet lang laten wachten, al had hij liever gehad dat ze hun komst hadden aangekondigd. Edward maakte rechtsomkeert, maar stopte toen hij de butler veelbetekenend zijn keel hoorde schrapen. 'Misschien wilt u zich eerst even opfrissen, milord?'

Edward draaide zich weer om. De strenge blik van Wakefield gleed over zijn verfomfaaide verschijning. Edward zou zich inderdaad eerst kunnen opfrissen, dat zou wel zo beleefd zijn. Maar was het ook niet onbeleefd om de dames Parker nog langer te laten wachten?

Edward knikte naar Wakefield, maar draaide zich om en liep met grote passen naar de salon. Op het moment dat hij de deur opende, kwamen de twee dames overeind. Ze waren voorzien van thee en versnaperingen en waren zo te zien in gesprek geweest.

'Lord Bellamy,' glimlachte Guinevere naar hem en ze maakte een reverence. Daarna liet ze haar ogen over hem heen glijden. Ze onderdrukte zichtbaar een frons en daarna schoot er iets anders over haar gezicht, wat Edward niet direct kon duiden. Nieuwsgierigheid? Veroordeling? Haar moeder wist haar mening minder goed te verhullen. Ze stond met grote ogen naast haar dochter en bekeek hem met afschuw.

Hij genoot stiekem van die reactie.

Edward begroette de beide vrouwen zoals van hem verwacht werd, en wees toen op zichzelf. 'Excuseert u mijn verschijning, ik heb vanochtend een van onze pachters uit de brand geholpen.'

Mevrouw Parker liet een hoog lachje horen. 'Nou, milord, het lijkt inderdaad wel alsof u de stallen hebt uitgemest.'

'Onder andere.' Hij knikte en nodigde de vrouwen met een simpel gebaar uit om weer te gaan zitten, waarna hij zelf plaatsnam op een van de stoelen tegenover de bank. Hij sloeg zijn been over zijn knie. 'Waarmee kan ik u van dienst zijn?'

'Nou, milord...' Guinevere keek even naar haar moeder, die haar bemoedigend toeknikte. 'Edward...' waagde ze toen te zeggen en ze keek snel op om zijn reactie te peilen. Edward kon zich echter niet druk maken om beleefdheden of hoe hij aangesproken werd. 'Ik wilde eigenlijk graag nader kennis met u maken, met het oog op onze verloving.' Ze keek hem nu recht aan, een blos sierde haar bleke wangen. Guinevere was ook vandaag gekleed volgens de laatste mode.

Hij had het erger kunnen treffen.

Hij stelde zich voor hoe het zou zijn als zijn moeder er nog was geweest en nu ook in deze kamer zat. Wanneer ze het gesprek op gang zou houden en daarna met haar oudste zoon zou mijmeren over het wel of niet geschikt zijn van zijn aanstaande bruid. Zou het huis lichter voelen? Zou hij zijn lot zonder aarzelen hebben aanvaard? Zou ze Guinevere goedkeuren?

Op dit moment twijfelde Edward meer dan ooit aan hoe zijn toekomst eruitzag. Zijn vader zou zolang hij in leven was niet accepteren dat Edward het landgoed zou runnen zoals hij dat zelf voor ogen had. Die mogelijkheid zou hij pas krijgen wanneer zijn vader zou overlijden, maar dan zou hij ook automatisch zijn plek in het Hogerhuis moeten innemen.

Wat als hij het allemaal niet zou doen?

Die gedachte spookte de laatste tijd vaker door zijn hoofd, al was het Edward nog niet gelukt om er echt bij stil te staan en te beseffen wat het daadwerkelijk zou betekenen, welke gevolgen het zou hebben. Was het überhaupt mogelijk? Het was alsof zijn brein die kant niet eens op kon gaan. Het was ondenkbaar dat Edward niet zou doen wat er van hem verwacht werd. Maar de tijden waren aan het veranderen en hoewel zijn vader het niet accepteerde, zou er in de nabije toekomst een moment komen waarop de regels en wetten van de adel niet langer leidend waren in de maatschappij. En die tijd zou sneller komen dan de meesten dachten, dat wist Edward zeker.

En zou hij, als het zover was, vastzitten in een liefdeloos huwelijk? Of zou hij van Guinevere leren houden? Er was nooit sprake geweest van liefde tussen zijn vader en moeder, maar misschien kon het voor hem anders zijn?

'Wat denkt u ervan, milord?'

Edward schrok op uit zijn gepeins en keek in twee paar vragende ogen. Hij schudde zijn gedachten van zich af en schraapte zijn keel. 'Pardon, ik was even afgeleid.'

Mevrouw Parker keek hem fronsend aan. 'Ik stelde net voor dat u Guinevere misschien de tuin even zou kunnen laten zien.'

'O? Bent u geïnteresseerd in botanica?' Edward richtte zich tot de jonge vrouw. Dat zou in haar voordeel spreken, want hij hield van het buitenleven. Ze keek even aarzelend naar haar moeder, maar richtte zich toen tot Edward, glimlachte en knikte. 'O, ja. We hebben zelf ook een mooie tuin.'

'Maar kleiner dan deze natuurlijk. Veel kleiner,' voegde haar moeder er met een verlangende blik aan toe.

Edward kon zelf wel wat frisse lucht gebruiken, dus hij stond op en bood Guinevere zijn arm aan. Vervolgens keek hij vragend op haar moeder neer. 'Ik kan helaas niet mee, slechte rug, ziet u.' Ze wreef met een gepijnigd gezicht over haar onderrug en zakte toen weer onderuit op de bank.

Edward knikte en vroeg zich af wat de vrouw in haar schild voerde.

Maar Wakefield stond al in de deuropening en schraapte zijn keel. 'Wellicht kan mevrouw Cole een van haar dienstmeisjes missen om als chaperonne te fungeren.'

Edward knikte en hielp Guinevere in haar mantel terwijl ze in de hal wachtten tot Wakefield terugkeerde.

Edward trok net zijn eigen overjas aan toen Gillian verscheen. Direct voelde zijn jas als een gloeiende kachel om zijn lijf. Zijn vingers bleven halverwege de knoop hangen en ergens in de verte waarschuwde een stemmetje hem voor naderend onheil. Gillian keek hem vragend aan en liet toen haar blik naar Guinevere glijden, die haar hooghartig opnam. Hij moest toegeven dat Gillian haar gezicht onbewogen hield en daarna zelfs kort naar Guinevere glimlachte.

'Juffrouw MacLachlan zal met u meelopen.' Wakefield knikte ter bevestiging en beende toen weer weg.

Even bleef het stil in de hal. Edward glimlachte naar Gillian terwijl hij een stukje stro van zijn jas plukte. Het was fijn haar weer te zien, maar onder de huidige omstandigheden zou hij liever nog een week lang mest scheppen bij Wilkens dan met deze twee vrouwen op pad gaan. Tientallen gedachten streden om voorrang in zijn hoofd, maar geen enkele werd concreet of was verstandig genoeg om uit te spreken. Hoewel hij zijn blik op zijn jas gericht hield, voelde hij het verlangen om naar haar te kijken op zijn netvlies branden.

'Houd jij mijn hoed maar vast.' Guinevere duwde haar hoed in Gillians handen en draaide zich toen afwachtend naar Edward om. 'Zullen we?'

Gillian keek weg toen hij alsnog haar blik zocht. Hij perste zijn lippen op elkaar. Hij had weinig keus. Dit ging dus gebeuren. Samen met Guinevere liep hij de tuinen in, Gillian volgde een paar meter achter hen.

Alles aan deze situatie was verkeerd. Guinevere vroeg hem duidelijk ingestudeerde vragen over de bloemen en het onderhoud, maar het kostte Edward de grootste moeite om zijn aandacht bij het gesprek te houden. En hoewel Guinevere niet echt interesse leek te hebben in Edwards antwoorden, was ze zich er wel degelijk van bewust dat zijn aandacht niet op haar gericht was.

'Is er iets?' vroeg ze. Ze liet haar blik over Edward gaan.

Edward schudde zijn hoofd, waarbij hij de fout maakte om zijn blik even op Gillian te laten rusten, die het waagde om verlegen naar hem te glimlachen. Toen hij weer opkeek, keek Guinevere met een onpeilbare blik van hem naar Gillian.

Hij werd koud vanbinnen. Hij wilde geen problemen, voor beide vrouwen niet.

'Er is niets, gewoon wat vermoeid van het werken,' zei hij daarom en hij maakte een uitnodigend gebaar in de richting van de fontein. De betonnen fontein was bijzonder, zijn vader had hem geïmporteerd uit het buitenland. Het was een beeltenis van een elegante vrouw met twee kannen water, omringd door bloemen. Uit de kannen stroomde water. Het deed hem altijd aan zijn moeder denken, hoewel zijn vader die overeenkomst vermoedelijk nooit had gezien.

'Laten we teruggaan,' zei Guinevere na een korte stilte en tot zijn grote opluchting.

Zwijgend draaiden ze om en ze liepen terug naar het landhuis. Pas toen ze weer in de salon waren, keek Guinevere hem aan. 'Het was een prettige wandeling.'

Ze meende er overduidelijk niets van, maar Edward knikte beleefd. Hij kon niet wachten tot hij zich kon terugtrekken in zijn eigen vertrekken. Edward nam afscheid van zijn gasten en liep in rap tempo de trap op. Halverwege bedacht hij zich en hij liep weer naar beneden, de gang door en de tweede trap af, die naar de keuken leidde.

'Milord!' Mevrouw Cole keek verbaasd naar hem op toen ze hem in de gang trof. Ze sloeg haar handen in elkaar. 'Kan ik iets voor u betekenen?'

'Ik zou Gillian graag even spreken,' antwoordde Edward zonder er doekjes om te winden.

De huishoudster keek hem vragend aan. 'Als ze iets niet goed heeft gedaan, dan hoor ik het graag van u. Dan zal ik het zelf af –'

'Nee, nee, dat is het niet, het is…' Edward zocht naar de juiste woorden. Hij wist zelf eigenlijk ook niet hoe hij zijn aanwezigheid hier moest verklaren, behalve dan dat hij haar simpelweg wilde zien. 'Ik moet haar gewoon even spreken over iets wat zojuist is voorgevallen. Alleen,' voegde hij daar snel aan toe.

De gezichtsuitdrukking van de huishoudster veranderde, haar ogen vernauwden iets en gleden onderzoekend over zijn gezicht. Toen zuchtte ze. 'Ik zal haar roepen. Maar Edward.' De vrouw die hem na het overlijden van zijn moeder had opgevangen keek hem berustend aan. 'Wees alsjeblieft voorzichtig.'

Hij knikte.

En wachtte.

Gillian

Het duizelde haar.

'Wat?' was dan ook het enige wat ze had weten uit te brengen. Edward Bellamy had naar haar gevraagd? En hij stond beneden op háár te wachten?

Mevrouw Cole zuchtte, haar gezicht verzachtte en ze keek Gillian even onderzoekend aan. 'Ik weet niet wat er speelt tussen jullie en lieve hemel, ik wil het ook liever niet weten, maar ik zeg je net zoals ik tegen milord heb gezegd: wees alsjeblieft voorzichtig. Hij wacht op je in mijn kantoortje. Wees discreet. Je weet hoeveel er gepraat wordt.'

Gillian knikte en liep toen achter haar bazin aan de smalle trap af tot ze via een labyrint van trappen en gangen bij de keuken uitkwamen, waar tegenover de werkkamer van mevrouw Cole was.

Gillian aarzelde een kort moment. Daarbinnen stond Edward, als ze hem tenminste zo mocht noemen. In haar gedachten was hij niet langer de oudste zoon van de graaf van Ridgewood en de erfgenaam van de titel. Nee, in haar gedachten – en toegegeven, in haar dromen – was hij gewoon een jongeman, een knappe, charmante jongeman die haar aan het lachen maakte, geïnteresseerd was in haar familie en afkomst en het bloed in haar lijf sneller deed stromen. Hij was alles wat hij niet voor haar kon zijn. Dat moest ze vooral niet vergeten. Bovendien was hij verloofd. Het moment dat Gillian dat had gehoord, was de wereld onder haar een stukje verschoven, maar ze had haar kin opgeheven en was verdergegaan met haar taken. Wat had ze dan verwacht? Natuurlijk zou hij met zo'n mooie en rijke dame trouwen. Het was werkelijk belachelijk, absurd zelfs, dat ze op een andere manier aan hem dacht dan als haar werkgever. Meer dan dat was hij niet. En zou hij nooit zijn.

Mevrouw Cole keek haar nog eens veelbetekenend aan en draaide zich toen om, waarna ze de gang in verdween. Gillian was nu alleen, en met haar hand op de klink keek ze door het troebele glas van de deur. Ze zag zijn silhouet. Lang, trots. Hij wachtte hierbinnen op haar, maar waarom? Had ze misschien toch te veel verteld laatst? Of zou hij haar vertellen dat hij haar niet langer in het huis wilde hebben? Of, durfde ze een kort moment te hopen, zou hij haar de liefde verklaren waarna ze...

Nee, doe niet zo idioot, lass. Gillian wees zichzelf terecht. Ze had hem met Guinevere gezien. Ze wist hoe het zat. Hij zou met die prachtige vrouw trouwen. Niet met haar. Ze was niet langer dat dromerige meisje van vroeger dat verlangde naar haar prins op het witte paard. Ze was een onafhankelijke vrouw, die nu haar eigen geld verdiende en daarmee haar steentje bijdroeg aan haar familie en de maatschappij. Van hieruit zou ze zich opwerken tot... nou ja, tot iets anders dan een dienstmeid. Dat wist ze zeker. En ze zou haar uitgestippelde pad niet in gevaar laten brengen door een kalverliefde die nooit het daglicht zou kunnen zien.

Ze moest sterk zijn.

Gillian haalde nogmaals diep adem en opende de deur.

Hij draaide zich direct naar haar om. 'Gillian, ik bedoel... juffrouw MacLachlan, wat fijn dat u even tijd voor me wilt maken. U zult ongetwijfeld druk zijn, zoals mevrouw Cole me zojuist herhaaldelijk op het hart drukte.' Hij glimlachte naar haar. Een glimlach die als een fluistering over haar ruggengraat gleed.

Ze sloot de deur achter zich en zette twee stappen naar voren, waarna ze hem vragend aankeek. Wat wilde hij van haar?

'Ik...' Edward keek even om zich heen en zocht naar woorden. 'Ik wil...' Wederom viel hij stil. Toen zuchtte hij en keek haar aan. 'Ik weet ook niet wat ik hier precies doe. Maar na wat er net in de tuin gebeurde...' Hij maakte een wanhopig gebaar. 'Ik weet niet eens wát er in de tuin gebeurde, maar...' Opnieuw die intense blik. 'Ik wilde je gewoon even zien, om te weten of het goed met je gaat.'

Gillian slikte moeizaam. Hij was gewoon bezorgd. Meer was het niet. Ze moest er niets van denken. 'Het gaat goed met me,' antwoordde ze daarom zacht. 'U hoeft zich over mij geen zorgen te maken.' En ze kon haar tong wel afbijten toen ze verderging om de daaropvolgende stilte te vullen, alles om die indringende blik van hem te ontwijken. 'Guinevere is een prachtige vrouw, u wordt vast heel gelukkig samen.'

Hij trok zijn wenkbrauwen op. 'Denk je?' Er verscheen een onpeilbare uitdrukking op zijn gezicht en hij dacht over haar woorden na. 'Ja, misschien,' antwoordde hij toen tot haar grote teleurstelling. Haar hart maakte een flinke zakker en het liefst had ze zich ter plekke omgedraaid en was ze weggerend. Elke minuut dat ze met hem alleen was, was een kwelling. Toch bleef ze staan. Ze keek in zijn donkere ogen, naar zijn volle lippen, en stelde zich voor hoe het zou zijn om die op de hare te voelen.

Iets wat ze nooit zou weten.

Hij wreef nadenkend over zijn kaken en keek haar toen weer aan. 'Ik had liever jou meegenomen voor een wandeling om de tuin te laten zien.'

Het duurde even voordat zijn woorden tot haar doordrongen. Blijkbaar keek ze hem ook behoorlijk ongelovig aan, want hij grinnikte plots. 'Mijn gezelschap leek onze prachtige tuin niet per se te waarderen.'

'Wellicht was ze afgeleid door háár gezelschap,' waagde Gillian te zeggen terwijl ze zichzelf inwendig een standje gaf voor haar overmoedige gedrag. Wat had ze nu net met zichzelf afgesproken?

Ren niet op een gebroken hart af.

Want dat was onvermijdelijk het enige wat dit haar zou opleveren. Een gebroken hart.

Zijn ogen lichtten verrast op, zijn mondhoeken trokken omhoog terwijl hij haar met die diepbruine ogen van hem aankeek. 'Ik vond een deel van mijn gezelschap erg verkwikkend. Wel stiller dan ik gewend ben.'

Ze sloeg haar ogen neer. 'Het is niet mijn plek om…'

Maar hij onderbrak haar. 'Dat weet ik allemaal wel, maar toch hoor ik je graag vertellen. Als je vertelt over je familie en Schotland dan…' Hij keek haar zwijgend aan. 'Dan voel ik me lichter.'

Gillian wist niet precies wat hij daarmee bedoelde, en tegelijkertijd begreep ze hem volkomen. Ze herkende het gevoel. Als ze bij hem was, voelde ze zich ook anders, lichter. Standen en rangen verdwenen, het imposante landhuis loste op en op dat moment deden alleen zij tweeen ertoe.

Ze fronste, want zo was het echte leven niet. In het echte leven, dít leven, was hij de oudste zoon van de graaf, haar werkgever en was zij slechts een dienstmeid. Onbeduidend, niemand. In het echte leven trouwde hij met de mooie Guinevere, de rijke dochter van een zakenman, en uiteindelijk zou hij zelfs de graaf van Ridgewood worden. En zij zou haar eigen pad gaan, weg van hier, weg van Ridgewood. En dus schraapte ze haar keel en ze keek moedig naar hem op. 'Ik moet verder. Ik heb nog veel te doen.'

Haar woorden deden hem opschrikken uit zijn eigen gedachten. 'Uiteraard,' prevelde hij snel. 'Ik zal je niet langer ophouden.'

Ze liepen tegelijk naar de deur, maar Gillian hield in. 'We kunnen niet…'

'O, niet tegelijk naar buiten. Ik snap het. Ga jij maar eerst, ik wacht hier wel even.' Hij zette toch nog een stap naar haar toe en een kort moment hief hij zijn hand op, alsof hij haar wilde aanraken. In gedachten voelde ze zijn warme hand tegen haar wang en ze moest de neiging onderdrukken om haar ogen te sluiten en tegen dat droombeeld aan te leunen. Toen leek hij zich te bedenken en liet zijn hand langs zijn zij vallen. 'Tot snel,' zei hij toen en hij glimlachte kort. Het was een andere glimlach dan voorheen. Somberder. Zwaar.

Gillian glimlachte terug terwijl een draadje in haar hart leek te ontrafelen. 'Tot snel, milord.'

Ze sloot de deur achter zich en begon te lopen. En in plaats van naar haar kamer liep ze naar buiten. Ze liep en liep totdat ze niet meer kon. Toen liet ze zich tegen een boomstam zakken, sloot haar ogen en zuchtte vanuit haar tenen.

Ze wist dat het niet kon, dat het een droom was, een fantasie. Toch kon ze niet wachten tot ze hem weer zou zien.

17.

In de dagen die volgden, greep Edward elk excuus aan om Gillian te zien. Mevrouw Cole deed alsof ze het niet merkte, maar ze liet Edward met haar blik weten het af te keuren. Toch stuurde ze Gillian vaker dan voorheen naar boven om wat te drinken te brengen of om de kussens op de bank in Edwards werkkamer nog eens op te schudden. De bedienden van Ridgewood Hall fluisterden achter hun hand wanneer ze dachten dat niemand hen kon horen. Had de toekomstige graaf echt zijn oog op een dienstmeid laten vallen? Was het geen schande, fluisterde de een. Was het niet romantisch, verzuchtte de ander. Edward negeerde de geruchten en genoot van elk moment dat hij met Gillian samen was. Hij hield van het geluid van haar lach, van haar verhalen over haar broers en zussen en over Edinburgh en met elke minuut die ze samen doorbrachten, al was het op een formele manier, voelde hij zich meer en meer tot haar aangetrokken.

Op een middag trof hij haar in de tuin. Ze had een mandje vol met geplukte kruiden bij zich en zat op het bankje bij de fontein met haar blik gericht op de rozenperken. Ze was in gedachten verzonken.

'Mijn moeders favoriet,' zei Edward toen hij zich na een tijdje ongemakkelijk begon te voelen door het feit dat ze hem niet gezien had en hij haar stond aan te gapen.

Gillian keek verschrikt op, maar toen ze hem zag, veranderde haar gezicht, zoals hij inmiddels vaker had zien gebeuren. Een tinteling vloog langs zijn ruggengraat en hij glimlachte. Met een heimelijke blik achterom liep hij naar haar toe. Gillian bleef naar de rozen kijken. 'Ze zijn prachtig,' zei ze terwijl haar wangen rood kleurden.

'Mijn moeder stond er altijd op om ze zelf te verzorgen, ook al liep er een leger aan tuinmannen rond.' In gedachten zag hij weer voor zich hoe zijn moeder zachtjes met haar vingers langs de blaadjes streek en hoe ze in het voorjaar zorgvuldig de takken snoeide terwijl hij met zijn broers door de tuin rende. Als hij zijn ogen sloot, kon hij haar nog horen roepen: *'Niet door de perken, jongens!'* De geur van de bloemen deed hem nog altijd aan zijn moeder denken.

Met zijn blik op de struiken gericht ging hij voorzichtig bij haar zitten, aan de andere kant van het bankje.

'Je zult haar wel missen.' Haar woorden verrasten hem. Toen hij opkeek, had ze haar warme blik op hem gericht. 'Het lijkt me echt vreselijk om zonder moeder op te groeien. Ik kan me niet voorstellen dat ik haar had moeten missen.'

Edward slikte moeizaam. Hij praatte er eigenlijk nooit over, maar iets zei hem dat hij er met haar over kon praten, zij had immers al zoveel over zichzelf gedeeld. Het was niet meer dan eerlijk om ook over zijn eigen jeugd te vertellen. 'Ze was een heel lieve vrouw,' zei hij daarom na een korte stilte. 'Ze was er altijd voor ons, voor iedereen.' Hij zuchtte. 'Toen ze stierf, nam ze alle warmte in dit huis met zich mee.'

Ze keek hem even onderzoekend aan, waarna haar ogen naar het huis gleden. 'Je vader… ik bedoel, de graaf… Was hij altijd zo?'

Edward knikte. 'Ik kan me hem niet anders herinneren. Ik zou je graag vertellen dat hij voor het overlijden van mijn moeder een betrokken, liefdevolle vader was die nu is verhard door het verlies van de liefde van zijn leven.' Hij glimlachte wrang. 'Maar de waarheid is dat ze nooit van elkaar gehouden hebben. Het huwelijk was gearrangeerd, net zoals…' Zijn maag kantelde en hij maakte zijn zin niet af. Dáár kon hij het niet met Gillian over hebben. Dus ging hij snel verder. 'Mijn vader heeft zijn titel en status altijd belangrijker gevonden dan zijn vrouw, dan het geluk van zijn kinderen, dan het welzijn van iedereen die afhankelijk van hem is. Voor hem telt maar één ding, en dat is hijzelf.'

'Zie je ertegen op?'

Hij keek haar vragend aan. Hij wist niet zeker waar ze naar vroeg, maar zonder na te denken kwam het antwoord al uit zijn mond. 'Ik zie tegen alles op. Het huwelijk, de titel en alles wat daarbij komt kijken… Mijn hele toekomst benauwt me eerlijk gezegd.' Hij slikte moeizaam, maar op een of andere manier kon hij nu niet meer terug. De woorden bleven komen. 'Ik ben mijn leven lang voorbereid op het feit dat ik ooit de graaf van Ridgewood word, dat ik dit landgoed ga beheren, dat ik mijn plek in Londen zal innemen, maar niemand heeft mij ooit gevraagd wat ík wil. Of hóé ik het wil.' Voor het eerst in jaren sprak hij al zijn onzekerheden uit. 'Ik wil het juist goed doen voor de mensen. Als ik dan invloed heb, wil ik die zo inzetten dat ik de gemeenschap vooruithelp, in plaats van terugduw naar een vorige eeuw, zoals mijn vader het liefst zou willen. Er is zoveel potentie, zeker als je geld en invloed hebt. Ik zou goed willen doen. Ik zou…' Zijn woorden stierven weg. Plots was hij zich enorm bewust van Gillian, die nog altijd zwijgend naast hem zat en alleen maar naar hem luisterde. Hij keek haar aan. 'Soms weet ik gewoon niet meer of dit wel het leven is dat voor mij bedoeld is, snap je? Maar ik weet ook dat ik geen keuze heb.' Hij haalde zijn schouders op.

Gillian leek over zijn woorden na te denken. Haar ogen keken verdrietig en gleden onderzoekend over zijn gezicht, alsof ze elke centimeter van hem in zich op wilde nemen.

Had hij te veel gezegd? Schrok ze van zijn onthullingen? Hij zou er niet achter komen, want op dat moment klonk Gillians naam door de tuin.

'Gillian?' Timothy, klaarblijkelijk weer opgeknapt, rende buiten adem de hoek om, maar kwam abrupt tot stilstand toen hij Edward zag zitten. 'O, milord. Vergeeft u mij. Ik…' Zijn blik schoot naar Gillian, die snel was opgestaan en nu met de mand vol kruiden aan haar arm naast het bankje stond.

Zonder na te denken bukte ze zich en plukte iets uit de border. 'Geweldig, nu heb ik alles,' prevelde ze en ze legde het stukje onkruid boven op de andere kruiden. Toen draaide ze zich met een onschuldige glimlach naar Timothy om.

Die liet zijn grote ogen nogmaals van haar naar Edward glijden en weer terug.

'Ja?' Gillian keek de jonge livreiknecht vragend aan.

'Mevrouw Pillkington vraagt naar je, ze heeft de kruiden nodig,' antwoordde hij toen aarzelend, alsof hij nog steeds probeerde te begrijpen wat hij had aangetroffen.

'Ik kom er meteen aan.' Gillian wierp met rode wangen nog een vluchtige blik op Edward, maar liep toen achter de livreiknecht aan, terug naar het huis.

Het duurde nog lang voordat Edward de moed vond om weer naar binnen te gaan.

Bij elke ontmoeting behield Edward uiteraard gepaste afstand tot Gillian, maar hij merkte dat het hem elke keer meer moeite kostte om zijn handen in zijn zakken te houden. Hij voelde de groeiende behoefte om haar aan te raken. Om zijn vingers over haar bleke wang te strijken, om haar roze lippen te proeven en om zijn handen om haar middel te sluiten en nooit meer los te laten. Elke minuut van elke dag groeide zijn gevoel voor Gillian en met elk uur dat wegtikte, besefte Edward meer dat hij zijn ogen niet langer kon sluiten voor wat zijn hart hem vertelde.

Ondanks deze groeiende behoefte waren de voorbereidingen voor het verlovingsbal in volle gang. Edward luisterde met een half oor naar de monologen van Wakefield. De dreigementen van zijn vader gleden sowieso als water van hem af. En hoe meer hij over Gillian te weten kwam, hoe meer heimelijke momenten hij met haar doorbracht, hoe meer hij begon te twijfelen over hoe zijn toekomst eruitzag. Hij had zich het beheren van het landgoed eigen gemaakt omdat het vanzelfsprekend was dat het ooit van hem zou zijn. Hij had zijn broers in het gareel proberen te houden of hun problemen opgelost, hij was aanwezig geweest bij alle bijeenkomsten, bals en feesten zoals van hem werd verwacht en hij had zich nooit misdragen. Altijd had hij de regels gevolgd als de brave zoon die hij had geleerd te zijn. Wat voor leven lag er voor hem in het verschiet als hij nooit zijn eigen keuzes zou maken? Hij overwoog zijn opties. Kon hij de verloving met Guinevere verbreken? Hij wist dat zijn vader woedend zou zijn. Hoe ver zou de graaf gaan als het ging om het veiligstellen van zijn status? Maar daarna? Wat wilde hij hiermee bereiken? Hij kon onmogelijk met een dienstmeid trouwen. Toch?

Edward wreef met zijn hand over zijn gezicht en vulde zijn glas. 'Jij ook nog?' Hij wierp een blik over zijn schouder naar Daniel, die een kort bezoek aan het landhuis bracht.

Daniel schudde zijn hoofd. 'Nee, dank je. Misschien kun je zelf ook...' Hij stopte met praten toen Edward naar zijn broer fronste. 'Niks, laat maar,' wuifde Daniel weg, waarna Edward in zijn bureaustoel zakte.

Ze bleven zo een tijdje in stilte zitten, ieder verzonken in zijn eigen gedachten. Edward bestudeerde het patroon van zijn kristallen glas, slaakte een zucht en keek naar zijn jongste broer. Hij wist waar hij zelf zijn hoofd over brak, maar het leek erop dat ook Daniel ergens mee zat. 'Problemen op de universiteit?'

Daniel haalde zijn schouders op. 'Niet echt, meer gedoe bij het bestuur.'

'Over?' Edward trok vragend zijn wenkbrauwen op.

'Dat groepje suffragettes waar ik je laatst over vertelde, ze krijgen steeds meer bijval. Eentje bivakkeert zelfs zowat voor mijn kantoor in de hoop me over te halen hen te steunen. Ze vinden dat ze meer rechten moeten hebben et cetera. Het bestuur wil zich er binnenkort over buigen.'

'Over het uitbreiden van die rechten?' Dat klonk voor Edward als een positieve ontwikkeling. Wat hem betreft mochten vrouwen net zoveel rechten krijgen als mannen.

'Ha,' stootte Daniel uit. 'Eerder over hoe ze dit zo snel en geluidloos mogelijk in de doofpot kunnen stoppen. Het zijn stuk voor stuk starre mannen van de generatie van onze vader die weinig reden zien voor verandering. Sterker nog, ze zijn er eerder bang voor.'

Edward schudde zijn hoofd. 'Verandering maakt dat de wereld blijft draaien. Dat moeten ze toch op een bepaald moment gaan inzien. Als je niet meegaat in de veranderingen van de maatschappij, zul je op een gegeven moment achterblijven of erger...' Hij wees met zijn glas naar zijn broer. 'Ook vader zal ooit op een punt komen waarop hij beseft dat vasthouden aan hoe het was niet langer werkt.'

'Als dat moment er ooit komt, dan ligt hij allang in zijn graf,' murmelde Daniel.

Edwards mondhoeken gingen omhoog. 'Waarschijnlijk wel ja.'

Het idee dat de graaf aan zijn einde zou komen, was niet iets waar Edward per se op hoopte, maar hij kon niet zeggen dat hij niet uitkeek naar de kansen die zouden ontstaan wanneer Ridgewood Hall met zijn tijd mee zou gaan. Er waren zoveel mogelijkheden om het landgoed te innoveren en de pachters beter van dienst te zijn. Er waren ook zoveel manieren waarop ze samen winst konden maken, op een eerlijke manier – een manier waar zijn vader niets van wilde weten.

'Ik zag zojuist trouwens een horde bedienden naar de grote zaal gaan. Hoe staat het met de voorbereidingen voor het grote feest?' Daniel keek zijn broer nauwlettend aan. Edward kon niet voorkomen dat hij een ongelukkig gezicht trok.

En zuchtte.

En zweeg.

Zijn gedachten gleden, zoals zo vaak de laatste dagen, naar Gillian. Hij kreeg het simpelweg niet over zijn lippen om met Gillian te praten over iets wat met Guinevere te maken had. En Gillian ontweek het onderwerp ook. Het was een soort onuitgesproken afspraak: zolang ze er niet over praatten, was het er gewoon niet. Of even niet. Misschien was dat wel waarom hij zo genoot van de momenten met Gillian. Het voelde dan alsof hij even zichzelf kon zijn.

Edward ging iets rechter zitten toen hij het zich realiseerde.

Als hij bij Gillian was, voelde hij zich...

Zichzelf.

Levend.

Dat was het. Hij werd altijd geleefd, maar wanneer hij bij Gillian was, haar verhalen aanhoorde en zijn hart bij haar luchtte, dan leefde hij pas echt.

'O nee,' kreunde hij toen hij zich dat realiseerde.

Hij kon het niet.

Hij kon echt niet met Guinevere trouwen.

'Is er een manier om eronderuit te komen?' vroeg Daniel toen op de man af, alsof hij Edwards gedachten kon lezen. Misschien was dat ook wel iets wat broers konden: elkaar aanvoelen en woordeloos begrijpen. Al was James meestal een uitzondering.

Hij kon zijn broer niet vertellen over Gillian. Nog niet. Hij wilde haar nog iets langer voor zichzelf houden, ongeacht wat er al in de wandelgangen werd gefluisterd. Edward zakte achterover in zijn stoel. 'Ik kan het huwelijk weigeren, maar wat gebeurt er dan?'

Daniel dacht daar even over na. 'Hij zal ontzettend boos worden, maar wat kan hij doen, behalve razen en tieren?' Daniel snoof. 'Waarschijnlijk zal hij vooral woedend zijn en na verloop van tijd gewoon een nieuwe bruid voor je zoeken.'

Edward keek zijn broer peinzend aan. Hoe ver zou zijn vader gaan? Hij kon het zich niet voorstellen. Wat waren de alternatieven? Zijn vader kon Edward dwingen, maar hij was een volwassen man en het werd tijd dat hij zijn eigen keuzes ging maken. De graaf van Ridgewood was in staat om Edward alles af te nemen wat hij had, maar wat was dit alles hem waard als hij niet gelukkig was?

'Het zou een schandaal worden,' bracht Edward ten slotte uit.

'Ja, en?' Daniel haalde zijn schouders op.

'Ik zou Guinevere in het schandaal meetrekken.' En Gillian, voegde hij daar in gedachten aan toe. Wat zou het voor haar betekenen als hij voor haar zou kiezen? Ze zou haar baan verliezen en hij zou alles kwijtraken.

Edward zuchtte. Hij kon onmogelijk inschatten hoe zijn vader zou reageren, hij moest nadenken over de gevolgen, de opties die hij had, maar telkens liepen zijn gedachten vast.

'Oswald Parker is welvarend en invloedrijk genoeg om te voorkomen dat zijn dochter al te veel last zou ondervinden, denk ik. Hij vindt vast wel weer een ander gewillig slachtoffer.'

Edward legde zijn hoofd in zijn handen en wreef in zijn ogen. 'Ik weet het niet. Ik heb tijd nodig.'

Daniel zette zijn lege glas weg en stond op om op 'audiëntie bij de graaf' te gaan, zoals hij het met opgetrokken wenkbrauwen noemde, de reden waarom hij op Ridgewood Hall was. Net voordat hij de deur achter zich dichttrok, keek hij zijn broer aan. 'Denk erover na, maar weet: de klok tikt.'

Edward gaf zijn paard de sporen en schoot over de heuvels terwijl hij een paar seconden zijn ogen sloot en de frisse buitenlucht opsnoof. Hij genoot van de wind in zijn gezicht, de geur van het bos, de dauw op het gras en de krachtige spieren van het paard onder hem. Zelfs de zachte regendruppels konden hem niets schelen en hij hief zijn gezicht om de druppels op zijn wangen te verwelkomen. Op dit soort momenten lééfde hij en vergat hij alle verwachtingen en verplichtingen die op hem drukten simpelweg omdat hij als eerste geboren was. Het gesprek met Daniel galmde nog na in zijn hoofd.

Is er een manier om eronderuit te komen?

Ja. Er was maar één manier: hij zou voor zichzelf moeten opkomen en nee moeten zeggen. Zijn eigen keuze maken. Guinevere leek het niet erg te vinden om met hem te moeten trouwen, al dan niet gedwongen door haar vader. Hij had niet het idee dat ze met tegenzin naar Ridgewood Hall kwam en huiverend naar de toekomst keek. Nee, Guinevere had het toekomstige gravinschap omarmd. Edward kon geen enkele reden bedenken waarom zij zich vrijwillig zou terugtrekken en tegen haar vaders wil in zou gaan.

Het zou een schandaal worden.

Ja, en?

Daniels woorden waren haast nonchalant geweest. Hij had geen idee van de omvang van het schandaal dat zou ontstaan. Niemand kende zijn wens om te kiezen voor zijn eigen geluk, voor zijn eigen liefde, en te trouwen met Gillian.

Wacht. Zijn hoofd haperde bij die gedachte. Wilde hij met haar trouwen?

Edward liet die vraag keer op keer door zijn hoofd gaan terwijl hij zijn paard aanspoorde om nóg harder te gaan. En het ritme van de galopperende hoeven gaven hem het enige mogelijke antwoord: *trouw met haar, trouw met haar, trouw met haar.*

De klok tikt.

Als hij iets wilde doen, moest het vóór het bal gebeuren. Het verlovingsbal was natuurlijk een formaliteit, maar iedereen zou er zijn. Hij wilde geen schandaal, niet per se tenminste. Maar was het te voorkomen?

Misschien.

Hij haalde diep adem en nam een besluit. En terwijl zijn paard doorstoof over de groene heuvels, sloot hij weer even zijn ogen en trok een glimlach aan zijn mondhoeken. De vrijheid lag voor het grijpen. En deze keer zou hij die vastpakken en niet meer loslaten.

'Is dit wel goed?' Gillians ogen schoten die middag onrustig naar de deur van de bibliotheek die Edward zojuist achter zich gesloten had. Hij bleef even staan, met zijn gezicht naar de deur, hij haalde diep adem en draaide zich toen om. Zonder te antwoorden keek hij korte tijd alleen maar naar haar, zoals ze daar stond. Ze droeg haar haren netjes weggestopt onder haar mutsje en had de bekende zwarte jurk aan en een wit schort voor. Hij zag niet langer een dienstmeisje. Hij had alleen maar oog voor die glinstering in haar prachtige groene ogen wanneer ze net wat langer naar hem staarde en hij haar daarop betrapte, en die prachtige rondingen ónder de jurk, rondingen waar hij het liefst zijn handen overheen zou laten gaan. Hij nam haar in zich op en realiseerde zich dat dit moment grote gevolgen zou hebben. Dit was misschien wel het belangrijkste moment van zijn leven. Hij liet zijn ogen nog eens over haar heen glijden. De roze blos op haar bleke wangen en haar handen die nu zenuwachtig in elkaar gestrengeld voor haar buik samenknepen, verrieden haar onrust. 'Milord?' Ze keek hem vragend aan.

'Edward,' corrigeerde hij haar voor de zoveelste keer. Hoe hij ook aandrong, ze bleef hem formeel aanspreken, vastberaden zich aan de regels te houden.

Ze keek weg.

'Kijk me alsjeblieft aan.' Hij liep naar haar toe, maar bleef toen met moeite op gepaste afstand stilstaan. Zijn hele lijf trok naar haar toe en hij wilde niets liever dan haar in zijn armen nemen en kussen. Nog even. Nog even en dan… Hij wist wat hij wilde zeggen, wat hij haar wilde vragen, en als ze ja zou zeggen…

'Gillian,' herhaalde hij zachtjes. 'Toe, kijk me aan.'

Ze hief haar hoofd, haar wangen werden nog roder. Haar blik zocht de zijne en hij zag zijn wereld in haar ogen: het verlangen, de twijfels… Ze slikte terwijl haar lippen iets uiteengingen. Als gebiologeerd keek hij ernaar en hij verloor elk besef van tijd. Hij zette een stap naar voren, hij wilde naar haar toe, haar vastpakken, maar hij legde zijn handen op zijn rug om te voorkomen dat hij toegaf aan zijn drift. 'Gillian…' Haar naam kwam nu als een fluistering over zijn lippen. Haar borst ging op en neer terwijl ze zwaar ademhaalde.

Het was alsof ze wist dat dit het keerpunt was.

Het bleef even stil.

Hij riskeerde alles. Zijn leven, zijn fortuin, zijn goede naam, de reputatie van Ridgewood Hall en daarmee die van zijn vader, al kon dat laatste hem niets schelen.

'Wat is er, Edward?' De eerste keer dat ze hem bij zijn voornaam noemde, klonk het onzeker, vragend. Hij trok zichzelf uit zijn gemijmer en keek naar haar, nog dichterbij dan zo-even. Haar ogen waren hoopvol.

Hij schraapte zijn keel. 'De afgelopen weken, onze gesprekken… Ik ben me meer en meer gaan realiseren dat ik niet gelukkig ben, dat ik niet gelukkig kan zijn als ik nog langer blijf leven zoals ik nu doe. Als ik alles loslaat, weet ik nog maar één ding zeker. En dat is dat ik naar je verlang.' Hij slikte moeizaam en keek in haar ogen. Ze keek niet langer weg. 'Ik verlang naar je warmte en jouw lippen op de mijne. Ik verlang naar je lach, je scherpe observaties en ik kan niet wachten tot je de rest van je leven tegen me aan blijft kletsen, tot ik er horendol van word. Dus lieve Gillian, ik wil jou. Ik wil jou als mijn vrouw. Trouw met me.'

Hij was nog nooit in zijn leven ergens zo zeker van geweest. Hij wilde haar liefhebben, ongeacht wat het hem zou kosten, ongeacht wat de gevolgen zouden zijn. Tenminste, als zij dat ook wilde. 'Ik wil bij je zijn, ik hoop dat...' Hij slikte moeizaam en keek weg, 'ik hoop dat je dezelfde gevoelens voor mij koestert.'

Gillians ogen waren groot geworden. Haar hand ging omhoog en bedekte haar mond, die een geschokte 'o' vormde. Een vreselijk gevoel bekroop Edward: het was niet wederzijds, ze was alleen maar vriendelijk geweest, ze hield niet van hem. Hij had zich van alles in zijn hoofd gehaald. Leek hij dan toch meer op zijn vader? Had hij zich haar gewoon willen toe-eigenen en was hij blind geweest voor haar gevoelens en verlangens?

'O, Edward...' Gillian schudde haar hoofd, haar ogen vulden zich in rap tempo met tranen. Ze leek in strijd met zichzelf. Ze keek naar hem, zette een stap naar voren, maar toen ook weer terug. 'Het spijt me,' zei ze uiteindelijk zachtjes.

Edward dacht dat zijn hart daar ter plekke in honderden stukken zou breken terwijl ze met die drie woordjes zijn toekomst bezegelde.

Ze schudde haar hoofd. 'Ik... dit kan niet. Het is te gevaarlijk,' zei ze, waardoor Edward verrast opkeek. Ze weigerde, maar... Ze wees hem niet af.

Een sprankje hoop ontvlamde in hem. 'Wat er ook zal gebeuren, we kunnen het samen aan.'

Gillian keek hem ongelovig aan. 'Maar mijn werk, mijn inkomen, ik stuur het naar mijn ouders, dan heb ik niets meer. En jij...'

'Ik zal voor je zorgen, en voor je familie,' beloofde Edward.

'Je vader zal dat nooit goedvinden.' Gillian schudde nu vastberaden haar hoofd. 'Nee, Edward, milord. Dit kan niet. Ik kan niet…' Ze zei het alsof ze zijn woorden maar amper kon geloven. Honderden gedachten, vragen en verlangens schoten voorbij en toen draaide ze zich om. De tijd vertraagde terwijl Edward toekeek hoe ze wegliep, hoe ze met haar hand naar de klink reikte, nog een laatste keer achteromkeek met tranen in haar ogen en toen de kamer uit vluchtte. Alles wat achterbleef, was haar geur, die zoete geur die hem inmiddels zo vertrouwd was en die hem verloren achterliet.

Hij zakte op een van de fauteuils neer en staarde naar de deur waar Gillian zojuist door verdwenen was alsof de duivel haar op de hielen zat. Edward fronste en wreef over zijn gezicht. Hij kon haast niet geloven wat er zojuist was gebeurd. Het was… het was een scenario waarbij hij niet eens stil had durven staan. Ze had hem afgewezen. Had hij het dan zo verkeerd ingeschat?

Nee.

Nee, hij had het verlangen in haar ogen gezien, de sprankeling in haar lach als hij iets vertelde, die glinstering in haar blik wanneer ze met elkaar spraken. Er was meer tussen hen. Hij zou niet zomaar opgeven. Hij zou vechten voor de liefde, voor dat ene in zijn leven wat wél van hem kon zijn en deze keer… deze keer zou hij de juiste keuze maken.

Deel 5

HEDEN

18.

Het was alsof ze geen keuze had. Haar gedachten schoten elke keer weer naar alles wat ze had gehoord. Flora was volledig in gedachten verzonken terwijl ze terugliepen na het bezoek aan het ouderlijk huis van haar opa. Ze had geen oog voor haar omgeving of gezelschap en keek dan ook geschrokken op toen Jackson zijn hand op haar arm legde.

'We zijn er.' Hij gebaarde naar de gevel en Flora knipperde om uit haar sluimertoestand te komen. Haar gedachten tolden over elkaar heen. Ze had het huis gevonden waar haar opa had gewoond, ze had gehoord dat haar overgrootvader een man van adel was, de oudste zoon van een graaf, en eerlijk gezegd had ze nu meer vragen dan waarmee ze in Schotland aangekomen was. Het beviel haar niets dat ze zou moeten afwachten tot Philip meer informatie zou vinden, hoe vriendelijk hij ook was. Ze wilde zelf ook iets doen. Zou ze naar de bank kunnen gaan waar Edward had gewerkt? Ze schudde haar hoofd, wat zou ze daarmee bereiken? Zijn loonstrookje? Nee, Flora wilde juist weten wat Edward ertoe had gebracht om zijn familie en rijkdom achter te laten en een eigen gezin te starten in een ander land. Misschien kon ze nog eens informeren bij het archief.

Ze dacht aan de foto's in haar tas, waar het gezin van opa Graham op stond en aan de trouwfoto: haar overgrootvader had er gelukkig uit gezien. Die gedachte verzachtte Flora's onrust. Haar familie was hier gelukkig geweest en haar opa was hier fijn opgegroeid.

Ze wendde zich tot Jackson, die haar nog altijd onderzoekend aankeek. 'Gaat het?' vroeg hij.

'Ja, het gaat wel,' antwoordde ze en glimlachte. 'Het is gewoon wat veel. Bedankt dat je mee bent gegaan.' Ze bleef besluiteloos voor de deur staan.

'Wat, eh...' Jackson wreef even ongemakkelijk met zijn hand over zijn nek en keek opeens opvallend geboeid naar de gevel.

O jee, hij dacht nu natuurlijk dat ze iets van hem wilde, dat ze verwachtte dat hij haar verder op sleeptouw meenam. Hij zocht vast een subtiele manier om van haar af te komen. En terecht, ze had al genoeg tijd van zijn vrije dag opgeslokt.

'Ik red me verder wel hoor, bedankt dat je bent meegegaan.' Ze legde haar hand op de deurknop. 'Je maakte het iets gemakkelijker voor me.'

Hij glimlachte warm naar haar. 'Graag gedaan, echt. En ik...'

'Je hoeft me verder echt niet bezig te houden, ik zal je tante zeggen dat je je best hebt gedaan.' Ze glimlachte. 'Dit was al geweldig, enorm bedankt.'

Hij knikte, perste zijn lippen op elkaar en keek naar de gasten op het kleine terras voor de pub.

Omdat hij verder niets meer wist te zeggen, besloot Flora om hem uit zijn lijden te verlossen. 'Dus... ik ga naar boven, nog wat lezen of misschien straks nog een korte wandeling maken. Dan heb jij ook nog wat aan je vrije dag. Bedankt.'

Hij knikte opnieuw en keek toe toen Flora zich omdraaide. Op het moment dat ze naar binnen wilde lopen, zei hij: 'Heb je al plannen voor het avondeten? Misschien kunnen we samen...' Zijn woorden stierven weg.

Ze draaide zich om. Even dacht ze dat hij het tegen iemand anders had, maar toen ze hem aankeek, keek hij vragend terug.

Toen ze niet meteen antwoord gaf, schudde hij zijn hoofd. 'Laat maar, ik bedoel... Het was maar een idee. Fijne middag nog in ieder geval.' Hij maakte aanstalten om weg te lopen.

'Ik heb nog geen plannen.' Het antwoord kwam al over haar lippen voor ze er goed en wel over had nagedacht. Ze had zich vandaag prettig gevoeld in zijn gezelschap en ze wilde iets terugdoen om hem te bedanken. 'Maar ik heb één voorwaarde.'

Hij keek haar vragend aan.

'Ik betaal. Als bedankje.' Flora glimlachte en Jackson beantwoordde die glimlach. En op dat moment voelde Flora het. Een klein schokje ergens in haar borst. Het was minimaal en amper voelbaar. Maar het was er.

'Jack! Godzijdank ben je er.' Ava stormde naar buiten met een dienblad in haar hand, haar wangen rood en haar krullen alle kanten op piekend. 'Ik weet dat je vrij bent en zo, maar er is een probleem met de kassa. Kun je alsje-alsje-alsjeblieft even komen kijken?' Toen zag Ava Flora staan. 'O, hoi!' Ava keek van Flora naar Jackson en weer terug. 'O.' Toen keek ze nog eens. 'Ooooo,' zei ze toen langgerekt, gevolgd door: 'Sorry. Ik heb niets gezegd. Ik ben hier niet.'

Niet-begrijpend keek Flora naar de vrouw, maar voordat ze iets kon zeggen, kwam Jackson in beweging. 'Natuurlijk, geen probleem.' Hij liep langs de dames, knikte kort naar Flora, mompelde 'tot straks' en verdween naar binnen.

'O, shite. Ik hoop niet dat ik stoorde?' Ava keek haar met grote ogen aan.

'Natuurlijk niet.' Flora schudde haar hoofd en wees toen naar de ingang. 'Ik ga even naar mijn kamer, het was een enerverende ochtend.'

Ava grijnsde.

Pas toen Flora halverwege de smalle trap was, besefte ze hoe multi-interpretabel dat antwoord was.

Flora schrok op van het geluid van iemand die zijn keel schraapte. Toen ze haar hoofd ophief, stond Jackson in de deuropening van de eetzaal. Hij droeg een zwart overhemd op een donkere jeans. 'Ben je zover?'

Ze klapte haar boek dicht en keek op haar horloge. Het was al tegen zessen. Ze was zo verdiept geweest in het boek dat de uren voorbij waren gevlogen. Nadat ze rond het middaguur een vruchteloze poging had gedaan om wat te slapen, had ze zich na een snelle lunch met het boek van haar moeder teruggetrokken in de kleine binnentuin van de

B&B, inclusief fonteintje, blauweregen over de pergola en een keurig verzorgd kruidenperkje. Ze was al snel opgegaan in het verhaal van de hoofdpersoon, een Engelse studente die in het begin van de twintigste eeuw vocht voor een waardige plek op de universiteit van Cambridge. Het was een mannenwereld, en Flora had bewondering voor de wilskracht en het doorzettingsvermogen van de hoofdpersoon, die vastberaden was om haar gelijk te krijgen, terwijl ze viel voor een knappe jonge professor die lijnrecht tegenover haar stond. Het verhaal fascineerde haar en ze was razend benieuwd naar de afloop. Tegelijkertijd vroeg ze zich af waarom haar moeder haar juist dít verhaal had willen laten lezen. Ze kreeg maar niet uitgevogeld wat de connectie met haar familiegeschiedenis of de brief was. Het zou sowieso moeten wachten. Snel stond ze op. 'O ja, natuurlijk.'

Hij keek hoe ze naar hem toe liep, waarna hij opzij stapte om haar erlangs te laten. Ze liepen zwijgend door de kleine eetzaal naar de smalle gang. Bij de deuropening haalde ze onzeker een hand door haar haar en draaide zich om. 'Vind je het goed als ik me nog even snel opfris?'

Hij liet zijn blik over haar gezicht glijden. 'Natuurlijk. Ik wacht in de bar.' Hij wees over zijn schouder. Flora draaide zich om en veegde verwoed met haar vingers onder haar ogen. Afgaande op de manier waarop hij haar zojuist had aangekeken, vermoedde ze dat haar make-up ergens op haar wangen hing. Geen overbodige luxe dus om nog even in een spiegel te kijken.

Eenmaal op haar kamer ontdekte Flora dat er – ondanks zijn vreemde blik – weinig mis was met haar uiterlijk. Ondanks dat haar wangen roze kleurden, waren haar sproetjes nog altijd goed zichtbaar, zoals altijd in de zomer door kracht van de zon. Ze werkte haar eyeliner bij, trok haar knot recht en pakte snel een jasje mee voor het geval dat het zou afkoelen in de avond.

Ze had even tijd voor zichzelf nodig gehad, maar na een middagje tussen de besloten muren van de binnentuin keek ze er nu naar uit om haar benen te strekken en de stad weer in te gaan. En als ze heel eerlijk was, was ze ook benieuwd naar haar gezelschap.

Toen Flora de pub binnenkwam, leunde Jackson tegen de bar en lachte om iets wat een van de gasten zei. Het viel haar op dat zijn hele gezicht oplichtte als hij lachte. *Hij is prachtig*, schoot het door Flora heen, waarna ze vermanend haar hoofd schudde en naar hem toe liep. Toen hij haar in het zicht kreeg, richtte hij zich meteen op. Ava stond met een grote grijns achter de bar. 'Nou, veel plezier jullie twee!' Ze trok veelbetekenend haar wenkbrauwen op, waarop Jackson zijn hoofd schudde.

Ze liepen zwijgend naar buiten en vervolgens in de richting van het nieuwere gedeelte van de stad.

'Sorry voor Ava,' mompelde Jackson na een paar minuten uit het niets. Hij keek even beschaamd opzij. 'Ze is… Nou ja, ze heeft…' Hij maakte zijn zin niet af, maar keek weer recht voor zich uit.

'Het geeft niet,' zei Flora snel, in de hoop dat hij zich niet zo opgelaten zou voelen. Ze betwijfelde of het had gewerkt, want hij zei niets meer terwijl ze verder liepen.

Het maakte ook niet uit, want Flora genoot van de prachtige stad en zijn monumentale gebouwen. Voorbij elke hoek was er weer iets anders te zien. In de buurt van de Royal Mile stuitten ze opnieuw op verschillende straatartiesten, waarbij ze nu even bleven staan om te kijken. Jackson bleef zwijgzaam, maar had deze keer alle tijd van de wereld, want overal waar Flora inhield, wachtte hij geduldig tot ze genoeg had gezien en weer doorliep. Bij een modern ogend restaurant knikte hij en hij hield de deur voor haar open, zodat ze als eerste naar binnen kon. Het restaurant had een prettige ambiance en het rook er heerlijk. Hoewel het er druk was, kwam er al snel iemand naar hen toe.

'Jackson, wat een eer om je hier te mogen ontvangen. Ik zal Dougal in de keuken waarschuwen dat hij extra zijn best doet.' De mannen begroetten elkaar met een halve omhelzing en een klap op de rug en toen keek de man nieuwsgierig naar Flora.

'Dit is Flora, ze komt uit Nederland en ze is hier op zoek naar haar familie.' De man begroette haar vriendelijk en wees hun een tafeltje aan de zijkant van het restaurant. 'Ik zal Dougal zeggen dat je er bent.'

Toen de ober weg was, keek Flora nieuwsgierig op. 'Een vriend van je?'

'Dougal en ik zaten samen op de koksopleiding. Hij kwam hier terecht en ik... Nou ja, je weet waar ik terecht ben gekomen.'

Flora herinnerde zich de woorden van zijn tante. 'Je tante zei dat de B&B al generaties in de familie is?'

Jackson knikte. 'Klopt, mijn vader runde de herberg en daarvoor mijn opa. Ik heb het gerenoveerd en het een B&B genoemd, maar het idee en de sfeer zijn eigenlijk nog hetzelfde als ruim een eeuw geleden.'

'Was het vanzelfsprekend dat je je vader zou opvolgen?'

Hij knikte opnieuw. 'Ik hou van de Tearin' the Tartan. Ik zou me niets anders kunnen voorstellen om te doen.' En met die woorden leek hij het gesprek af te sluiten, want hij staarde zwijgend naar de menukaart.

Flora koos uiteindelijk voor een gerecht met eend en Jackson koos een visgerecht, waarbij hij mompelde dat hij benieuwd was wat Dougal ervan zou maken. Het was duidelijk dat hij op zijn oude studievriend gesteld was. Ze vroeg ernaar en Jackson vertelde wat anekdotes over hun studententijd.

'Maar dat is een hele tijd geleden,' zei hij uiteindelijk met een glimlach op zijn gezicht en hij leunde achterover. Zijn overhemd spande om zijn brede borstkas. 'En jij, wat doe jij als je niet op jacht bent naar familiegeheimen?'

Flora grimaste, maar begon toen te vertellen over de praktijk die ze samen met haar collega's runde. Ze vertelde over haar studie, de verschillende banen en uiteindelijk de keuze om zelf met een aantal anderen een praktijk te beginnen.

'Het lijkt me dankbaar om met kinderen te werken,' zei Jackson terwijl hij een stukje vis aan zijn vork prikte en het uitvoerig bekeek voordat hij het in zijn mond stopte.

Flora knikte. 'Het kan soms pittig zijn, maar ook geweldig als je het resultaat ziet. In de meeste gevallen dan,' voegde ze er snel aan toe. 'Heb je zelf kinderen?' vroeg ze spontaan. Zijn reactie maakte dat ze direct spijt had van haar vraag. Ze beet op de binnenkant van haar wang toen zijn gezicht betrok. Ook al hadden ze nu een groot deel van de dag samen opgetrokken, ze kreeg niet echt hoogte van hem. Hij was attent en vriendelijk, maar tegelijk ook zwijgzaam en hij bewaarde een zekere afstand. Niet dat Flora dat erg vond; ze had haar lesje wel geleerd na Stan. Ze zou niet zomaar meer blindelings ergens induiken. Nee, ook Flora had haar ruimte nodig. Toch had ze ernaar uitgekeken om hem vanavond te zien. Zijn aanwezigheid gaf haar een bepaalde kalmte, een rust waarvan ze niet had geweten dat ze ernaar verlangd had.

'Sorry,' prevelde ze snel en ze keek naar haar bord.

'Ik heb geen kinderen,' zei hij toen. 'Jij?'

Nu was het Flora's beurt om even stil te vallen. Ze schudde haar hoofd. 'Nee, het is er nog niet van gekomen.' Dat ze op het punt had gestaan met Stan, die haar vervolgens had bedrogen, zei ze er niet bij. 'Ik zou het wel graag willen,' voegde ze zachtjes toe.

'Ik ook,' zei Jackson tot haar verbazing en toen ze naar hem opkeek, glimlachte hij.

'Jackson! Wat een eer.' Een grote man kwam naar hun tafel. Dat moest Dougal zijn. De mannen begroetten elkaar en wisselden de laatste nieuwtjes uit. Het viel Flora op dat Jackson goed op de hoogte was: hij vroeg naar Dougals vrouw, haar werk, een of andere cateringklus en pas toen het gesprek stil dreigde te vallen, keek Dougal naar Flora. 'En wie is je gast?'

'Flora is hier op bezoek, mijn tante heeft haar gestuurd. Ze is op zoek naar haar familie.'

'O?' De man keek haar geïnteresseerd aan. 'En al succes?'

'Dankzij Jackson heb ik al een en ander ontdekt.' Flora glimlachte. 'Maar hopelijk kom ik nog meer te weten voordat ik weer naar huis ga.'

'En wanneer is dat?'

Flora opende haar mond om antwoord te geven, maar er kwam niets. Ze had eerlijk gezegd geen idee. Ze haalde haar schouders op en voelde Jacksons nieuwsgierige blik op haar gericht. 'Geen idee.'

'Nou, ik moet weer terug mijn keuken in, maar wellicht zie ik je dan nog wel een keer.'

Ze aten de rest van hun maaltijd en dronken koffie, terwijl oppervlakkige gesprekken en gemoedelijke stiltes elkaar afwisselden. Hoewel ze niet echt veel meer over Jackson te weten was gekomen deze avond, was het gezellig en de twee glazen rode wijn die ze had gedronken, maakten haar een beetje slaperig. Dat veranderde plotsklaps toen ze een bericht op haar telefoon binnenkreeg.

Hallo Flora, ik heb een en ander over je familie gevonden wat je vast interessant vindt. Kom je morgen in de ochtend op de thee? Dan laat ik het je zien. Philip.

Verheugd keek Flora op en ze liet Jackson het bericht lezen. 'Wat zou het zijn?' vroeg ze zich hardop af.

'Er is maar één manier om daarachter te komen.' Jackson glimlachte naar haar en ze lachte terug. 'Zullen we gaan?' vroeg hij vervolgens, waardoor Flora direct weer met beide benen op de grond stond. De avond kwam tot een eind.

Flora rekende af, zoals afgesproken, nadat Jackson nog een mislukte poging had gedaan om zich de rekening toe te eigenen, en daarna liepen ze samen door de stad terug naar de B&B. Toen ze langs een ijssalon liepen, wierp Flora een verlangende blik op de vitrine.

'Wil je?' klonk het naast haar.

Ze gingen naar binnen, bestelden elk twee bolletjes en toen Flora haar portemonnee wilde pakken, hief Jackson zijn hand. 'Deze is van mij.'

Met het ijsje in haar hand keek ze hoe hij zijn portemonnee uit zijn broekzak haalde, en hem opende om het geld te pakken.

Ze had geen verwachtingen gehad. Geen hoop. Geen bijbedoelingen. En toch schrok ze toen ze in zijn portemonnee de pasfoto van een prachtige vrouw zag.

19.

Natuurlijk was een man als Jackson getrouwd. En natuurlijk was die vrouw bloedmooi. Flora had de foto heimelijk bekeken terwijl Jackson afrekende en ze kon niet anders dan concluderen dat ze er ook nog eens lief en sympathiek uitzag. Ze had donkerblonde krullen en grote donkere ogen en ze lachte voluit in de camera.

Flora had zich weggedraaid en ze hadden hun ijs daarna in stilte opgegeten terwijl ze terugliepen naar de B&B. Als Jackson al iets had gemerkt van de plotselinge omslag in de sfeer, dan zei hij er niets van. Flora kon zichzelf wel voor haar kop slaan, had ze dan niets geleerd van haar ervaringen met Stan? Ze was hier niet op zoek naar romantiek of wat dan ook. Ze wilde rust en tijd voor zichzelf.

Toen ze bij de B&B aankwamen, nam ze dan ook snel afscheid van Jackson, die de pub in liep met de intentie nog wat te gaan drinken. Flora sloot de deur naar de smalle gang achter zich en leunde er met een zucht tegenaan. Achter haar klonk het gemoedelijke geroezemoes van het café en voor haar strekte de smalle gang zich uit naar de trap. Ze stelde zich aan. Ze zou gewoon terug moeten gaan om iets met hem te drinken en dankbaar kunnen zijn voor zijn hulp en gezelschap. Hij had nooit geïmpliceerd andere intenties te hebben dan een vriendelijke gastheer te zijn, dus waarom was ze zo van slag?

Flora schudde het gevoel van zich af en liep naar boven. In rap tempo kleedde ze zich uit, poetste haar tanden en trok toen de dekens over zich heen. De gordijnen liet ze open en terwijl de lichtjes van de stad haar kamer verlichtten, pakte ze het boek en dook opnieuw in het verhaal.

De volgende ochtend was Flora na een simpel ontbijt vertrokken om de stad verder te verkennen voordat het tijd was om naar Philip te gaan. Ze had Jackson niet gezien en eerlijk gezegd vond ze dat ook prima. Hij was vast druk met het ontbijt of andere B&B-zaken. Bovendien was hij haar niets verplicht. Ze was dus snel weggeglipt voordat ze hem tegen zou komen en zichzelf weer van alles in het hoofd zou halen. Hoewel ze een onrustige nacht had gehad, zag ze de zaken vandaag weer wat helderder. Hij was gewoon behulpzaam, meer niet. En zij... zij was gevoelig voor eenieder die een vriendelijk woord voor haar had, ook dat was logisch na de afgelopen weken. Ze liet het achter zich, het was niet belangrijk. Bovendien keek ze uit naar wat Philip haar te vertellen had. Dat verdiende al haar aandacht.

Flora dwaalde door de stad, genoot van een koffie to go op een stenen muurtje en tuurde naar de vele toeristen die voorbijliepen. Overal klonk opgewonden geroezemoes, muziek en gelach, hier en daar onderbroken door het geluid van een claxon, en ze genoot van de bedrijvigheid. Na de koffie slenterde ze door de vele oude straten.

Later die ochtend liep ze terug naar de straat waar het huis van haar opa stond. Ze bleef op de stoep staan om het nogmaals in zich op te nemen en stelde zich voor hoe opa Graham hier op de straat met zijn broers en zussen had gespeeld. Als ze haar ogen sloot, kon ze hen horen lachen. Het maakte dat haar mondhoeken omhooggingen.

Ze liep het trappetje op en belde aan. Ze kon niet wachten om te horen wat de oudere man had ontdekt. Toen de deur openging, maakte haar maag dan ook een buiteling van opwinding. Mary stond met een glimlach in de deuropening. 'Hallo lass! Heerlijk dat je er weer bent. Kom toch binnen,' gebaarde ze direct. 'Philip is er bijna non-stop mee bezig, het is dat ik hem zei dat hij ook nog moest slapen en af en toe iets moest eten.' Haar krullende lippen maakten Flora duidelijk dat ze het niet erg vond. Nieuwsgierig liep Flora achter de oudere vrouw aan naar de woonkamer. Philip zat aan de eettafel en keek op toen ze binnenkwam. 'Dag Flora, fijn dat je er bent.' Hij keek even over haar schouder. 'Ben je alleen deze keer? Is je vriend er niet bij?'

'Nee. Jackson is de eigenaar van de B&B waar ik verblijf. Hij hielp me gisteren alleen even op weg.'

'Ah zo.' De man dacht even na en gebaarde toen naar de stoel naast hem. 'Nou, kom hier, je bent vast benieuwd wat ik heb gevonden. Je zult je ogen niet geloven.'

Flora nam naast de man plaats en hij keek met glinsterende ogen naar haar op. Toen pakte hij een envelop en trok er een klein briefje uit. 'Geloof me, ik was in eerste in plaats verbijsterd toen mijn kennis hiermee kwam. Kijk.' Hij legde het papier op de tafel en Flora las de tekst.

Op 26 juni 1904 overleed te Ridgewood Hall aan een onbekende oorzaak na een kort ziekbed de eerstgeboren zoon van de weledele graaf van Ridgewood:

Edward Robert Bellamy

Hij is 34 jaar geworden.
We hebben in besloten kring afscheid van hem genomen.

Verward keek Flora naar Philip. 'Hè... Ik snap het niet. Wat is dit?'

Philip knikte tevreden. 'Die verwarring was waarschijnlijk precies de bedoeling geweest. Want inderdaad, dit klopt niet. Juni 1904 is namelijk ook precies de maand dat Edward Bellamy naar Edinburgh kwam. Dit...' Hij tikte op de overlijdensadvertentie. '...is dus nep. Bedrog.'

Ongelovig staarde Flora naar de woorden op het kleine stukje papier. Haar maag kromp ineen. Wie zou in hemelsnaam zoiets doen? Hoewel ze wist dat het niet echt was, voelde het vreselijk om de overlijdensadvertentie te lezen. 'Wie heeft dit gedaan?'

Philip wreef over de borstelige haren op zijn kaken. 'Ik heb geen idee. Maar ik vermoed iemand met veel invloed, want dat krijg je namelijk niet zomaar voor elkaar. Misschien de graaf zelf?'

'Had hij dat? Invloed bedoel ik?' Flora keek naar de advertentie. Ze kon zich niet voorstellen dat een vader bewust een overlijdensadvertentie voor zijn zoon zou plaatsen terwijl die zoon nog in leven was. Wat voor vader was je dan?

'Hij staat op de lijst van leden van het Hogerhuis, dat is net zoiets als jullie Eerste Kamer. Hij heeft dus altijd veel politieke invloed gehad. Daarom zou het kunnen.'

'Maar om je eigen zoon dood te verklaren, terwijl...' Flora schudde haar hoofd.

'Precies, daar valt dus nog heel wat te ontdekken. Maar ik heb nog meer.' Hij keek haar even samenzweerderig aan en vouwde toen een A3-papier open. 'Een vriend van me werkt bij het archief en we zijn er even in gedoken en nou ja – kijk zelf maar.'

Hij legde het document op tafel en keek Flora verwachtingsvol aan.

Het was een stamboom.

Verbaasd keek ze naar hem op. 'Is dit...'

'Dit is jouw familie. Met alles wat we gevonden hebben en ervan uitgaande dat de overlijdensadvertentie vervalst is, hebben we dit zo kunnen reconstrueren. Hij is helaas niet helemaal compleet, want over de middelste broer, James, is vreemd genoeg niets te vinden. Het lijkt wel alsof hij op een gegeven moment van de aardbodem is verdwenen.' Hij zette zijn leesbril op, boog over het papier en wees naar de bovenste namen. 'We konden nog wel verder terug, maar we zijn begonnen bij de zevende graaf van Ridgewood: Robert Jeffrey Edward Bellamy. Kijk.' Hij liet zijn vinger over de lijnen gaan. 'Hij was getrouwd met Christina Elizabeth Nevermore en ze kregen drie zoons.' Hij wees de drie vertakkingen onder de namen aan. 'Edward, James en Daniel.'

Flora hield haar adem in terwijl ze naar de naam van haar overgrootvader keek. En daaronder zes namen, als laatste die van opa Graham. 'Edward kreeg hier in Edinburgh, zoals je ziet, zes kinderen, van wie Josie, de vorige bewoonster van dit huis, de oudste was, De jongste was Graham, dat is dus jouw opa, die uiteindelijk met een Nederlandse trouwde, klopt dat?'

Flora knikte. 'Mijn opa heeft in de Tweede Wereldoorlog gevochten en leerde toen mijn oma kennen. Hij is in Nederland gebleven.'

'Geweldig,' prevelde de man en hij trok met potlood een lijn vanaf opa Graham. 'Hoe heette je oma?'

'Janet. En mijn moeder heette Annabel. En mijn vader Ted.'

De man schreef ijverig mee en knikte tevreden. Toen beet hij even op zijn lip en tuurde naar de stamboom. 'Maar er is nog veel onduidelijk. Zoals dus wat er van de broers van Edward terechtkwam.'

Flora bekeek de stamboom opnieuw. Naast Daniel zag ze een naam staan en daaronder kinderen. 'Daniel is blijkbaar ook getrouwd. Misschien James ook?'

'Het zou kunnen, maar hoe ik ook zoek, daarover vind ik niets. Daarbij, het landhuis is niet in bezit van de familie gebleven en het is me ook niet duidelijk hoe dat komt. Ik weet ook niet waarom Edward destijds wegging, waarom die advertentie is geplaatst, en iets zegt me dat dat cruciaal is voor ons liefdesverhaal.'

Verrast keek Flora op.

De oude man lachte. 'Je weet dat alles uiteindelijk om de liefde draait, lass?'

Flora haalde haar schouders op. 'Dat weet ik niet...' Ze volgde met haar vingers de lijnen van de stamboom die via de broer van haar overgrootvader naar zijn kinderen liepen en weer verder. Op veel plekken stonden geboortedatums, maar op bijna net zoveel plekken stonden ook sterfdatums. Flora staarde in gedachten verzonken naar de namen. Toen hapte ze even verbaasd naar adem, maar de twee namen stonden er toch echt. Elizabeth en Lily.

'Wacht,' zei ze en ze kwam iets overeind om het beter te bekijken. Ze liet haar vinger over de lijn met bijbehorende namen glijden. Edwards jongste broer Daniel was getrouwd met ene Elizabeth en hun kleindochter heette Lily. Flora dacht aan de opdracht in het boek.

Voor mijn Lily, Laat je door niets of niemand van je pad brengen, Alle liefde, oma Elizabeth.

'Het was van haar...' ademloos staarde Flora naar de namen op de stamboom. 'Het boek was van haar.' Ze keek naar Lily's naam. Ze was ongeveer even oud geweest als haar moeder, maar al jaren geleden gestorven. Hadden ze elkaar gekend? Waarom had haar moeder haar hier nooit iets over verteld? Flora slikte. Lily was volgens deze gegevens amper in de twintig toen ze overleed. Flora keek naar Philip.

Hij zette zijn leesbril af en keek haar onderzoekend aan. 'Wil je me vertellen wat je bedoelt? Misschien hebben we er iets aan.'

Flora knikte en slikte moeizaam. 'Ik heb na het overlijden van mijn moeder...' Ze liet het klinken alsof dat al even geleden was in plaats van amper een week. '...een boek gekregen met daarin een brief van mijn overgrootvader, Edward, gericht aan zijn broer Daniel. Er staat een opdracht in het boek van ene oma Elizabeth aan Lily. Het kan niet anders dan...' Ze maakte haar zin niet af, maar staarde opnieuw naar de namen voor haar.

'... dat het haar boek was, van deze Lily,' knikte Philip en hij zette zijn leesbril weer op, waarna hij naar de stamboom tuurde. 'Een brief zeg je? En die zat in een boek?'

Flora knikte. 'Daar begon het eigenlijk allemaal mee. Ik vond de brief in het boek waarvan mijn moeder blijkbaar wilde dat ik het zou hebben...' Het overviel haar. Het was dus geen toeval geweest, besefte ze nu, haar moeder had heel bewust gehandeld. Haar neus begon te prikken door de opkomende tranen nu ze in gedachten opeens weer terug was in het huis van haar ouders en aan haar moeder dacht. Snel knipperde ze ze weg. 'Nou ja, een paar dagen later was ik hier, eerlijk gezegd.' Ze glimlachte even verontschuldigend. Ze had niet over haar moeder willen beginnen en ze was al helemaal niet voorbereid op de golf van emoties die het teweegbracht.

'Het is oké,' zei Philip vaderlijk en hij klopte even op haar arm, wat haast opnieuw een stortvloed aan tranen opriep. 'Mary!' riep hij toen, waarop zijn vrouw in de deuropening verscheen. 'Heb jij misschien een kopje thee voor Flora? O, en,' voegde hij er snel aan toe toen ze knikte en weer wilde weggaan, 'ook iets lekkers erbij natuurlijk.'

Ongeveer een uur later zat Flora weer op het muurtje vlak bij het kasteel. Ze tuurde naar de stad onder zich en dacht na over alles wat ze vanochtend had gehoord. De stamboom zat in haar tas. Nadat ze hadden geconcludeerd dat het boek van Lily, de kleindochter van Daniel, moest zijn geweest, hadden ze samen nog wat speurwerk gedaan en ontdekt dat Lily op jonge leeftijd was overleden, maar wel een dochter had gekregen: Rose. Rose was ongeveer even oud als Flora en woonde ook in Londen. Rose had de achternaam van haar tante aangenomen, die haar had opgevoed nadat haar biologische moeder was gestorven. Ze vonden niets over haar vader. Flora tuurde naar het scherm van haar mobiel. De zoekbalk was leeg. Het zou waarschijnlijk geen enkele moeite kosten om Rose op te zoeken via social media. Maar dan?

Flora zuchtte en staarde voor zich uit. Ze dacht na over haar leven in Nederland en over de eenzaamheid van de afgelopen weken. Zou het niet fijn zijn om met iemand te kunnen praten die familie was? En wie weet wat Rose wist over hun verleden. Opzoeken kon sowieso geen kwaad. Ze typte de naam van haar achternicht in de zoekbalk.

De moed zonk haar direct in de schoenen. Er waren tientallen Rose Halls. Ze voegde Londen toe aan haar zoekopdracht, waardoor er al iets minder opties overbleven. Flora wist niet wat ze hoopte te zien terwijl ze de verschillende profielfoto's bekeek. Misschien hoopte ze iets te herkennen van zichzelf? Meerdere vrouwen van haar eigen leeftijd staarden haar aan. De ene vrolijk lachend, de andere serieus. Sommigen knuffelend met een kind en anderen met een man naast zich. Ze klikte op het profiel van een Rose die, net als zij, rood haar had, maar terwijl ze door het profiel scrolde, voelde ze instinctief dat deze vrouw geen familie van haar was. Mismoedig klikte ze alles weg en stopte haar telefoon weer in haar tas.

Morgen zou ze met het boek teruggaan naar Philip. Hopelijk kon hij haar helpen om uit te zoeken welke Rose ze moest hebben. En tot die tijd zou ze genieten van wat de stad haar te bieden had.

20.

'Ah, daar ben je.' Ava keek haar met een grijns aan.

Flora had gehoopt onopgemerkt door de pub te kunnen sluipen om zich direct terug te trekken op haar kamer. Ze had na een lange wandeltocht in de avondschemer ergens een broodje gegeten en wilde zich nu op haar kamer verdiepen in het boek, helemaal nu ze wist dat Elizabeth de vrouw was van de jongste broer Bellamy.

'We hebben je de hele dag niet gezien en vroegen ons al af waar je was. En als ik zeg "we", dan bedoel ik vooral die mokkende joekel van een baas van me die in de keuken staat te brommen.' Ava haalde even veelbetekenend haar wenkbrauwen op, maar Flora keek haar alleen maar verbaasd aan. Ze kreeg geen tijd om verduidelijking te vragen, want Ava liep al naar de klapdeur die naar de keuken leidde, riep iets in Schotse klanken naar achteren en kwam toen weer naar haar toe. 'Hoe was je dag?'

Het was rustig in de pub en aangezien Peetie er ook was, kon Ava een momentje pakken om over de bar te hangen en Flora vragend aan te kijken.

'Goed, wel oké, ik heb veel gewandeld.'

Ava opende haar mond om te reageren, maar op dat moment vloog de klapdeur weer open en verscheen Jackson achter de bar. Hij keek Flora een kort moment aan, knikte toen en liep naar de kassa, waar hij met zijn rug naar hen toe iets invoerde. Ava keek met een frons naar zijn rug, haalde haar schouders op en wendde zich weer tot Flora. 'Gelukkig zit het weer mee. Het is haast een unicum dat het al de hele week droog is. Heb je nog andere plannen voor deze week?' Haar stem klonk nu wat luider en ze wierp nog een blik op Jacksons rug, die onbewogen bleef staan.

Flora negeerde het. 'Ik ga morgenochtend weer naar Philip. Hij woont in het huis waar mijn opa heeft gewoond en helpt me wat dingen uit te zoeken. En verder wilde ik de National Gallery bezoeken en gewoon nog wat rondlopen.' Flora glimlachte bij dat vooruitzicht. 'Ik voel me helemaal op mijn plek in de stad. Volgens mij kan ik hier weken rondlopen zonder het zat te worden. Er is zoveel te zien.'

'Aye, lass. Het is een prachtige stad.' Ava gaf een por tegen Jacksons rug. 'Of niet, baas?'

Jackson draaide zich om, wierp een blik op Ava en keek toen naar Flora. 'Aye, het is een mooie stad. Heb je een leuke dag gehad?'

Flora knikte. 'Jazeker.'

Er viel een stilte waarin ze elkaar alleen even aankeken.

Ava schraapte haar keel. 'Goed, ik ga even... eh, een rondje glazen doen. Tot zo.' Ze rende zowat achter de bar vandaan en liep de pub in.

'Hoe was het vanochtend bij Philip?' Jackson had blijkbaar zijn tegenzin om met haar te praten aan de kant gezet en leunde nu met zijn heup tegen de rand van de bar.

'O, je had het moeten zien,' begon ze enthousiast. Ze was haar eigen terughoudendheid direct vergeten. 'Er is blijkbaar een overlijdensadvertentie van mijn overgrootvader Edward, uit het jaar 1904. Dat is het jaar dat hij hier kwam wonen, dus die advertentie is niet echt. En Philip heeft een stamboom gemaakt. Mijn overgrootvader had inderdaad nog twee broers, waarvan er eentje in ieder geval ook kinderen had. En de opdracht in mijn boek is dus aan zijn kleinkind gericht, dat boek was waarschijnlijk dus van haar. En er is iemand van mijn eigen leeftijd, een soort achternicht dus. In Londen.'

Jackson hief lachend zijn handen op. 'Ho even, Sherlock, niet zo snel, ik kan je niet meer volgen.'

Flora perste beschaamd haar lippen op elkaar, het schaamrood vloog naar haar wangen en ze voelde zich ongemakkelijk. Ze stond te ratelen tegen een man die waarschijnlijk wel wat beters te doen had en vast zo snel mogelijk terug wilde naar zijn huis en zijn vrouw. Zijn bloedmooie vrouw. Alhoewel, Flora had eerder de indruk gekregen dat Jackson hier ergens in het pand woonde, maar misschien had ze dat zelf ingevuld. Maar het ging haar helemaal niets aan. 'Sorry, ik ratel weer,' zei ze daarom. 'Je zit hier natuurlijk helemaal niet op te wachten.'

'Nee, nee, het is niet erg. Ik hoor het graag.' Jackson gebaarde even naar Peetie, die zijn duimen opstak, en vervolgens keek hij Flora aan. 'Wil je wat drinken?

Flora aarzelde. 'Je hebt vast geen tijd en –'

Hij begon al een biertje te tappen en vervolgens nog één, waarna hij naar een vrij tafeltje in de hoek knikte. 'Kom, dan kun je alles nog eens rustig vertellen, zodat ik het ook daadwerkelijk kan volgen.'

Flora volgde hem met een onbestemd gevoel. Deze man deed iets met haar. Of het nu zijn uitstraling, dat accent of zijn onverwachte interesse in haar was, ze wist niet wat ze ermee moest of ervan moest vinden wanneer hij aandacht aan haar besteedde. Was hij gewoon vriendelijk, deed hij het omdat zijn tante had gezegd dat hij extra op haar moest letten? Misschien moest ze hem gewoon vragen naar zijn vrouw – of in ieder geval de vrouw op de foto in zijn portemonnee.

Ze gingen zitten en Jackson keek haar vragend aan. 'Begin bij het begin.'

Goed, eerst Philips ontdekkingen. Flora vertelde over de overlijdensadvertentie, de stamboom en welke conclusies ze daaruit konden trekken. Toen Jackson haar fronsend had aangekeken, deed Flora alles uit de doeken: over het boek dat ze bij de notaris kreeg met de brief erin, het landhuis en de ontdekking dat het in handen was van een andere familie, en ook dat een van de achterkleinkinderen van Daniel, de jongste broer van Edward, nog in leven was en in Londen woonde. 'Ik heb haar al geprobeerd op te zoeken op social media, maar de naam Rose Hall komt nogal vaak voor. Dus ik weet niet welke van de zoekresultaten de juiste is.' Flora zuchtte. 'Misschien moet ik ze maar allemaal een bericht sturen.'

'Waarom niet? Je hebt niets te verliezen, toch?'

Ze keek hem peinzend aan, hij keek op een vreemde manier terug. Toen schudde hij lichtjes zijn hoofd, pakte zijn glas, nam een flinke slok en tuurde het café in.

Flora voelde de sfeer omslaan. En zonder er al te lang over na te denken flapte ze de vraag die haar bezighield eruit: 'Die vrouw… Ik bedoel, de foto in je portemonnee. Is dat… is zij je vrouw?'

Eerst dacht ze dat hij haar niet gehoord had. Zijn blik bleef gericht op een punt in de verte, maar toen bewoog een spiertje in zijn kaak op en neer dat haar vertelde dat hij haar vraag wel degelijk gehoord had. Maar blijkbaar was dit te persoonlijk en was ze te ver gegaan.

'Sorry,' zei ze snel. 'Het zijn mijn zaken helemaal niet, ik –'

'Ze was mijn vrouw. Ze is overleden.'

'O.' Meer wist Flora niet uit te brengen, terwijl tientallen gedachten en emoties door haar hoofd schoten. Maar bij het zien van zijn gepijnigde gezicht werd het ook daar stil. 'Dat spijt me.'

Hij perste er een glimlach uit en keek haar even aan, waarna hij snel weer wegkeek. 'Het is oké, het is alweer een paar jaar geleden.'

Flora's hart kromp samen toen ze het verdriet op zijn gezicht zag. 'Wat is er gebeurd?' vroeg ze zacht.

'Ze was ziek, kanker.' Hij keek naar het tafelblad terwijl hij zijn glas ronddraaide. 'Ze was een bikkel, positief tot de laatste dag. Ze was zo sterk, maar het was niet genoeg.'

Flora wist niet wat ze moest zeggen. Het was vreselijk om je geliefde op zo'n manier te verliezen. Dat wist ze als geen ander. Al was haar moeder natuurlijk ouder geweest, het bleef een oneerlijke strijd. Mensen hoorden ergens in hun negentigste vredig in hun slaap te overlijden, na een lang en vervuld leven. Niemand verdiende een zwaar ziekbed en al helemaal niet zo'n mooie jonge vrouw. 'Hoe heette ze?'

'Abigail.'

Ze bleven een kort moment in stilte zitten, ieder in eigen gedachten verzonken. Toen legde Flora spontaan haar hand op zijn arm en kneep er even in. 'Ik vind het vreselijk voor je.'

Tot haar verbazing legde hij kort zijn warme hand op de hare en kneep terug.

Flora dacht aan de afgelopen weken, het ziekbed van haar moeder, de begrafenis en de eenzame dagen erna. 'Mijn moeder is overleden,' bracht ze toen uit en ze probeerde de brok in haar keel weg te slikken.

Jacksons wenkbrauwen gingen omhoog en hij keek haar meelevend aan. 'Dat spijt me. Was het recent?'

Flora twijfelde of ze eerlijk antwoord moest geven, maar aangezien Jackson ook openhartig was geweest… 'Twee weken geleden.'

Jackson keek geschokt op. 'O lass.' Hij pakte haar hand vast. 'Dat is wel heel kort geleden.'

Haar neusbrug tintelde en haar zicht vertroebelde door de opkomende tranen. Snel knipperde ze ze weg. 'Het is oké. Ze was ook ziek. Het is… het was moeilijk.'

'Het blijft moeilijk.' Jackson keek peinzend voor zich uit. 'Ze zeggen dat verdriet slijt, maar dat is niet zo. Het vindt misschien zijn plek, en je vindt een manier om verder te leven, maar het verdriet blijft altijd. De heimwee naar die persoon is…' Hij slikte moeizaam. 'Het is er altijd.'

Flora knikte, niet in staat om te antwoorden. Ze veegde de tranen uit haar ogen en zocht verwoed naar een manier om het gesprek een andere wending te geven. 'Misschien is dat wel waarom ik hier ben, waarom mijn moeder dat boek heeft nagelaten. Misschien wilde ze wel dat ik op zoek ging naar familie. Ik heb nu niemand meer, niet echt, en…' Ze besefte dat dit niet erg opbeurend klonk en dus glimlachte ze. 'Ik heb nu al meer gevonden dan ik had durven verwachten.'

'Dat is mooi.' Hij glimlachte. 'Nou, laat me eens zien hoeveel Rose Halls er zijn. Want dan zullen we ze gewoon maar allemaal een bericht sturen.'

'Je bent gek, dat heeft toch geen zin?'

Hij fronste. 'Waarom niet? Stel dat ze ertussen zit, dan heb je toch maar mooi weer een stukje familie erbij.'

Flora dacht over zijn woorden na en pakte toen haar telefoon. 'Oké.' Ze typte Roses naam in en de lijst verscheen opnieuw op het scherm. Ze wilde haar telefoon net aan Jackson laten zien toen ze werden onderbroken.

'Jackson, er is telefoon voor je.' Ava verscheen aan hun tafeltje en hield Jacksons mobiel voor zijn neus. Ze keek verontschuldigend naar

Flora. 'Sorry, ik wilde vooral niet storen, maar ik zag dat het Katie was, dus ik red zijn leven op dit moment.'

Jackson trok een verbaasd gezicht en nam toen snel op. '*Auntie*, hoe is het?' Hij hief verontschuldigend zijn hand naar Flora op en liep van het tafeltje weg. In een paar stappen was hij bij de keukendeur en verdween.

'Is het gezellig?' vroeg Ava seminonchalant, maar Flora kreeg geen tijd om te antwoorden, want tot haar grote verbazing stond Philip opeens voor haar. Zijn grijze krullen stonden alle kanten op en zijn leesbril was naar het puntje van zijn neus gezakt. Hij hijgde alsof hij de hele weg naar de Tearin' the Tartan had gerend.

'Philip!' Snel stond Flora op. 'Wat doet u nou hier?'

'Dat boek...' Hij pakte de tafelrand vast en haalde een paar keer diep adem. 'Dat boek... waar je het over had... Wat was ook alweer de titel?'

Flora keek hem verbaasd aan. Kwam hij helemaal hiernaartoe in de avond om dat te vragen? 'De titel?'

Philip knikte en keek haar vragend aan.

'*An Iron Will.*'

'Van?'

'C.M. Andrews.'

Flora schrok toen Philip bij het horen van die naam in zijn handen klapte en een kreet slaakte. 'Aye! Ik wíst het!'

Flora's hart begon te bonzen. 'Waar hebt u het over?'

'C.M. Andrews...' Philip keek haar triomfantelijk aan, nam een flinke teug adem en blies hem vervolgens weer uit. '...is een pseudoniem.'

Flora had geen idee waar dit naartoe ging. Ze trok vragend haar wenkbrauwen op.

Philip legde zijn handen op de tafel en leunde met een grijns naar Flora toe.

'Het een pseudoniem... van Elizabeth Bellamy.'

'Elizabeth Bell...' Flora keek geschrokken op.

'Juist. De vrouw van Daniel Bellamy.'

Deel 6

1904

Gillian

Een klopje op de deur deed haar opschrikken. Ze moest in slaap gevallen zijn. Ze knipperde de sluimer weg en kwam overeind. Het was inmiddels donker, het maanlicht scheen door het kleine raampje van haar kamer. Ze keek een kort moment oriënterend om zich heen. Een bed, een kast, een tafel en een stoel. Het was niet veel, maar het was wel fijn om haar eigen plek te hebben. Thuis deelde ze haar kamer al zo lang ze zich kon herinneren met haar zusje Maura. Hier had ze een plek om zich even terug te trekken, alleen te zijn. Iets wat ze zeker kon gebruiken na haar aanvaring die middag met Edward. Of nou ja, aanvaring. Ze snoof lichtjes. Het deed hun ontmoeting tekort om het een simpele aanvaring te noemen. Hij had haar…

Ze schudde haar hoofd, ze kon het nog steeds niet geloven.

Hij had haar ten huwelijk gevraagd.

En zij had geweigerd.

Ze wist niet welke van de twee ze het meest verbijsterend vond. Hij had het ondenkbare gedaan, hij had gezegd dat hij alles wilde riskeren, alles wilde opgeven voor háár. Ze schudde opnieuw haar hoofd. Hij was niet bij zijn volle verstand, een andere conclusie was er niet.

En jij ook niet.

Nee. Hij besefte gewoon niet wat er op het spel stond. Haar baan, haar inkomen, haar familie, haar eer. Zíjn eer, zijn familienaam, zijn fortuin… De lijst was oneindig.

Een tweede klopje maakte dat Gillian haar voeten in haar pantoffels schoot. 'Ja?' riep ze terwijl ze naar de deur liep. Haar taken voor die dag zaten erop en ze was eigenlijk van plan geweest om met een boek op bed te gaan liggen.

Alsof ze ook maar één letter zou kunnen lezen met dat warrige hoofd van haar.

Ze opende de deur en zag Timothy staan. 'Er is bezoek voor je.'

Zijn woorden verbaasden haar. Bezoek? Hier?

'Wie is het?'

'Een jongeman, hij zegt dat hij je broer is en dat hij je moet spreken.'

Gillian had maar de helft van zijn woorden nodig om haar mantel van de haak te grissen en op een holletje haar kamer uit te lopen. Ze haastte zich de gang in. 'Waar is hij?' vroeg ze aan Timothy, die haar volgde.

'Buiten. Bij de achterdeur. Het leek mevrouw Cole beter om hem even buiten te laten wachten.'

Gillian knikte halfslachtig.

Wat deed haar broer hier? Er was toch niets aan de hand met haar ouders?

Haar voeten roffelden de vele trappen af op het tempo van haar bonzende hart. Ze wist niet eens of Timothy haar nog volgde, en het maakte haar ook niets uit. Haar broer was hier niet zomaar. Er was iets aan de hand. Ze liep snel de gang door die naar de achterdeur leidde en schoot naar buiten.

In eerste instantie zag ze hem niet. Het was al donker en de hoge muren van Ridgewood Hall wierpen lange schaduwen over de binnenplaats. 'Graham?' Gillian durfde niet harder te roepen, ze tuurde om zich heen.

Toen kwam hij uit de schaduw tevoorschijn. Het lange, slungelige lijf van haar broer was nog spichtiger dan de laatste keer dat ze hem had gezien. Hij hield zijn pet nerveus tussen zijn vingers geklemd en keek schichtig naar de ramen van het imposante gebouw. Ze herkende de blik in zijn ogen; zo had ze zelf ook gekeken toen ze Ridgewood Hall voor het eerst had gezien. Het was totaal anders dan wat ze gewend waren.

'Graham!' Ze snelde naar hem toe. 'Wat doe jij hier? Hoe kom je hier?' Onwillig keek ze om hem heen, tuurde het erf af naar… ja, naar wat? 'Hoe ben je hier?' herhaalde ze opnieuw.

Graham keek haar schaapachtig aan. 'Met de trein. En te voet.'

Te voet? Het was een fikse wandeling vanaf het treinstation naar het landhuis. Geen wonder dat hij er zo afgetobd uitzag. 'Kom zitten.' Ze wees op een houten stoeltje dat soms werd gebruikt door mevrouw Cole wanneer ze even pauze hield. 'Wat doe je hier? Is alles in orde met vader? En moeder? Maura? Kitty?'

Haar broer ging met een grimas zitten en wreef toen vermoeid met zijn hand over zijn gezicht. Hij zuchtte, maar gaf niet meteen antwoord. In plaats daarvan keek hij weer vol ontzag naar de vele rijen ramen, de hoge muren en de netjes bijgehouden perken waar de tuin begon. Hij schudde met een ongelovige blik even zijn hoofd. 'Ze moeten wel erg rijk zijn,' mompelde hij zachtjes en hij sloeg zijn ogen neer.

Gillian fronste. Wat een vreemde opmerking. Ja, de graaf van Ridgewood was waarschijnlijk rijker dan zij zich konden voorstellen, maar dat verklaarde niet waarom hij helemaal hiernaartoe gereisd was. 'Graham, vertel me alsjeblieft wat je hier doet. Ik word gek van de zorgen. Is iedereen in orde?'

Hij hief zijn hoofd en keek zijn zus nu voor het eerst aan. Zijn heldergroene ogen waren exact als die van haar, zo vertrouwd, maar op dit moment kon ze niet lezen wat ze haar probeerden te vertellen. 'Graham,' drong ze boos aan toen haar broer nog altijd niets zei. Dat was sowieso niets voor hem. Hij was, net als Gillian, normaal gesproken een waterval van woorden.

'Iedereen is in orde,' zei hij toen. Gillian slaakte een zucht van opluchting. Maar toen voegde hij er onheilspellend aan toe: 'Nog wel.'

Gealarmeerd keek Gillian weer op. 'Wat bedoel je daarmee?' Toen hij op zijn lip beet en wegkeek, gaf ze hem geïrriteerd een lichte duw. 'Hou op met je raadsels en zeg me wat er aan de hand is.'

Hij richtte zijn blik op een punt in de verte, zijn onderlip trilde en angst vulde opnieuw Gillians lichaam.

'We raken het huis kwijt,' zei hij toen zacht. 'Binnenkort staan we allemaal op straat.'

Het duurde even voordat zijn woorden tot haar doordrongen. 'Wat? Wat bedoel je?' Ze knielde voor haar broertje neer en pakte zijn handen in de hare. Hij worstelde duidelijk met zichzelf, leek niet te willen praten. Onrust sloop Gillians maag binnen. Maar haar broer was niet helemaal hierheen gekomen om vervolgens niets te zeggen. 'Je kunt me alles vertellen,' drong ze daarom aan. 'En ik zal alles doen om te helpen.'

'Je kunt niets doen. Het is blijkbaar al een hele tijd mis,' vervolgde hij nu en hij liet zijn sombere ogen weer op haar gezicht rusten. 'Kitty werd ziek, erg ziek, dus de dokter kwam en nou ja, je weet dat dat geld kost. Maar vaders salaris werd uitgesteld door financiële problemen bij het bestuur van de bank en toen konden we de rekening niet betalen. En toen stapelde alles zich op en nu –'

'Maar ik stuur geld naar jullie op.'

Graham knikte. 'En daar zijn vader en moeder erg blij mee, daarom hebben ze het blijkbaar nog even kunnen uitstellen, maar het is niet genoeg en het speelt blijkbaar allemaal te lang. Ze hebben de dokter nu betaald, maar daardoor konden ze de huur niet betalen. Ze lopen vier maanden achter en toen vaders salaris opnieuw werd uitgesteld...' Graham schudde zijn hoofd en zijn ogen glansden. 'Over twee weken moeten we eruit. En we kunnen nergens heen, Gillian.' Graham keek haar wanhopig aan, zijn lange vingers sloten zich om de hare en hij kneep erin. 'Ik heb overal aangeklopt om klusjes te doen, ik ben wel drie keer naar de papierfabriek van Sinclair gegaan om te smeken om me werk te geven, maar ik kan... ik kan...' Zijn onderlip trilde hevig en hij slikte moeizaam. 'Het is te laat,' fluisterde hij toen en hij staarde verslagen voor zich uit.

Gillian zakte op de grond. Kiezelsteentjes prikten door haar jurk in haar knieën, maar ze voelde het niet eens. Ze raakten hun huis kwijt? Het hele gezin kwam op straat te staan?

Ze dacht aan haar lieve ouders, haar vader die altijd hard werkte om zijn gezin te onderhouden. Haar moeder die met veel liefde en geduld zes kinderen had opgevoed. Hoe kon het zo misgegaan zijn?

Toen drong er iets anders tot haar door. 'Wat heeft Kitty? Is ze beter?'

'Ze is nog erg verzwakt, het duurde lang voordat dokter McFarland de juiste diagnose kon stellen. Ze was echt...' Hij slikte. 'Ze was echt heel ziek, Gillian.'

Bij het horen van de wanhopige klank in de stem van haar broer schoten de tranen in haar ogen. Haar arme, arme zusje. Kleine Kitty. Ze was de jongste en was altijd al kwetsbaar geweest. 'Wat was het?'

'Cholera, denken ze nu. Het was echt kantje boord. Ze is nu aan de beterende hand, maar...' Hij kreunde. 'Als we naar het armenhuis moeten, zal ze opnieuw ziek worden.' Hij greep met zijn handen haar rokken vast. 'Ik wist niet wat ik moest doen en ik...'

'Je kwam naar mij voor hulp,' vulde Gillian zachtjes aan. Haar hart brak toen ze dacht aan de radeloosheid die haar ouders en haar broer, die zich als oudste zoon verantwoordelijk voelde, moeten hebben gevoeld. En nog steeds.

En haar hart brak nog verder toen ze besefte dat er niets was wat ze kon doen. Het enige wat ze op dit moment kon bedenken, was haar broer een warm bed in het huis aanbieden, zodat hij kon bijkomen van de reis. En morgen...

Morgen zouden ze verder kijken.

Ze moest een oplossing vinden. Al zei een zacht stemmetje in haar achterhoofd haar dat er maar één oplossing zou zijn.

21.

Edward was rusteloos. Hij had die nacht amper geslapen en bleef het gesprek tussen hem en Gillian maar in zijn hoofd herhalen.

'Trouw met me,' hoorde hij zichzelf keer op keer zeggen. Hij dacht aan hoe haar groene ogen hem geschokt aangekeken hadden.

'Het is te riskant,' had ze gezegd.

Natuurlijk snapte hij dat ze in haar positie alles te verliezen had. Maar hij zou alles doen om voor haar te zorgen, haar te beschermen. Snapte ze dat dan niet?

Zijn schoen tikte onrustig op de houten vloer terwijl hij probeerde zich te concentreren op de boeken voor hem. De administratie. De belasting. Die arme pachters. Zijn voet tikte in een steeds sneller ritme. Hij kon zijn hoofd er niet bij houden. Met een grom smeet hij de vulpen weg en tuurde uit het raam. Hij verlangde ernaar om naar buiten te gaan. Hij zou naar de markt kunnen gaan. Misschien zouden mensen vreemd opkijken omdat hij er vorige week ook al was, maar ze zouden er niets van zeggen. En misschien... misschien zou hij Gillian opnieuw tegenkomen.

Hij stond op. Maar precies op dat moment vloog de deur van zijn werkkamer open. Hij kon niet verbaasder zijn toen hij zag wie er naar binnen slenterde.

'James?' Hij bekeek zijn broer van top tot teen. Hoewel er niets aan te merken was op zijn uiterlijk, ontging het Edward niet dat zijn schouders afhingen en dat hij opnieuw donkere kringen onder zijn ogen had. 'Wat doe jij hier?'

'Mag ik mijn broer niet vereren met een spontaan bezoekje?' James grijnsde kort en liet zich toen op een van de chesterfieldbanken zakken. Hij tuurde om zich heen. 'Heb je hier nog van die whisky staan?'

'Het is nog geen twaalf uur, Jim.'

James fronste kort bij het horen van de naam die Edward vroeger altijd voor zijn broertje gebruikte. Hij keek zijn oudere broer kort aan. Toen gleed zijn blik naar het raam en staarde hij naar buiten.

Edward concludeerde hieruit dat James het accepteerde dat er geen alcohol werd geschonken. 'Zal ik vragen om koffie of thee?'

James maakte een goedkeurend gebaar met zijn hand, maar keek zijn broer niet aan. Edward belde zodat er iemand zou komen en ging toen op de andere bank zitten. 'Vertel op. Je maakt mij niet wijs dat je hier zomaar bent.'

Het duurde even voordat de troebele blik van zijn broer weer helder werd en hij zijn ogen op Edward richtte. 'Ik moest gewoon even weg uit de stad.'

'Als dit hier je toevluchtsoord is...' Edward wees om zich heen. '...dan moet het wel beroerd gesteld met je zijn daar. Wat speelt er?'

James beet op de binnenkant van zijn wang. 'Niks bijzonders.' Hij maakte een wegwuifgebaar. 'Gewoon wat gedoe.'

Edward trok zijn wenkbrauwen op. 'Gedoe?'

Hij kreeg geen antwoord op zijn vraag, want er klonk een kort klopje op de deur.

'Binnen,' zei Edward gedachteloos terwijl hij zijn broer onderzoekend aankeek.

Wat was er aan de hand?

'U had gebeld?

Hij schrok op van haar stem. Zijn hart versnelde toen hij haar zag. Aan haar ontwijkende blik te zien kwam ze met tegenzin naar zijn kamer toe, maar Edward had daar geen oog voor. Het was fijn om haar weer te zien, ondanks de manier waarop ze de laatste keer uit elkaar waren gegaan. Haar rode haren krulden in haar nek en haar ogen... wacht, hij vernauwde zijn blik. Haar ogen waren rood. Toen hij haar beter bekeek, zag hij dat ze bleek was en rode vlekken in haar nek had.

Ze had gehuild.

Kwam het door hem? Door wat hij had gezegd? Plotseling moest hij het weten, het kon hem niet schelen dat James erbij zat.

'Alles goed? Je ziet eruit alsof... alsof je gehuild hebt,' zei hij toen, wetende dat het hoogst ongepast was om zo vrijuit te spreken. Vanuit zijn ooghoek zag hij James zijn wenkbrauwen optrekken en van Gillian naar hem kijken. Maar het kon Edward niets schelen.

Gillian twijfelde even, maar schudde toen haar hoofd. 'Er is niets, milord.'

Edward stond op en zette een stap in haar richting. Ze deinsde nog net niet achteruit. 'Is het... is het wat ik heb gezegd?' probeerde hij voorzichtig, zonder al te veel te verraden.

Opnieuw schudde ze haar hoofd, ze keek een kort moment naar hem op en haar blik verzachtte iets. Het was maar een fractie van een seconde, maar hij zag het gebeuren. En in dat kleine gebaar vond hij opnieuw hoop.

'Vertel me wat er dan aan de hand is,' zei hij zacht.

Haar blik schoot naar James, die het tafereel met belangstelling bekeek.

'Er is niets, gewoon wat problemen... thuis,' zei ze uiteindelijk. Ze rechtte haar rug en keek hem toen aan. 'Maar u had iets nodig, milord?'

Edward stond in tweestrijd. Hij wilde weten over wat voor problemen ze het had, maar hij begreep dat ze nooit vrijuit zou praten zolang James hier was. Hij zou er later op terugkomen, hij zou haar opzoeken en haar vragen wat haar zo overstuur had gemaakt.

'Thee graag,' antwoordde James in zijn plaats, aangezien Edward nog altijd in gedachten verzonken was.

'Prima, milord.' Gillian maakte een reverence en verdween toen weer.

Het duurde een volle minuut voordat Edward weer in beweging kwam. Zijn instinct zei hem direct achter haar aan te gaan, maar zijn voeten brachten hem terug naar de bank, waar hij met een zucht neerzakte.

'Volgens mij ben ik niet de enige die iets op te biechten heeft,' klonk het en hoewel James geamuseerd keek, waren zijn woorden bloedserieus.

Edward keek nu op. 'Dus je hebt wel degelijk iets op te biechten.'

James staarde peinzend terug. 'Voor wat hoort wat, broer. Vertel jij jouw geheim, dan deel ik het mijne. Net als vroeger.'

Edward zuchtte. 'Helaas heb ik geen smeuïge roddels voor je om mee terug te nemen naar Londen, waar ze ongetwijfeld smullen van alles wat je daar te vertellen hebt.'

James trok opnieuw zijn wenkbrauw op bij het horen van de scherpe ondertoon van zijn broer. 'Ik kwam hier voor wat afleiding, maar als je net als vader ook alleen maar commentaar op me hebt, ben ik snel genoeg weer weg.'

'Het spijt me,' zei Edward snel. 'Ik reageer mijn emoties op de verkeerde persoon af.'

Het bleef even stil.

'Je kunt me vertrouwen, dat weet je hè,' zei James toen. Hij keek zijn broer onderzoekend aan.

Edward zuchtte en knikte. 'Dat weet ik.' Toen trok hij een wenkbrauw op. 'Datzelfde geldt voor jou.'

James knikte. Het bleef even stil en die stilte duurde voort toen een van de livreiknechten de kamer in kwam met een dienblad met een pot thee en twee kopjes. Edward fronste omdat hij opnieuw Gillian had verwacht. Hij bekeek de jongen, die zijn volledige concentratie op zijn taak had gericht. 'Timothy?'

De jongen liet het kopje in zijn hand gevaarlijk trillen op het moment dat hij aangesproken werd. 'Eh, ja, milord.' Hij knikte, boog half, knikte nog eens en zette toen het kopje op de tafel.

'Waar is Gillian?' vroeg Edward op de man af.

Timothy keek verbaasd op. 'Wat? O, eh, pardon milord. Ik bedoel, eh...' Zijn blik schoot naar de deur en toen keek hij vragend naar Edward.

'Gillian?' herhaalde hij alleen maar.

'O, ze was bezig.'

Edward trok zijn wenkbrauwen op.

Er was iets aan de hand. Er was iets mis.

En hij was vastbesloten om erachter te komen wat dat was.

'Goed.' James schraapte zijn keel toen de jongen de deur achter zich dicht had getrokken en hij wees op de boeken op het bureau. 'Je was druk met de administratie?'

Edward had dondersgoed in de gaten dat James maar al te graag een ander onderwerp wilde aansnijden dan waar ze voor deze onderbreking gebleven waren. Een kort moment overwoog Edward om hem zijn zin te geven – hij had immers zelf al genoeg aan zijn hoofd – maar na één korte blik op James' gezicht nam zijn verantwoordelijkheidsgevoel als oudste broer het alweer over. 'Ik heb wel door wat je doet, Jim. Je praat eroverheen,' zei Edward daarom. Hij schonk de thee in en zakte toen weer op de bank achterover. 'Vertel me wat er aan de hand is, misschien kan ik helpen.'

'Helaas is niet alles te verhelpen met... Nou ja...' James schoof naar voren. 'Het zou toevallig wel erg helpen als je een geldbedrag voor me vrij zou kunnen maken.' Hij keek zijn broer hoopvol aan.

Edward fronste. 'Je hebt een ruime maandelijkse toelage. Ik kan me niet voorstellen hoe je dat al op kunt hebben gemaakt, tenzij...' Hij vernauwde zijn blik. 'Heb je weer gegokt?'

James zuchtte en wreef met zijn handen over zijn gezicht. 'Het zag er echt goed uit, het kon eerlijk gezegd niet misgaan, maar toch in de laatste ronde...'

'Paardenrace?' vroeg Edward.

James knikte alleen maar schuldbewust.

'Hoeveel?'

'Duizend pond.'

'Mijn hemel, James. Wat een bedrag! Wanneer leer je het nou eens?' viel Edward boos uit.

'Pa heeft geld zat,' was zijn enige verweer.

'Geld dat hij van de pachters afneemt, ja. Het is niet aan jou om dat geld weg te gooien,' riep Edward gefrustreerd uit en hij dacht aan de oude Wilkens. 'Echt, het moet afgelopen zijn met dat egoïstische gedrag. Ga eens nadenken over je toekomst, wat wil je met je leven? Wat wil je bereiken? Je kunt moeilijk de rest van je leven in die gokhallen tussen de hoeren blijven zitten.'

James snoof. 'Waarom niet? Wie interesseert het wat ik doe?'

'Mij!' Edward sloeg met zijn vlakke hand op de leuning van de bank om zijn verklaring kracht bij te zetten. 'Mij interesseert dat. Ik geef om je. Ik wil dat je gelukkig bent, dat het goed met je gaat.'

James zweeg, maar zijn gezichtsuitdrukking veranderde. Een kort moment was hij weer die onzekere tiener die hij ooit was. Een jongen die snakte naar de liefde van zijn moeder en de aandacht van zijn vader.

'Het interesseert hém geen moer.'

'Wie? Vader? Wat kan het jou schelen wat vader...' Maar Edward bond in toen hij de gekwetste blik van zijn broer zag. Hij wist dat zijn onuitgesproken woorden niet waar waren. Ze waren alle drie gevoelig voor de woorden van hun vader. Ze gingen er alleen alle drie anders mee om. Edwards hart kromp ineen. Hij was misschien niet losgeslagen in het Londense nachtleven of hij vluchtte niet in zijn werk, maar hij was nou ook niet bepaald trots op hoe hij zelf onder het juk van zijn vader presteerde. Wie was hij om zijn broer te veroordelen?

Maar zijn zorgen waren oprecht en hij wilde James helpen.

Met een zucht stond hij op en hij liep naar zijn bureau. 'Goed, ik geef je vijftienhonderd pond, maar je moet me beloven dat je het gebruikt voor zinnige dingen: levensonderhoud, matinees. Zoek een vrouw, vind je rust.' Hij schreef een cheque uit en gaf hem aan zijn broer, die hem schuchter aannam.

'Het spijt me,' mompelde James toen. 'Het spijt me dat ik zo'n teleurstelling ben.'

Zijn woorden raakten Edward in zijn hart. Hij pakte zijn broer stevig bij zijn schouder vast. 'Je bént geen teleurstelling. Je bent intelligent genoeg om iets van je leven te maken. Jij kunt hier tenminste weg, jij kunt je eigen pad gaan. Doe dat dan ook, en als je het voor jezelf niet wilt doen, doe het dan voor mij.'

James perste zijn lippen op elkaar en keek zijn broer onderzoekend aan. Toen knikte hij. 'Dank je wel, Ed.' En toen hij bij de deur stond, draaide hij zich om en zei: 'Maar jij kunt ook je eigen keuzes maken, hè? Je leeft niet voor vader. Je leeft voor jezelf.'

En met die woorden liep hij de kamer uit.

22.

Edward kon geen minuut langer meer tussen de bedompte muren van zijn werkkamer blijven. Zijn gesprek met James, de radeloze blik van Gillian... Hij moest weg, hij moest zijn hoofd leegmaken voordat hij domme dingen zou doen.

Binnen een paar minuten had hij zich omgekleed in zijn rijkleding en hij liep de grote trap af. Het was muisstil in de grote hal, op dit soort momenten verlangde hij naar het Ridgewood uit zijn jeugd. James was nergens te bekennen en Edward had geen idee waar zijn vader uithing. Hij liep door naar buiten en eenmaal op het erf aan de achterkant zette Edward koers naar de stallen.

Hij beende het gebouw in en liep rechtstreeks naar zijn eigen paard. De zwarte volbloed brieste ter begroeting. 'Kom, jongen, we gaan even rijden,' mompelde Edward en hij opende de staldeur.

Hij zag de lange gestalte niet meteen, omdat die opgevouwen in een hoekje tussen het stro zat. Pas toen Edward het hoofdstel om het hoofd van zijn paard schoof, zag hij hem.

Zijn hart sloeg een slag over van schrik en hij wilde net de vermeende nieuwe staljongen – want wie was het anders? – terechtwijzen, toen de jongen opkeek.

Even was Edward in de war. De groene ogen van de jongen waren zo vertrouwd en bekend, maar toch had hij deze jongen nooit eerder gezien. Zijn huid was bleek, zijn blonde haar had een rossige gloed en...

De jongen schoot omhoog. 'Het spijt me, meneer. Eh... milord. Ik was gewoon even... Ik ben...' Hij zweeg, trok snel eerbiedig zijn pet van zijn hoofd en liet zijn kin zakken. Hij wachtte af wat Edward zou doen.

'Jij bent niet de nieuwe staljongen.' Het was geen vraag.

De jongen schudde snel zijn hoofd. 'Maar ik kan wel voor u werken als u wilt.'

Zijn Schotse accent trok Edwards aandacht. 'Waar kom je vandaan?'

'Edinburgh, milord.' De jongen hield zijn blik op zijn vertrapte schoenen gericht.

'Graham, waar... O!' klonk een bekende stem. Edward draaide zich om en trof Gillian, die hem met grote ogen aankeek. Haar blik gleed van Edward naar de jongen en weer terug en ze beet op haar lip. 'Het spijt me, dit is... Graham, kom hier,' siste ze toen naar de jongen.

Edward keek van Gillian naar de jongen en weer terug. Toen begon het hem te dagen.

Gewoon wat problemen thuis...

'Is dit je broer?' Hij keek Gillian vragend aan, die een poging deed om de jongen, die een kop groter was dan zijzelf, achter haar rug weg te moffelen.

'Ja, maar... hij ging net weer weg. Want ik...' Gillian maakte haar zin niet af. In plaats daarvan vulden haar ogen zich met tranen, maar ze slikte even moeizaam, snoof kort en herpakte zich toen. 'Hij was even op bezoek,' zei ze ten slotte en ze perste er een waterdun glimlachje uit.

'Helemaal vanuit Edinburgh? Hoe oud ben je, jongen?' Edward richtte zijn aandacht nu op Gillians broertje, over wie ze hem eerder had verteld.

De jongen zette dapper een stap opzij. 'Achttien, milord.'

Edward knikte. 'En kwam je zomaar op bezoek of...'

Graham slikte even en wierp een onzekere blik op zijn zus. Die schudde haast onmerkbaar met haar hoofd.

'Je kunt gewoon eerlijk zijn. Het was geen gezelligheidsbezoekje, of wel?'

'Nee, milord,' bekende Graham nu. Na nog een korte blik op zijn zus verzamelde hij moed en hij keek Edward recht in zijn ogen aan. 'Onze familie zit in de problemen. Er zijn schulden. Het salaris van vader was te laat, mijn zusje was erg ziek, cholera, en nu…' Hij zweeg even en maakte toen met opgeheven kin zijn zin af. '…worden we op straat gezet. Dus ik kwam hier voor hulp. Ik hoopte dat mijn zus kon helpen of… Ik kan voor u werken,' zei hij toen en hij keek Edward smekend aan.

Het gezin werd op straat gezet?

Edward dacht aan de broertjes en zusjes over wie Gillian had verteld, dat haar vader nooit een werkdag miste en dat haar moeder altijd voor iedereen klaarstond. Ze was duidelijk trots op haar afkomst en ze kwam uit een warm en geliefd gezin. Het klonk vreselijk onterecht dat eerlijke, hardwerkende mensen op straat werden gezet doordat het systeem faalde.

Edward dacht aan de oude Wilkens, slechts een klein voorbeeld van hoe verkeerd de regels ook in zijn land in elkaar staken. Het was zo oneerlijk verdeeld. Op deze manier werden de rijken alleen maar rijker en de armen alleen maar armer. Hij dacht aan James, die zojuist achteloos was vertrokken met een cheque van vijftienhonderd pond in zijn zak. Geld dat elders veel beter besteed kon worden.

Er kwam iets in hem op. Misschien kon hij op dit moment geen verschil maken in de wetgeving of de beslissingen van zijn vader over het besturen van het landgoed terugdraaien, maar hij kon wél dit gezin helpen. Hij kon hun financiële zorgen wegnemen. Hij kon ervoor zorgen dat Gillian zich niet druk hoefde te maken over haar ouders en broertjes en zusjes.

'Hoeveel?' vroeg hij daarom voor de tweede keer die dag. Al voelde het deze keer een stuk beter.

'O nee,' haastte Gillian zich te zeggen. 'Nee. Dat kunnen we onmogelijk aannemen.' Ze schudde vastberaden haar hoofd.

'Maar zus…' begon Graham met grote ogen.

'Nee, we kunnen niet zomaar geld aannemen,' herhaalde ze beslist. Ze stak haar kin omhoog en keek Edward aan.

Haar trots sierde haar. Maar was totaal onnodig. Hij zag het niet als een liefdadigheidsdaad. Hij zag het als zijn plicht om te helpen.

'Ik wil het graag, Gillian. Echt.' Hij wendde zich opnieuw tot de jongen. 'Hoeveel?'

De knul stond in tweestrijd. Hij keek met een smekende blik naar zijn zus, dwong haar woordeloos om het aanbod aan te nemen, om haar trots aan de kant te zetten, omdat er geen andere uitweg was. Hij kon onmogelijk weten wat er allemaal in het hoofd van zijn zus omging.

Maar Edward had er wel een idee van. 'Er staat niets tegenover,' zei hij daarom. 'Ik verwacht er niets voor terug,' benadrukte hij.

'O, maar ik kan werken, milord.' Graham keek om zich heen. 'Ik kan stallen uitmesten, ik kan snoeien, ik kan ook wel grasmaaien. Ik bedoel, ik heb nog nooit zo'n machine gebruikt, maar ik kan het leren en ik kan...' Hij keek wanhopig om zich heen. 'Echt alles, eigenlijk.'

Edward glimlachte. Voor zover hun identieke ogen het niet al hadden verraden, maakte de waterval aan woorden hun bloedverwantschap meer dan duidelijk.

Gillian zei inmiddels niets meer, maar leek door de grond te willen zakken. Ze beet op haar onderlip, haar wangen waren rood van schaamte en op dat moment wilde hij niets liever dan haar in zijn armen nemen en haar beloven dat hij voor haar zou zorgen.

Zelfs als ze niet bij hem wilde zijn, wilde hij dit voor haar en haar familie doen. Dat probeerde hij haar woordeloos duidelijk te maken terwijl hij haar aankeek. Hun blikken haakten in elkaar en hielden elkaar vast, totdat Graham zijn keel schraapte. 'Dus... doet u het? Ik zal het alleen even tegen mijn ouders moeten zeggen.' Hij slikte even moeizaam. 'Ze weten eerlijk gezegd niet eens dat ik hier ben.' Hij schoof met zijn voet wat grind opzij. 'Al zullen ze inmiddels wel doorhebben dat ik weg ben...'

'Wat?' Gillian draaide zich geschokt om. 'Graham, ze zullen zich zo'n zorgen maken! We moeten onmiddellijk een bericht laten sturen dat je hier bent.' Ze keek in haar wanhoop naar Edward, die gewillig knikte. Ze leek eindelijk bij haar positieven te komen.

Hij keek haar aan. 'Ik zal een bericht laten sturen dat hij hier is.

En...' Hij aarzelde even en hield zijn blik op Gillian gericht toen hij verder sprak: 'En dat zijn reis niet zinloos was.'

Ze keek hem radeloos aan.

'Alsjeblieft, Gillian, laat me dit doen. Voor jouw familie.'

Ze aarzelde zichtbaar, maar Graham stootte zijn zus nu aan. 'Toe, alsjeblieft.'

'Goed,' ging Gillian overstag.

Grahams ogen lichtten op. 'O dank u, dank u wel! Vader zal zo opgelucht zijn en moeder...'

'Vader zal niet zomaar geld aannemen van een vreemde,' onderbrak Gillian haar broertje.

Graham dacht even over haar woorden na. 'Maar ik zal klusjes doen en dan verdienen we het terug. Toch?' Hoopvol keek hij Edward aan.

Die knikte toegeeflijk. 'Als jullie dat per se willen.'

Gillian keek hem aan. 'Goed, en mijn salaris wordt vanaf nu ingehouden om de schuld terug te betalen.'

'Gillian, dat is echt niet nodig...' protesteerde Edward.

'En Graham gaat eerst naar huis, voordat hij hier in dienst komt. Hij moet fatsoenlijk gedag zeggen.'

Edward knikte lijdzaam. Hij voelde dat hij niet verder moest aandringen, ze had al zoveel van haar trots ingeslikt. 'Graham kan de cheque meenemen naar Edinburgh als hij jullie ouders opzoekt.'

Gillian keek hem lange tijd zwijgend aan. Allerlei emoties kwamen voorbij in haar ogen. Schaamte, trots, maar ook liefde en Edward wist zeker dat hij ook verlangen zag.

Een verlangen naar wat zou kunnen zijn.

Als ze niet te koppig was om hem te accepteren.

En net toen Edward zijn mond opendeed, sprak ze de woorden die door zijn ziel sneden. 'Dank je wel. Ik... Wij zijn ontzettend dankbaar. Maar...' Ze beet op haar lip. Haar ogen flakkerden vol verlangen toen ze kort naar hem keek en weer wegkeek. Ze haalde diep adem en zei toen: 'Dit verandert niets.'

Gillian

Dit veranderde alles.

Ja, tot nu toe had ze naar Edward verlangd. Ze had verlangd naar zijn prachtige warme ogen, zijn krachtige kaaklijn, maar ook naar zijn behulpzaamheid, die onbeholpen zinnen als hij zich geen houding wist te geven en zijn lieve woorden om haar gerust te stellen. Ze had hem in haar tijd op Ridgewood leren kennen als een attente, open en bovenal geliefde man, een waardige en rechtvaardige opvolger als graaf van Ridgewood. Hij had haar in vertrouwen genomen en zijn twijfels en worstelingen laten zien.

Maar vandaag… vandaag had hij haar zijn ziel laten zien. Die was even warm als de kleur van zijn ogen. Even zacht als zijn volle bos haar, waar ze zo graag met haar vingers doorheen wilde gaan. Hij zou haar familie helpen, zonder voorwaarden. Hij wilde de wereld veranderen, maar in de wetenschap dat hij dat niet kon, wilde hij haar gezin helpen.

Ze had het al die tijd al geweten, maar niet willen toegeven aan zichzelf. Hij was alles wat ze maar kon wensen in een man. En dat had niets te maken met zijn positie, zijn rijkdom of zijn titel. Nee, ze verlangde naar Edward als persoon, naar zijn oprechte hart, naar de warmte van zijn glimlach en de liefde in zijn ogen.

Wat hij voor haar en voor haar familie deed, veranderde alles.

Haar vastberadenheid om hem te weigeren begon te wankelen.

Ze stond zichzelf een kort moment toe om te dromen.

Wat als…

Nee, ze schudde resoluut haar hoofd. Ze móćht zo niet denken. Het zou te riskant zijn. Ze zou zichzelf én hem tot schande maken en dat wilde ze niet. Dat kon ze niet. Zeker niet na wat hij voor haar familie had gedaan. Bovendien wist ze nu dat haar ouders haar meer dan ooit nodig hadden. De rampspoed was afgewend, maar haar zusje was ziek geweest en wie weet welke problemen er nog meer zouden volgen.

En dus wist ze wat haar te doen stond.

Ook al was haar hart nu meer dan ooit bereid om zich aan hem te geven, haar verstand zou blijven strijden om het juiste te doen. Edward mocht niet alles op het spel zetten voor haar. Wie weet wat daar de gevolgen van zouden zijn, ze wilde daar niet de reden van zijn. Hij had al zoveel gedaan.

En dus zou ze doen wat haar de meeste pijn zou doen.

Wat haar hart in duizend stukjes zou doen breken.

Ze zou afstand bewaren tot Edward.

Ze móést afstand bewaren.

Ze moest zorgen dat hij haar losliet en zou trouwen met Guinevere Parker.

23.

Op de dag van het verlovingsbal was het een komen en gaan van rijtuigen, auto's en paarden bij de met fakkels verlichte entree van Ridgewood Hall. Bedienden liepen af en aan om alle bagage van de gasten naar de juiste kamers te brengen, staljongens holden over het grind om de dampende paarden te verzorgen en gaswolken stegen op uit de uitlaten van de rij wachtende auto's. De schemer had inmiddels ingezet en het licht van de toortsen wierp schaduwen op de gevel. Tussen dat spel van licht en donker baande heel vooraanstaand Londen en zijn wijde omgeving zich een weg naar binnen.

Wakefield was in zijn nopjes. Er was zowaar een glimlach op zijn gezicht te zien en zijn ogen schitterden als hij dacht dat niemand keek. Hij verwelkomde de gasten en zorgde ervoor dat alle jassen en mantels werden aangenomen, waarna iedereen persoonlijk door de graaf werd ontvangen in de overdadig aangeklede hal van het landhuis. Niets was aan het toeval overgelaten en elke tegel glom, elk kristalletje van de vele kroonluchters schitterde en nergens was een stofje te vinden. De graaf van Ridgewood had met dit bal maar één doel: hij zou laten zien dat hij iemand was om rekening mee te houden.

Dat hij daarmee zijn zoon diepongelukkig maakte, was bijzaak.

Edward had zich zo lang mogelijk in zijn eigen vertrekken teruggetrokken, waar hij koortsachtig nadacht over wat hij moest doen. Het verlovingsbal afzeggen was geen optie geweest, de uitnodigingen waren al verstuurd en Edward was niet uit op een schandaal. Maar dat wilde niet zeggen dat hij van plan was om met Guinevere te trouwen.

Hij had amper nog een glimp van Gillian opgevangen sinds de ontmoeting met haar broer in de stallen. De jongen was met een cheque naar Edinburgh vertrokken, met de belofte zo snel mogelijk terug te keren als alles thuis geregeld was om 'mijn schuld voor de rest van mijn leven af te betalen', zoals hij zelf met opgeheven kin had gezegd. Gillian was druk met de voorbereidingen van het bal, dat had mevrouw Cole hem voorgehouden toen hij op een onbewaakt moment naar haar had gevraagd. Haar gezicht had echter boekdelen gesproken. Gillian was blijkbaar vastberaden om bij haar standpunt te blijven.

Hij begreep het niet. Waarom had zijn liefdesverklaring Gillian juist afgestoten in plaats van dat ze zich voor hem had opengesteld? Was ze toch bang dat hij door die cheque uit te schrijven andere verwachtingen had? Zijn hulp aan haar familie was iets wat hij zelf graag wilde doen, een druppel op een gloeiende plaat om zijn steentje bij te dragen aan een betere maatschappij. Natuurlijk had hij het ook graag voor haar gedaan, maar het was niet bedoeld om Gillian voor zich te winnen. Nee, als ze echt bij hem wilde zijn, hoefde ze alleen maar ja te zeggen. Wat er ook zou gebeuren, hij zou voor haar zorgen, daar kon ze van op aan. Dat moest hij haar nogmaals duidelijk maken.

'Ik moet haar spreken,' had hij eerder deze week dan ook wanhopig tegen mevrouw Cole gezegd terwijl hij haar praktisch klem had gezet in de gang. De oude vrouw had vastberaden haar hoofd geschud. Ze had hem met die moederlijke blik aangekeken en gezegd dat hij het los moest laten. 'Het is beter zo,' fluisterde de huishoudster, waarna ze Edward alleen in de gang achterliet.

Edward weigerde dat te geloven. Hij moest en zou haar spreken. Vanavond was iedereen in touw voor het bal, geen enkele bediende kon zich op een avond als deze verschuilen in de gangen of vertrekken van het landhuis. Hij zou een moment vinden om Gillian apart te nemen en haar ervan te overtuigen dat ze samen gelukkig konden worden, op welke manier dan ook. Híj was bereid het risico te nemen, ongeacht de gevolgen.

Een klopje op de deur deed hem opkijken. 'Ja?'

Tegen beter weten in hoopte hij dat zij het was, maar het was Daniel die in de deuropening verscheen. Hij nam zijn broer oplettend in zich op. De woorden die volgden, waren amper een verrassing: 'Vader vraagt naar je.'

Edward zuchtte. Het had nog lang geduurd voordat de graaf hem gemist had. Hij had gehoopt dat zijn vader zo zou worden opgeslokt door de aandacht die hij kreeg dat hij Edwards afwezigheid niet zou opmerken. Maar goed, het was tenslotte zíjn verlovingsfeest, dus de kans dat hij zijn gezicht niet zou hoeven laten zien was uiteraard nihil.

Guinevere en haar ouders waren de afgelopen weken nog enkele malen op bezoek geweest, zogenaamd zodat het toekomstig paar elkaar beter kon leren kennen. Oswald Parker en zijn vader hadden zich bij elk bezoek direct teruggetrokken op zijn werkkamer om zaken te bespreken. Het had zijn vader geen moer kunnen schelen wat Guinevere en Edward in die tijd uitspookten. En heus, Guinevere was een mooie vrouw, beleefd, pienter, maar Edward kon zich er niet toe zetten om verder te kijken dan dat.

Misschien zou hij van haar kunnen gaan houden, dacht hij peinzend. Misschien dat de genegenheid en de affectie met de jaren zouden groeien, maar Edward kon er simpelweg niet lang over nadenken. Hij moest eerst zeker weten of het mogelijk was dat…

'Edward?' Daniel trok hem uit zijn overpeinzingen.

Edward stond op, trok zijn vest recht en liep naar de deuropening, waar Daniel zijn hand op de arm van zijn broer legde. 'Ik weet dat je dit niet wilt, maar… Nou ja, misschien is het allemaal uiteindelijk zo slecht nog niet. Guinevere lijkt in ieder geval… aardig.'

Edward keek zijn broer kort met een veelzeggende blik aan en liep toen verder. Daniel kwam zwijgend achter hem aan, wetende dat elk woord er één te veel zou zijn.

Toen ze boven aan de trap verschenen, trokken ze meteen de aandacht: tientallen hoofden draaiden verwachtingsvol hun kant op. Edward herkende het gros van de gasten uit Londen, maar er waren ook hooggeplaatste gasten uit de omgeving en heel wat onbekende gezichten. Direct werd er gefluisterd en geknikt naar de broers terwijl ze de trap af liepen. Zijn vader stond onderaan de trap, een strategische plek waar hij zowel de entree en de trap als de ingang van de balzaal in de gaten kon houden. Zijn lippen vormden een strakke streep terwijl hij toekeek hoe zijn twee zoons de trap afdaalden. Zijn ogen stonden donker, zijn wenkbrauwen gefronst. 'Dat duurde lang,' mompelde hij toen Edward hem passeerde. Edward knikte zijn vader toe, perste er een glimlach uit naar de gasten en verdween toen in de menigte met Daniel achter zich aan.

'Je moet toegeven, een feestje geven kan die ouwe wel.' James zette zijn glas aan zijn mond en nam een flinke slok terwijl hij vanaf hun plek de zaal in keek. Edward hield James al de hele avond nauwlettend in de gaten. Tot nu toe verliep de aanwezigheid van zijn broer vlekkeloos: hij was op tijd geweest, had netjes met een aantal dames gedanst en niets wees erop dat de avond met een schandaal zou eindigen, zoals geregeld het geval was als zijn broer in de buurt was. Daniel stond naast hen en gedrieën overzagen ze het feest. Ze vormden waarschijnlijk een indrukwekkend trio, met hun opvallende overeenkomsten en charismatische uitstraling.

'Parker lijkt zich prima te amuseren.' Daniel knikte naar links, waar de zakenman aan de zijkant van de zaal het hoogste woord voerde, te midden van een aantal vooraanstaande gasten, onder wie de markies van Gregorstone. Oswald Parkers wangen waren vuurrood, zijn ogen stonden glazig en zelfs vanaf deze afstand was te zien dat hij met consumptie sprak. Hij praatte luid en lachte hard, duidelijk content met zijn nieuwverworven status in de society door dit voorgenomen huwelijk.

Edward speurde de zaal verder af in de hoop een glimp van Gillian op te vangen. Zijn blik kruiste echter die van Guinevere, omringd door jongedames uit Londen, die op haar beurt naar hem glimlachte. Ze zag er mooi uit deze avond in een blauwe jurk ingelegd met kleine steentjes en glinsterende pailletten. Hij had al twee keer met haar gedanst, en aangezien het hun verlovingsfeest was, werd er meer verwacht dan wat vluchtige contacten. Nu ze oogcontact hadden, kon hij haar dan ook moeilijk negeren. Edward excuseerde zich bij zijn broers en liep plichtsgetrouw naar Guinevere toe, net op het moment dat het orkest de laatste noten van een nummer speelde.

'Mag ik deze dans van je?' vroeg hij met een korte buiging. Ze knikte, legde haar hand in de zijne en liet zich de dansvloer op leiden.

En dat was het moment dat hij haar zag.

Vanuit zijn ooghoek zag hij hoe Gillian tegen de wand van de ruimte stond met een dienblad met versnaperingen in haar hand. Haar blik was op hem gericht, haar ogen stonden verdrietig en haar mond vormde een dunne streep.

De grond verschoof onder zijn voeten.

Bijna had hij Guinevere van zich afgeduwd om naar Gillian toe te rennen, maar zijn voeten dwongen hem om te blijven staan, om zijn ene hand op Guineveres smalle taille te leggen en de andere op haar schouder om vervolgens op de maat van de muziek te bewegen. Zijn verstand vocht een onmogelijke strijd met zijn hart. Zijn ogen verloren Gillian geen moment uit het oog. Hij draaide en draaide en nog altijd bleef hij naar haar kijken, hun blikken in elkaar gehaakt alsof alle antwoorden en oplossingen als vanzelf zouden verschijnen als ze elkaar maar lang genoeg bleven aankijken. En die blik in haar ogen… Hij wist dat hij nog niet verloren had.

Een van de gasten liep op haar af en bekeek de hapjes op de schaal, waarna de man er drie in zijn grote handen nam. Al die tijd keek hij Gillian niet aan, alsof ze er niet eens was. Had hij zich ooit zo tegen het personeel gedragen? Had hij ook gedaan alsof ze onzichtbaar was? Hij wilde graag geloven dat hij menselijker was dan dat. Hij kende de meeste personeelsleden bij naam, wist de staljongen altijd gerust te stellen en was zelden ontevreden over de werkzaamheden in huis of op het land. Ook met de pachters had hij een goede verstandhouding, al waren ze in het begin, toen Edward net de taken van zijn vader had overgenomen, terughoudend geweest. Hij kon het hun niet kwalijk nemen.

Ze draaiden naar de verste hoek van de dansvloer waardoor hij haar uit het oog verloor. Verward probeerde hij zich te oriënteren.

'Waar zit je met je gedachten?' klonk Guineveres stem plots en ze keek hem onderzoekend aan terwijl ze bleven rondwervelen. 'Koudwatervrees?' Ze glimlachte bij haar woorden, maar de glimlach bereikte haar ogen niet. 'Of is er iets anders?' Haar ogen gleden nu door de zaal en Edward kon zich vergissen, maar heel even dacht hij dat haar ogen bleven hangen op de plek waar Gillian stond en verhardden. Toen richtte ze haar aandacht weer op hem. Ze bekeek hem onderzoekend, waarna haar gezicht weer verzachtte. 'Ik kijk uit naar ons huwelijk. Ik denk dat we het samen fijn zullen hebben.'

Edward deed zijn best te glimlachen en herinnerde zichzelf eraan dat Guinevere niets aan deze situatie kon doen. Zij was – net als hij – een pion in het machtsspel van hun vaders en probeerde er waarschijnlijk het beste van te maken. Dat sierde haar. 'Daar ben ik van overtuigd,' murmelde hij daarom.

Guinevere knikte en ze dansten zwijgend verder. Edward keek nu – zo hoopte hij – wat minder opvallend naar Gillian uit. Ze stond niet meer op dezelfde plek als zo-even en hij was bijna opgelucht toen hij haar weer zag. Ditmaal bood ze haar dienblad aan bij het groepje van Oswald Parker. Een van de mannen grijnsde wellustig naar haar, waarbij zijn hand op Gillians schouders landde. Voor Edward goed en wel doorhad wat er gebeurde, gleed diezelfde hand naar beneden, naar de ronding van Gillians billen. Haar ogen werden groot en – verdomme, hij draaide rond, raakte haar even kwijt, maar vond haar toen weer – Gillian stond als aan de grond genageld terwijl de pafferige man langzaam met zijn vingers over haar billen streek.

Woede borrelde omhoog.

'Excuseer,' mompelde hij en zonder aankondiging liet hij Guinevere los, waardoor ze enkele stappen moest zetten om haar evenwicht te hervinden. Edward had er amper oog voor. Met grote stappen beende hij naar het groepje mannen toe, naar Gillian die nog altijd als versteend toeliet hoe de man zich aan haar vergreep.

Edward duwde gasten aan de kant. Zijn hartslag bonkte in zijn oren en het bloed raasde door zijn aderen. Hij kon maar aan één ding denken: hij moest haar beschermen. Maar op het moment dat Edward zo'n tien meter van het groepje verwijderd was, klonk er een gil vanaf de andere kant van de zaal. De muziek hield abrupt op en iedereen wendde zich naar de plek waar het tumult vandaan kwam. Edward draaide zich met tegenzin om en zag James staan, zijn gezicht en haren druipend van het vocht. Tegenover hem stond een woedende vrouw die dreigend met haar lege glas naar hem gebaarde.

Verdomme!

Een kort moment verkeerde Edward in tweestrijd. Moest hij naar zijn broer toe? Of… Nee, Gillian. Hij draaide zich abrupt weer om, maar…

Ze was verdwenen.

24.

Zijn ogen schoten van links naar rechts, doorzochten de zaal en godzijdank zag hij al snel de man die met zijn poten aan Gillian had gezeten. Hij stond nog altijd met een wezenloze grijns op zijn gezicht bij het groepje mannen. Ze was in ieder geval ontkomen. Toch moest hij zeker weten dat het goed met haar ging. Edward zette een stap in de richting van de grote deur…

'Edward!'

Het was niet zijn vader, maar Daniel die hem riep. Hij aarzelde nog een kort moment, maar Edward kon de hulpkreet van zijn broer niet negeren. Met tegenzin draaide hij zich weer om naar het tafereel dat inmiddels alle aandacht had getrokken.

'Je hebt gelogen!' gilde de vrouw terwijl een oudere dame haar bij haar arm vasthield en haar probeerde te kalmeren. Edward overzag de situatie snel en gebaarde naar de dirigent van het orkest dat hij verder moest gaan. Als de muziek weer zou klinken, zou een aantal gasten hopelijk weer verder gaan met dansen.

Terwijl de eerste noten van een nieuwe wals klonken, beende Edward naar zijn broers toe, waarbij hij zijn vader negeerde bij wie nog net geen stoom uit zijn oren kwam.

James veegde ondertussen zijn gezicht af met een zakdoek en fronste naar de vrouw. 'Ken ik u?' vroeg hij tot grote woede van de vrouw in kwestie en tot ontsteltenis van de omstanders. Edward wist wel beter: de berekenende blik op James' gezicht vertelde hem dat zijn broer precies wist wie hij voor zich had. De kans was daarbij groot dat hij inderdaad tegen haar gelogen had om voor elkaar te krijgen wat hij had gewild, op het moment dat ze elkaar getroffen hadden.

'James, Daniel helpt je even met opfrissen.' Edward keek hem veelbetekenend aan en wendde zich toen tot de nog altijd woedende jonge vrouw. Ze kwam hem vaag bekend voor. 'Kan ik u wat te drinken aanbieden in de salon, zodat u even op adem kunt komen? En we in alle rust kunnen praten?'

Het was niet de eerste keer dat Edward een soortgelijke situatie moest oplossen. Hij leidde de vrouw en haar chaperonne door de gang naar de salon, waarna hij een van de bedienden vroeg om een glas water te brengen. 'Of wilt u liever wat anders?'

De vrouw slaakte hoofdschuddend een beverig zuchtje. Ze liet zich door Edward naar een fauteuil begeleiden, waar ze in neerzakte. Haar handen trilden en tranen liepen over haar wangen. 'Ik dacht dat hij van me hield...' fluisterde ze ontzet, terwijl ze alleen maar voor zich uit keek en haar hoofd schudde. 'Echt, hij zei... hij zei...' Ze keek Edward nu aan. Haar blauwe ogen waren roodomrand en glansden van de opkomende tranen. 'Hij zei dat hij van me hield.'

Edward vervloekte zijn broer binnensmonds. Dit was typisch James. Hij dacht niet na over de gevolgen van zijn acties, maar zei en deed alles om zijn doel te bereiken. En zijn doel had meestal niet meer omhanden dan puur vermaak. En soms koos hij daarvoor de verkeerde dames uit. Zoals deze mevrouw. 'Juffrouw... Sorry, wat is uw naam?' Edward keek meelevend op haar neer.

'Sophie, Sophie Davings.'

Verdomme, James.

De dochter van een burggraaf. Dat ging geld kosten. Edward balde zijn vuisten, haalde diep adem en keek toen naar de oudere vrouw. 'Wellicht kunt u uw man even halen? Dan zullen we samen kijken hoe we dit kunnen oplossen.'

Het had Edward ruim een halfuur gekost om de burggraaf te overreden om de zaak te laten rusten. Daartegenover stonden een fors geldbedrag en de belofte tot bemiddeling voor het verkrijgen van een pand waar burggraaf Davings zijn oog op had laten vallen. Toen Edward eindelijk de salon uit liep, moest hij zich inhouden om zijn middelste broer niet direct op te zoeken en hem zelf een flinke mep te verkopen om het werk voor juffrouw Davings af te maken.

Maar hij had belangrijkere dingen te doen. Hij moest Gillian vinden. Hij moest weten of ze in orde was na die vertoning in de zaal en bovendien moest hij, wilde hij... Goeie genade, hij moest haar gewoon spreken.

Zonder aarzelen liep hij de trap af, laveerde beneden tussen de haastige en nu ook verbaasd kijkende bedienden, negeerde de geschokte roep van mevrouw Cole en vroeg alleen ruw: 'Waar is ze?'

'Milord... Edward.' Mevrouw Cole keek hem smekend aan. 'Echt, u kunt...'

'Waar. Is. Ze.' Edward had geen tijd meer om te luisteren naar wat verstandig was, naar wat wijsheid zou zijn. De hele heisa rondom James had hem opnieuw doen realiseren dat zijn leven totaal in het teken stond van anderen en hij was er klaar mee.

Mevrouw Cole zag blijkbaar iets in zijn blik wat haar vastberadenheid deed wankelen. Toen zuchtte ze. 'Gillian is even een frisse neus halen. Ze was erg geschrokken door het gedrag van een van de gasten.' Edward knikte dankbaar en stormde vervolgens door de achterdeur naar buiten.

Eenmaal buiten verspreidde de opluchting zich door zijn aderen. Ze was in ieder geval in orde. Nu hoefde hij haar alleen nog maar te vinden en over te halen om... Ja, om wat?

Daar zou hij zich later wel druk om maken.

Ze was niet op het erf aan de achterzijde van het landhuis. Edward liep naar links en rechts, spitste zijn oren, maar hoorde niets. Ze moest verder zijn gelopen. Angst sloeg hem opnieuw om het hart. Als die kerel maar niet naar buiten was gekomen om...

Edward versnelde zijn pas, sloeg op de gok linksaf de hoek om en liep de tuin in. De grote coniferen wierpen lange schaduwen op de grond en hij kneep zijn ogen samen om het pad te kunnen zien.

Hij sloeg rechtsaf, linksaf, langs de rozenperken, langs de aangelegde bloembedden en toen…

Ja, hij hoorde iets.

Met grote passen sloeg hij de laatste hoek om en daar zat ze.

Ineengedoken op een smeedijzeren bankje keek ze naar de beeltenis van de vrouw met de kannen in de fontein. Haar mutsje lag naast haar en haar rode krullen golfden weelderig over haar schouders.

Een kort moment stond Edward zichzelf toe om naar haar te kijken. Zoals ze daar zat… Met het maanlicht op haar melkwitte huid was ze als een engel. Ze was betoverend. Zijn hartslag versnelde.

'Gillian,' bracht hij toen uit, zijn stem niet meer dan een fluistering. Haar hoofd vloog geschrokken omhoog.

Ze wilde opstaan, maar hij gebaarde haar te blijven zitten. Hij liep behoedzaam naar haar toe, terwijl hij haar onderzoekend in zich opnam. 'Ben je in orde, heeft die… heeft hij verdomme aan je gezeten?'

'Nee.' Ze schudde haar hoofd. 'Ik ben in orde. Echt, het is… het is in orde.'

Edward knielde voor haar neer. 'Het is niet in orde. Alles is verre van in orde. Toen ik het zag, ik… Vergeef me dat ik niets deed.' Het schuldgevoel kroop als vergif door zijn borst, kneep samen en zette weer uit.

'Het is echt goed,' zei ze nogmaals.

'Natuurlijk niet.' Hij waagde het haar handen vast te pakken en tot zijn opluchting trok ze ze niet terug. Dat gaf hem de moed om door te gaan. 'Ik had moeten ingrijpen. Niemand heeft het recht…' Hij schudde zijn hoofd, niet in staat die zin af te maken. Met het beeld van de handen van de man op zijn netvlies begon zijn bloed weer te koken. Hij had al zijn wilskracht nodig om zich te beheersen. Woede zou hem nu nergens brengen.

Het bleef een kort moment stil, allebei waren ze verzonken in hun eigen gedachten. Edward genoot van het gevoel van haar smalle handen in de zijne. 'Gillian…' Hij keek naar haar op en op het moment dat hij in haar ogen keek, wist hij wat hem te doen stond. Het was nooit een kwestie van een keuze geweest. Er was maar één ding dat Edward kon doen, ondanks alle gevolgen, ook al zou zijn wereld instorten. 'Ik meende het, trouw met me.'

Haar ogen werden groot, haar lippen gingen iets uiteen. Ditmaal probeerde ze wel om haar handen uit de zijne te trekken. 'Nee, Edward, ik kan niet...'

'Trouw met me,' herhaalde hij, ditmaal vastberaden en hij keek haar indringend aan. 'Wat er ook op ons pad komt, we kunnen het samen aan. Ik zal je beschermen, ons beschermen. Ik beloof het je.'

Ze keek hem zwijgend aan. Haar ogen gleden over zijn gezicht, alsof ze elke centimeter van hem in zich opnam. Haar lippen gingen langzaam uiteen, maar er kwamen geen woorden, alleen maar een zacht zuchtje. Het zette Edwards borst in brand.

'Ik hou van je.' Hij wist dat dit het moment was om alles in de waagschaal te stellen. Hij moest nu doorzetten. Hij kwam overeind en ging naast haar zitten. Hij had niets te verliezen. 'Ik hou van je en ik wil dat je mijn vrouw wordt. Al vanaf het moment dat ik je voor het eerst zag, heb je me betoverd.'

Ze schudde haar hoofd, maar zweeg.

Edward boog langzaam naar voren, tot hun neuzen elkaar raakten en hun lippen slechts enkele centimeters van elkaar verwijderd waren. Ze bewoog niet, bleef stil zitten, al voelde hij haar ademhaling langs zijn lippen strijken. Het was nu of nooit. Hij moest haar laten zien wat hij voor haar voelde, dat hij oprecht was. En dus liet hij de kleine afstand die er nog tussen hen was verdwijnen.

Het moment dat ze kusten, was alsof de lucht begon te trillen, alsof de sterren feller gingen stralen en alle bloemen zich openden. Al Edwards zintuigen kwamen weer tot leven. Voor het eerst in jaren hoorde hij het geritsel van de bladeren en het zuchten van de wind. Hij rook de bloemen, de donkere nacht en de aardse geur van de grond onder zijn voeten. Maar hij zag alleen maar haar. Zelfs met zijn ogen gesloten zag hij haar groene ogen, haar rode krullen en haar prachtige huid. Hij proefde haar, haar warmte stroomde door zijn aderen en het zachte kreuntje dat uit haar keel kwam, vertelde hem dat zij precies hetzelfde ervaarde.

Hun lippen vonden elkaar keer op keer, zijn hand gleed in haar nek, hij trok haar dichter tegen zich aan terwijl hun kus zich verdiepte. Zijn tong gleed verkennend naar binnen en op dat moment wist hij het zeker: hij zou nooit meer iets anders willen dan dit, met haar. In de donkere nacht, in de stralende zon, het maakte hem niet uit waar of wanneer. Vanaf nu was Gillian zijn leven, het doel van elke ademhaling en de noodzaak van elke stap die hij zette.

Edward zuchtte en ging wat naar achteren om haar aan te kijken. Haar wangen hadden een heerlijke rode blos gekregen, haar ogen keken hem vol liefde aan en hij liet met een glimlach zijn vingers over haar wang glijden. 'Ik beloof je dat ik –'

Op dat moment hoorde hij een geluid en hij keek op. Een blauwe rok verdween achter een conifeer. Het maanlicht verlichtte nog net de strook pailletten aan de onderzijde.

'O nee, wie was dat?' fluisterde Gillian geschrokken.

'Het komt goed.' Edward kwam overeind en hij verkeerde een kort moment in tweestrijd: bleef hij bij Gillian of moest hij achter hun voyeur aan? Hij had de blauwe jurk met pailletten en steentjes direct herkend. Zijn maag trok samen bij de mogelijke gevolgen. Hij had de komende dagen rustig na willen denken over hoe hij dit ging aanpakken om vervolgens met tact het huwelijk bespreekbaar te maken met zijn vader, de consequenties als een volwassen man aan te horen en te aanvaarden, maar als ze gezien waren…

Hij zou sneller moeten handelen.

'Je kunt beter naar je kamer gaan en daar vanavond blijven.' Hij keek haar aan en glimlachte bemoedigend toen hij haar ontredderde gezicht zag. 'Alles komt goed. Ik heb het je beloofd, dus ik zal ervoor zorgen.'

'Maar ik moet weer terug…'

Edward moest er niet aan denken dat Gillian opnieuw die zaal in ging, dat ze blootgesteld zou worden aan de scherpe blik van

Guinevere, de praatgrage gasten of welke grijpgrage handen dan ook. 'Ik praat wel met mevrouw Cole. Ga maar naar je kamer, doe de komende dagen alsof er niets aan de hand is en wacht. Wacht op mij. Ik zal je komen halen, ik moet… ik moet alleen even een plan bedenken, maar ik beloof je dat het goed komt. Vanaf nu is het jij en ik, wij samen.'

Gillian knikte aarzelend. Haar hand kwam omhoog en ze liet haar vingers over zijn wang glijden. Die voorzichtige aanraking maakte dat Edward direct weer in vuur en vlam stond. Voorzichtig hief ze haar hoofd op en ze liet haar lippen nog een keer op de zijne neerkomen. Zijn handen gleden als vanzelf om haar middel en hij drukte haar onbehoorlijk dicht tegen zich aan. Het kon hem niet schelen. Hij zou met haar trouwen, al was dat het laatste wat hij deed.

Ze liet hem los en staarde hem met vochtige ogen aan. 'Ik hou ook van jou.' Toen stond ze op en ze verdween in de schaduwen van de nacht.

Deel 7

HEDEN

25.

De schaduwen van de nacht kropen door de ruiten en maakten de nu bijna lege pub schemerig. Peetie was al aan het vegen en Ava stapelde de glazen op de bar. Flora zat nog altijd in de hoek van de pub met Philip en Jackson. Ze tuurden alle drie naar het boek dat Flora van haar kamer had gehaald en dat nu in het midden van de tafel lag.

'Ik kan het niet geloven.' Flora schudde haar hoofd.

'Daar zou ik dan toch maar mee beginnen, want dit boek vertelt een deel van jouw familiegeschiedenis. Elizabeth Bellamy, of Elizabeth Clarke zoals ze in die tijd nog heette, was zelf studente op Cambridge rond 1904, het jaar waarin Edward de brief naar Daniel schreef én het jaar dat Edward zich hier in Edinburgh vestigde. Ze was een suffragette, een van die vrouwen die streden voor vrouwenrechten in die tijd.' Philip keek triomfantelijk naar zijn toehoorders. 'Dit boek... Het is haar verhaal.'

'Dus... de knappe professor voor wie ze valt in het boek...' Flora liet in haar hoofd de puzzelstukjes op hun plek vallen.

'Vermoedelijk Daniel Bellamy.'

Flora keek weer naar de roman. Ze had nietsvermoedend het verhaal van haar eigen familie gelezen. Ze wilde direct helemaal opnieuw beginnen, want nu ze dit wist, zou ze het verhaal met totaal andere ogen lezen. 'En ze gaf dit boek aan haar kleindochter...'

'De moeder van Rose Hall,' vulde Jackson aan. 'Je moet haar vinden. Ze hoort dit boek te hebben, vind je niet?'

Flora keek hem vertwijfeld aan. 'Misschien wel,' gaf ze toen toe, maar het idee om iets uit haar ouderlijk huis zomaar af te staan aan een vreemde stond haar niet aan. 'Misschien wel,' fluisterde ze daarom nogmaals zacht en ze nam een slok van haar bier.

'Het valt allemaal geweldig in elkaar.' Philip had rode konen van enthousiasme en zijn ogen schitterden. 'De brief, het boek, de stamboom... We komen steeds verder.'

Philips goede stemming werkte aanstekelijk, Flora knikte en glimlachte naar hem. 'Je hebt echt geweldig geholpen.'

'Nu nog achterhalen wat er met James en het landgoed is gebeurd. En waarom Edward hierheen kwam. Gek genoeg kan ik daar nergens iets over vinden, niet online maar ook een van mijn contacten in Londen kon het niet zo snel achterhalen.' De oude man staarde peinzend naar het boek. 'Maar ook daar moeten we toch achter kunnen komen. Dat weet ik zeker.'

'We zouden nog eens een bezoekje aan het archief kunnen brengen?' dacht Jackson hardop. Philip knikte. 'Er ligt daar zo ontzettend veel, het zou kunnen dat we iets over het hoofd hebben gezien.'

'En misschien dat die Rose Hall meer weet?' wierp Jackson toen op.

'Heb je haar al een bericht gestuurd?' vroeg Phillip.

Ze schudde haar hoofd en Jackson pakte zijn telefoon. 'We sturen hun nu allemaal dat bericht. Jij begint bovenaan, ik onderaan. Vraag of ze een oma Elizabeth en een moeder Lily had en dan hebben we vanzelf beet.'

'Goed denkwerk,' knikte Philip hem toe. 'We komen er wel.'

Flora twijfelde nog een kort moment, maar toen Jackson verwoed op zijn telefoon typte en Philip bewonderend het boek in zijn hand omdraaide, werd ze overmand door dankbaarheid. Kijk deze mensen nu, dacht ze. Ze kende hen allemaal nog maar een paar dagen, maar nu al voelden ze als vrienden die haar zonder aarzelen hielpen. Dat gaf haar de moed om de lijst met zoekresultaten voor Rose Hall erbij te pakken. Wie wist wat het zou brengen...

'Flora?'

Ze zette net haar voet op de eerste tree van de oude trap op weg naar haar kamer toen ze hem hoorde. Het was al laat. Philip was naar huis en ze had besloten naar bed te gaan, waarna Jackson ook was opgestaan. Ze had helemaal niet opgemerkt dat hij haar achterna was gekomen. Hij stond halverwege de smalle gang. Op het moment dat ze zich naar hem omdraaide, stak hij zijn handen in zijn zakken en leunde met zijn schouder tegen de muur.

'Ja?'

'Ik werd daarstraks gebeld door mijn tante Katie. Ze komt morgen langs en ze dwong zowat af dat ze jou ook even zou zien.'

Flora glimlachte. Ze had nu al veel te danken aan de oudere vrouw, al was hun ontmoeting op het vliegveld maar vluchtig geweest. Het was alsof ze precies had geweten wie Flora was, wat ze nodig had en dat ze het hier zou gaan vinden.

'Dat zou ik leuk vinden,' stemde Flora daarom in.

Jackson trok een grappig gezicht. 'Dat zou ik niet te hard roepen als ik jou was. Maar goed, ze is hier rond elf uur, dan is het meestal nog rustig.'

'Oké.' Flora bleef staan.

Jackson ook.

Ze glimlachte nog eens naar hem en wees toen naar boven. 'Dan ga ik nu maar naar bed.'

'Ja,' Jackson wreef over de achterkant van zijn nek. 'Het is ook al laat. Ik duik er ook zo in. Tot morgen.'

'Tot morgen.' Flora keek toe hoe hij zich omdraaide en door een andere deur weer verdween. Ze bleef nog even staan en liet het warme gevoel toe dat vanuit haar hart door haar buik stroomde. Toen draaide ze zich ook om en liep naar boven.

Flora was halverwege haar ochtendwandeling door de stad toen de gevreesde regendruppels kwamen. Ze grinnikte toen ze dacht aan Ava's voorspelling. In Schotland duurde het nooit lang voordat het ging regenen. Ze zocht haar toevlucht bij een klein koffietentje en stapte naar binnen precies op het moment dat de regen met bakken uit de hemel kwam. Flora bestelde een kop koffie met gebak en ging aan een tafeltje zitten. Het was nog vroeg – te vroeg voor gebak welllicht – maar Flora was al sinds zonsopkomst wakker. Ze genoot ervan om door de stad te wandelen, zonder doel, maar vol verwondering over alle geheime gangetjes, de oude steegjes en de prachtige gebouwen. Ze had haar bezoek aan de Gallery verplaatst naar de middag, zodat ze Katie kon zien, en daarna zou ze nog bij Philip langsgaan.

Flora tuurde naar buiten. Er renden heel wat toeristen voorbij, overvallen door de regen. Maar er liepen ook mensen rustig met een paraplu door de straat, er waren kinderen die enthousiast lachten en in de plassen stapten en zelfs een oude vrouw met zo'n ouderwetse gele regenjas.

Ze klemde haar handen om haar mok en keek naar een moeder die lachend met haar dochter door een plas liep. Een klein steekje bij haar hart. Ze miste haar eigen moeder. Natuurlijk leidde deze stad haar af en werden haar gedachten opgeslokt door de zoektocht naar wat er vroeger gebeurd was, maar op momenten zoals deze, als ze even stilzat en alleen was, dan voelde ze het gemis in elke vezel van haar lijf. Haar moeder had vast ook zo naar haar gekeken toen ze jong was. En haar moeder was ook altijd positief geweest. Zelfs tijdens haar ziekbed was het vaak haar moeder geweest die Flora opbeurde in plaats van andersom. Wanneer Flora zich daar schuldig over voelde, had haar moeder haar hand vastgepakt en gezegd: 'Het leven is te kort om te treuren, je moet genieten.'

Was ze dat nu aan het doen, genieten? Was dit wat haar moeder voor ogen had gehad toen ze Flora het boek naliet? Flora genoot in ieder geval van de stad en ook van de mensen die ze had ontmoet. Ze dacht aan Jackson. Nu ze wist wat zijn verhaal was – of althans een stukje ervan – was ze hem anders gaan bekijken. Maar de gedachte dat ze misschien meer voor hem voelde dan alleen maar vriendschap bracht haar tegelijk ook uit haar evenwicht. Kon dat zo snel? En had ze dan niets geleerd van haar relatie met Stan? Ze zou voorlopig beter af zijn als ze alleen was. Alles was nog zo vers: het einde van haar relatie, het overlijden van haar moeder. Ze wist niet hoeveel meer ze nog aankon. Was het niet gewoon zo dat ze op dit moment recht in de armen rende van wie haar ook maar wat vriendelijkheid en warmte bood? Ze moest wat meer afstand bewaren. Iets wat Jackson niet erg leek te vinden. Hoewel hij gisteravond voortvarend was geweest, was hij daarna weer teruggevallen in zijn bekende zwijgen. Ook vanochtend bij het ontbijt had hij alleen maar even naar haar geknikt en was daarna in de keuken verdwenen.

Gelach aan de tafel naast haar trok haar uit haar gemijmer. Ze keek op haar horloge. Als ze op tijd wilde zijn om Jacksons tante nog even te zien, moest ze opschieten. De regen was inmiddels veranderd in een gestage miezer, dus Flora rekende af en liep zo snel als ze kon door de druilige straten, terug naar de Tearin' the Tartan.

Toen ze daar binnenstapte, was het er inderdaad rustig. Peetie stond de voorraad te controleren en Chrissie, de vriendelijke dame van het ontbijt, stofte de lijstjes aan de wand af.

Flora keek de ruimte door, maar ze zag geen Katie en ook geen Jackson. Ze wierp een blik op haar horloge, het was iets over elven. Dat was vreemd.

Ze liep naar de bar en net toen ze op een kruk plaatsnam, kwam Jackson door de klapdeur uit de keuken. Hij veegde zijn handen af aan een theedoek en knikte haar toe. Daarna keek hij om haar heen, de pub in.

'Je tante is er nog niet,' zei Flora. Jackson trok zijn wenkbrauwen op, wierp een blik op de klok boven de deur en fronste toen. 'Vreemd,' mompelde hij. Op dat moment ging de vaste telefoon, een ouderwets ding dat aan de muur hing, naast de deur naar de keuken.

Jackson nam de hoorn van de haak. 'Tearin' the Tartan. Jackson.' Terwijl er aan de andere kant van de lijn gesproken werd, werden zijn ogen groot en rechtte hij zijn rug. 'Waar?' vroeg hij en hij luisterde opnieuw. Peetie keek net als Flora met opgetrokken wenkbrauwen toe.

'Ik kom eraan,' zei Jackson toen. Hij wilde ophangen, maar hield toen de hoorn nogmaals aan zijn oor. 'Wat?' Zijn blik vloog naar Flora.

'Waarom?' vroeg hij toen met opgetrokken wenkbrauwen terwijl hij haar aan bleef kijken. 'Maar hoezo... Ja, nee. Goed.' Hij zuchtte. 'Tot zo.' En toen hing hij op.

Hij trok de theedoek van zijn schouder en knoopte zijn schort los. Toen wendde hij zich tot Flora. 'Ik hoop dat je zin hebt in een ritje, want Katie is gevallen, uitgegleden in de modder blijkbaar, en ze zegt dat ze niet meer kan lopen. Ze wil dat ik haar kom halen en ze staat erop dat jij meekomt.'

Flora fronste haar wenkbrauwen. Waarom zou zijn tante in hemelsnaam willen dat zij meekwam? Maar voordat ze iets kon vragen, hield Jackson zijn hand op. 'Ik weet het ook niet, niet alleen Gods wegen zijn ondoorgrondelijk: hij keek het af bij mijn tante. Dus laten we maar gaan.'

Jackson wees haar de weg tot ze op een soort binnenplaats kwamen waar een grote zwarte Landrover stond. Inmiddels was het droog. Zonder iets te zeggen stapte hij in. Flora volgde zijn voorbeeld aan de passagierskant. Hij zette de auto in zijn achteruit en manoeuvreerde behendig de smalle straat uit. Het duurde niet lang voordat ze het centrum uit waren, en terwijl ze verder reden in zuidelijke richting, keek Flora verbaasd hoe groot de stad eigenlijk was.

'Waar is je tante gevallen?' vroeg Flora toen ze tien minuten later voor een stoplicht stonden te wachten.

'Bonaly Park.' Jackson keek omhoog naar het verkeerslicht en trok op toen het groen werd. 'Een natuurgebied ten zuidwesten van Edinburgh. Ze gaat er graag wandelen, of mediteren, of boomknuffelen, weet ik het.'

Ondanks alles schoot Flora in de lach. Haar gegrinnik weerklonk door de auto en toen ze hem opnieuw aankeek, keek hij terug, nu ook met een lach op zijn gezicht. Er verschenen rimpeltjes naast zijn ogen.

Toen schudde hij zijn hoofd. 'Dat mens is niet wijs, maar ze heeft een goed hart en is er altijd voor me.'

'Waarom denk je dat ik mee moest komen?'

Jackson haalde zijn schouders op. Even leek het alsof hij iets wilde zeggen, maar hij schudde opnieuw zijn hoofd en richtte zijn aandacht weer op de weg. Flora besloot niet door te vragen, dus ze tuurde weer uit het raam. Ze reden door de buitenwijken van de stad, de bebouwing nam af en er verscheen steeds meer groen tussen de huizen door. Niet veel later naderden ze de snelweg, maar Jackson nam een zijweg, waardoor ze kort daarna door een bosrijk landschap reden.

'Weet je waar ze precies is?' Flora keek opzij.

Jackson knikte. 'Vlak bij Torfull Waterfall. Godzijdank is dat vlak bij de weg, anders hadden we nog een heel stuk moeten lopen.'

Het was niet de beste dag voor een wandeling, maar als ze de omgeving zo bekeek, vond Flora het geen straf. Inmiddels reden ze door een stukje ongerepte natuur met verschillende soorten bomen, afgewisseld met rotsformaties en hier en daar kleine riviertjes. Het was zo anders dan de stad. Ze zou hier later graag nog eens terugkomen.

Jackson tikte ondertussen met zijn vingers op het stuur en keek regelmatig om zich heen. 'Ze zou hier ergens moeten zijn.'

'Langs de weg?'

'Wacht.' Hij zette met een handig gebaar de auto aan de kant, pakte zijn telefoon uit zijn broekzak en toetste iets in. Direct klonk de beltoon door de hele auto.

'Ja?' klonk een blikkerige vrouwenstem via de speakers. 'Ben je er al?'

'Bijna. Stuur me even je coördinaten.'

'Mijn wat?'

'Je coördinaten. Waar je bent. Ik kan veel, maar ik ben niet helderziend.'

Ze negeerde zijn sneer. 'Is Flora er ook?' vroeg ze in plaats daarvan.

'Ja, ik ben er,' antwoordde Flora beleefd.

'Mooi.' De vrouw klonk tevreden. 'Ik stuur je die dingen wel. Tot zo.'

Voordat Jackson nog iets kon zeggen, hing ze op. Gefrustreerd keek hij naar zijn telefoon en legde hem daarna in het dashboardvakje. '*Cailleach*.'

Flora wilde niet eens weten wat dat betekende, maar ze onderdrukte een glimlach terwijl Jackson mokkend de Landrover weer in beweging bracht.

26.

Ze reden een paar minuten door en toen parkeerde Jackson de wagen op een kleine parkeerplaats langs de weg. Hij keek nogmaals op zijn telefoon, tikte iets aan, tuurde naar het scherm en toen om zich heen. Hij fronste en keek nog eens.

'Wat is er?'

'Dit is niet waar ze zei dat ze was,' mompelde hij.

'Hoezo?' Verward keek Flora naar Jackson.

Die zuchtte op zijn beurt diep, stopte toen zijn telefoon in zijn broekzak en draaide zich naar haar om. 'Ik hoop dat je goede schoenen aan hebt, want we zullen toch een stukje moeten lopen.'

'Dat is niet erg,' stelde Flora hem gerust, want hij leek geïrriteerd. Ze snapte het wel, hij had natuurlijk wel iets beters te doen. Stiekem vond Flora het helemaal niet erg, omdat ze zo alsnog wat meer van de natuur zou kunnen zien. Toch vond ze het raar: 'Maar ze zei toch dat ze vlak bij die waterval was, vlak bij de weg?'

'Het zal een bijzondere vlaag van verstandsverbijstering zijn geweest, want nu zit ze twee kilometer verderop.'

Dat zou even tijd kosten, maar ook weer niet al te lang. Binnen een uurtje konden ze weer op weg zijn naar de B&B zodat Jackson verder kon met zijn werk. 'Dat is te overzien,' zei ze daarom praktisch. 'Kom, laten we gaan, des te eerder kunnen we weer terug.'

Jackson keek haar even onderzoekend aan, maar knikte toen en stapte uit. Flora volgde zijn voorbeeld. 'Welke kant op?'

'Deze kant.' Hij wees in de richting van een smal pad dat tussen de bomen door verdween en begon te lopen.

Flora volgde en de eerste minuten liepen ze zwijgend, zoals ze van hem gewend was. Ze vond het prima. Ze genoot van de omgeving en de lucht leek hier lichter dan in de stad. Ze ontweek de plassen, ademde diep in en sloot kort haar ogen om de geur van de natte bladeren in zich op te nemen. Na een paar minuten klonk in de verte het geluid van stromend water.

Jackson wees op het pad voor hen. 'Daar is de waterval.'

Flora had inmiddels genoeg van de stilte, dus ze greep het moment aan om een gesprek te starten. 'Kom je hier vaak? Je lijkt de weg goed te kennen.'

Hij glimlachte. 'Vroeger kwam ik hier wekelijks. Abigail en ik hadden een hond. Hij vond het hier geweldig. Wij ook. Nu kom ik er niet meer zo vaak als ik zou willen. Het is lastig om genoeg vrije tijd te vinden om lang te gaan wandelen, maar op de dagen die ik vrij ben, ga ik hier regelmatig naartoe.'

'Dus dat heb ik je ontnomen toen je mij op sleeptouw moest nemen,' merkte Flora op, denkend aan Jackson die de hele ochtend met haar door de stad had gelopen en mee naar Philip en Mary was geweest.

Hij keek even opzij. 'Dat was uit vrije wil. Niemand dwong me.'

'Niet zoals nu,' kon Flora niet laten op te merken.

Jackson glimlachte. 'Ik kan mijn tante niets weigeren, dat weet ze en daar maakt ze dankbaar misbruik van.'

'En dus zit je weer met mij opgescheept.' Ze maakte er een grapje van, maar diep vanbinnen hoopte ze dat hij haar zou tegenspreken. Dat hij zou laten blijken dat ze iets meer voor hem betekende dan slechts een gast van zijn B&B die hij wat extra aandacht gaf.

'Het is geen straf,' zei hij toen tot haar grote opluchting en zijn mondhoek ging kort iets omhoog. Toen keek hij haar aan. 'We zijn er. Hier is de waterval.' Toen Flora's ogen zijn hand volgden, zag ze tussen de verwilderde takken door een kleine waterval stromen.

'O!' Ze keek verrast naar hem op en hij glimlachte – een glimlach die voelde als een streling in haar onderbuik. Snel zette ze een paar stappen opzij en richtte haar aandacht op het stromende water. 'Het is prachtig.'

Ondanks de onrust in haar hoofd snoof Flora de aardse geur op en ze sloot haar ogen. De natuur wist haar altijd tot rust te brengen, waar ze ook was. Ze dacht aan het kalme water van de Amstel dat jarenlang haar bondgenoot was geweest, waarna ze haar ogen opende en weer naar het stromende water voor zich keek. Ook dit water zou verderop weer kalm voortkabbelen. Na een storm volgde altijd weer stilte.

'Zullen we verder lopen?' onderbrak Jackson haar gedachten. Toen ze opkeek, zag ze dat hij op zijn telefoon tuurde en vervolgens bepaalde in welke richting ze moesten lopen. Na een kort knikje van haar kant liepen ze weer verder. Opnieuw was Jackson stil, maar deze keer was het geen ongemakkelijke stilte. Hier en daar hield hij een tak voor haar opzij. Op sommige momenten leek hij iets te willen zeggen, maar hij bedacht zich telkens weer.

Flora dacht ondertussen over van alles na, over de man naast haar, over haar werk, over wat ze de komende dagen zou gaan doen, over wat ze wilde doen met het huis en tot slot gleden haar gedachten als vanzelf naar haar moeder. Haar moeder had zeker moeten lachen als ze wist dat Flora hier nu in de wildernis liep, op zoek naar een vrouw die ze maar één keer had ontmoet met een man die haar zo vanzelfsprekend had opgevangen. Ze zou Jackson zeker gemogen hebben. Haar moeder had nooit veel opgehad met Stan. Toen hun relatie strandde, had haar moeder haar uiteraard getroost, maar haar ook verzekerd dat er een nieuwe liefde voor haar klaarstond, een betere. Een liefde zoals zij en haar vader gehad hadden. Gelijkwaardig, vol warmte en genegenheid. Op dat moment had Flora het niet willen horen, maar inmiddels hoopte ze dat haar moeder gelijk had. Ze was zo verzonken in haar eigen gedachten dat ze niet goed oplette waar ze liep. Zodra ze haar voet in de modder voelde wegglijden, kantelde de wereld al. Maar nog voordat ze haar evenwicht verloor, gleed een sterke arm om haar heen, die haar rechtop hield.

'Kijk je uit,' zei Jackson met een lachje. 'Ik betwijfel namelijk of ik twee dames naar de auto kan tillen.'

Die gedachte maakte dat Flora bloosde. Toen hij haar weer losliet, had ze er bijna spijt van dat ze niet echt onderuit was gegaan.

'Gaat het?' Hij nam haar even onderzoekend op.

'Ja,' knikte Flora. 'Laten we verder gaan.'

Na een tijdje wierp ze een blik op Jackson. Katie was als een moeder voor hem, had hij gezegd. De volgende vraag rolde dan ook al van haar lippen voor ze erover nagedacht had. 'Leven je ouders niet meer?'

Jackson keek even opzij. Toen schudde hij zijn hoofd. 'Mijn vader overleed toen ik nog maar een jaar of twintig was. Mijn moeder vijf jaar geleden.'

'Dat spijt me,' antwoordde Flora zacht. 'Je hebt een hoop meegemaakt.'

Jackson haalde zijn schouders op. 'We hebben het niet voor het zeggen in het leven. De enige keuze die we kunnen maken, is hoe we ermee omgaan.'

Daar dacht ze even over na. Ze had zich thuis in haar verdriet gewenteld, de gordijnen letterlijk en figuurlijk dichtgetrokken en niemand binnengelaten. Maar Jackson had gelijk. Ze hadden niet altijd invloed op wat hun overkwam, maar wel hoe ze ermee omgingen. Op de een of andere manier gaven zijn woorden haar kracht, een stootje energie, en als vanzelf begon ze sneller te lopen.

'Ho, rustig aan. We hebben geen haast,' lachte Jackson verbaasd.

Daarop keek ze hem aan. 'Wilde je niet zo snel mogelijk terug zijn?'

Hij zweeg en keek haar aan. Daarna richtte hij zijn ogen weer op het pad voor hen. 'Ik heb het eerlijk gezegd best naar mijn zin.' Een glimlach speelde om zijn lippen, maar hij bleef vooruitkijken.

Ook Flora's mondhoeken krulden omhoog. In de minuten die volgden, voelde ze zich licht. Ze genoot van de omgeving en stiekem ook van de man naast haar.

'We komen in de buurt,' verbrak Jackson op een gegeven moment de stilte.

'Hoe weet je dat?'

'Hoor maar.' Hij keek haar met opgetrokken wenkbrauwen aan.

Flora spitste haar oren en toen hoorde ze het.

'Joehoe!' klonk het ergens in de verte. 'Hie-hier!'

Ze versnelden hun pas en even later vonden ze Jacksons tante. Flora herkende haar meteen. Haar wilde haardos zat boven op haar hoofd geknoopt met een grote rode bloem erin. Ze droeg een paars met blauw geruite flanellen hemd en een kaki afritsbroek. En tot hun grote verbazing zat ze in alle rust gemoedelijk op een boomstam. Naast haar zat een oudere man met een grijze baard. Beiden droegen wandelschoenen, al had Katie haar linkerschoen uitgetrokken en rustte haar voet op een rugzak. In haar hand hield ze een thermosbeker en toen ze hen zag, brak er een brede glimlach door op haar gezicht. 'Jackson, Flora! Daar zijn jullie!'

Jackson staarde even naar de man naast zijn tante en keek haar vervolgens fronsend aan. 'Ik dacht dat je mijn hulp nodig had? Maar je bent helemaal niet alleen.'

'Dit is Gerard. Hij kwam toevallig voorbij gewandeld en bood aan me te ondersteunen, maar ik zei dat we beter konden wachten.'

'Beter konden wa… Had dan gebeld!' Jackson keek zijn tante ongelovig aan. 'Dan hadden we dat hele stuk niet hoeven lopen.' Hij ademde boos uit en richtte zich verontschuldigd tot Flora. 'Sorry hiervoor.'

Flora lachte ongemakkelijk. 'Ik vind het niet erg.'

'Zie je, ze vindt het niet erg, Jackson,' herhaalde Katie met een veelbetekenende blik op haar neef. 'En ik dacht dat jij de wandeling ook wel kon gebruiken, een beetje frisse lucht is goed voor dat koppie van je.'

Jackson keek zijn tante gefrustreerd aan en toen veranderde zijn gezichtsuitdrukking alsof hij zich iets realiseerde. Hij snoof. 'Je bent onmogelijk, echt.'

Zijn tante glimlachte alleen maar en gaf haar thermosbeker aan de man naast haar. 'Nou, het was ontzettend leuk kennis met je te maken, Gerard. We moeten snel eens samen gaan wandelen!' Toen tilde ze haar voet van de rugzak en wreef er overdreven over met een gepijnigd gezicht. 'Jackson, je zult me moeten ondersteunen, want hij is flink verzwikt.'

Jackson mompelde nog wat Schotse woorden die Flora niet verstond, maar liep toen naar zijn tante toe om haar te helpen met opstaan.

Flora glimlachte nog even naar de oudere man. 'Bedankt,' prevelde ze en ze draaide zich om. Op het moment dat Jackson haar passeerde met zijn tante naast hem, knipoogde Katie samenzweerderig naar haar.

Toen Flora aan het begin van de avond na een ommetje terugkwam, zag ze hen meteen zitten. Katie had Jackson later die middag laten weten dat het spontaan een stuk beter met haar enkel ging en dat ze graag nog even langskwam om hen te bedanken. Haar felroze lippen gingen uiteen en ze zwaaide naar Flora vanaf haar plek op een van de banken. Jackson draaide zich ook om. Er verscheen een glimlach op zijn gezicht toen hij haar zag. Katie droeg een wijde, zwarte jurk, die tot over haar knieën hing, op haar borst prijkte een grote broche van pailletten in de vorm van een vogel. 'Wat heerlijk om je weer te zien,' riep ze meteen uit, toen Flora bij het tafeltje arriveerde. 'Ik was het vanochtend vergeten te zeggen, maar kind, je hebt al een stuk meer kleur op je wangen dan een paar dagen geleden. Ik had ook niet anders verwacht.'

Flora streek met haar hand haar natte haren uit haar gezicht en wierp een snelle blik op Jackson. Als ze meer kleur op haar gezicht had gekregen, kwam dat in ieder geval niet door de felle zon.

'Kom zitten.' Katie klopte op de plek naast haar. Jackson rolde overdreven met zijn ogen bij haar volgende vraag. 'Zorgt mijn neef eigenlijk een beetje goed voor je?'

'O, jazeker, hij geeft me onderdak en eten, en hij helpt waar hij kan. U had helemaal gelijk om me hierheen te sturen.'

'Aye, ik wist het wel,' zei ze met een zelfgenoegzame uitdrukking op haar gezicht. 'Ik heb zelden ongelijk in dat soort dingen.' Ze zweeg even en keek Flora veelbetekenend aan waardoor die zich afvroeg of ze het nog altijd over hetzelfde hadden. 'Vanochtend hadden we geen tijd om fatsoenlijk bij te praten, maar heb je je familie inmiddels gevonden, lass?'

Flora knikte. 'Ik ben al veel te weten gekomen, meer dan ik had verwacht of had durven hopen. Dankzij Jackson heb ik het ouderlijk huis van mijn opa gevonden en de man die er nu woont, wist wat meer te vertellen. Hij had zelfs nog wat foto's van mijn opa's gezin en mijn overgrootvader. En misschien...' Er was nog geen reactie gekomen op de berichten die ze had verstuurd naar de potentiële Rose Halls. 'Misschien is er nog wel meer familie ergens, dat weet ik nog niet zeker.'

Katie knikte. 'Iets vertelt me dat ook dat goed komt.' Ze sloot even haar ogen. 'Al zul je daarvoor waarschijnlijk wel weer op reis moeten.'

'Sorry?' Flora knipperde even met haar ogen en keek de vrouw verbaasd aan.

'Kom op, auntie. Ga nu niet weer beginnen met die zweverige horoscooponzin, hè.' Jackson schudde zijn hoofd.

'Het is geen onzin, lieverd, en dat weet je best. Ik heb zelden ongelijk.'

'Toevalstreffers,' mompelde Jackson, waarna hij zich verborg achter zijn mok koffie om te ontkomen aan de waarschuwende blik van zijn tante.

'Moet jij niet iets voorbereiden voor het diner of zo? Ik wil graag Flora nog even alleen spreken.'

'Dat is inderdaad een uitstekend idee.' Jackson stond net iets te snel op, keek naar Flora en gebaarde met zijn kin naar zijn tante. 'Succes ermee.' En met die woorden verdween hij naar de keuken.

Katie schudde haar hoofd. 'Eigenwijze jongen, maar ontzettend behulpzaam.'

Flora glimlachte. 'Hij is niet echt meer een jongen te noemen, of wel?'

'Voor mij zal hij altijd mijn kleine neefje blijven. Ook al steekt hij twee koppen boven me uit. Ik heb mijn zus beloofd voor hem te zorgen als ze er niet meer was en dat zal ik doen tot ik erbij neerval.'

Flora dacht over die woorden na. Het voelde warm, als een hechte familie. Wat miste ze dat. Wat miste ze haar moeder.

'Och lass, heb ik iets verkeerds gezegd?' Katie legde haar hand in een moederlijk gebaar op Flora's arm, waardoor ze zich alleen maar ellendiger ging voelen.

Flora knipperde haar tranen weg en glimlachte. 'Nee hoor, het klinkt gewoon heel... lief.' Ze zweeg kort en bekende toen: 'Ik mis mijn moeder enorm.'

Katie nam haar onderzoekend op. 'Ze is pas net overleden zeker?'

Flora knikte, haar keel kneep dicht.

'Jackson weet hoe het is om iemand te verliezen en ook hoe lastig het kan zijn om je weer open te stellen.'

Flora knikte nogmaals, de woorden drongen maar half tot haar door.

Ze bleven een tijdje zitten, en Katie stelde Flora allerlei vragen over haar moeder en haar leven in Nederland. Ze vond het tot haar verrassing fijn om over haar moeder te praten. Het was alsof ze daardoor weer een beetje tot leven kwam.

Katie merkte het, want ze moedigde Flora aan om te vertellen en had alle tijd van de wereld. Pas toen het café volliep met toeristen en vaste gasten voor het diner, pakte Katie haar tas. 'Ik moet er zo maar eens vandoor, maar...' Ze rommelde in haar tas en haalde er een envelop uit. 'Dit vergat ik net helemaal. Ik heb twee kaartjes voor de Military Tattoo morgenavond, maar ik kan onmogelijk gaan met die enkel van me. Misschien kunnen jij en Jackson gaan?'

Voordat Flora antwoord kon geven, had ze de envelop al in haar handen. Katie zei gedag en liep half hinkend naar de deur. 'Bye!' Ze zwaaide naar Flora en vervolgens naar Jackson, die net achter de bar verscheen. Hij zwaaide met een frons terug en keek toen vragend naar Flora.

Die liet haar blik naar de envelop zakken en zuchtte.

Iets vertelde haar dat Katie niets aan het toeval overliet.

Deel 8

1904

27.

Hij zou niets aan het toeval overlaten. Edward kon het zich eigenlijk niet veroorloven om niet terug te keren naar het bal, maar hij stond op een keerpunt in zijn leven en het draaide niet langer om formaliteiten. Niet langer zou hij zijn keuzes laten afhangen van wat de maatschappij wilde, wat de etiquette voorschreef en vooral: wat zijn vader had bekokstoofd. Binnenkort zou iedereen weten dat het huwelijk met Guinevere Parker van de baan was. Het schandaal zou voor haar hopelijk beperkt blijven, want kort na deze aankondiging zou Edward bekendmaken dat hij met Gillian MacLachlan ging trouwen, wat de aandacht absoluut bij Guinevere zou weghalen. Gillian was in de ogen van alle buitenstaanders waarschijnlijk slechts een simpel meisje uit Edinburgh, maar ze was alles wat hij van een vrouw kon wensen. Edward wist dat dat nieuws veel stof zou doen opwaaien. En Guinevere zou het medelijden en de steunbetuigingen krijgen. Er zou begrip voor haar zijn en een schandaal rond haar naam zou afgewend worden. Dat verdiende ze immers niet en dat was ook nooit Edwards intentie geweest.

Gillian zou doen alsof er niets aan de hand was en zich terugtrekken in de vertrekken van de bedienden tot het nieuws bekend was. Wanneer Edward zijn vader had gesproken en het hoge woord eruit was, zou hij haar opzoeken en samen met haar een plan voor de toekomst maken, ongeacht hoe en waar die toekomst zou zijn. Het viel hem zwaar om Gillian een paar dagen niet te zien, maar als daar een leven samen tegenover stond, had hij het ervoor over.

Hoe hun toekomst eruitzag, hing grotendeels af van de reactie van zijn vader en Edward wilde niet veel langer wachten om daarachter te komen.

Hij vertoonde zich dus niet meer op het feest. In plaats daarvan sloot Edward zichzelf de rest van de nacht in zijn eigen salon op, ijsberend en piekerend over hoe hij de boodschap moest brengen. Welke consequenties zou het hebben? Hij beende heen en weer en bleef de hele nacht op. Slapen was onmogelijk, want hij wist... de komende dagen zou zijn leven compleet veranderen.

De volgende dag speelde hij open kaart tegenover Daniel, die in eerste instantie geschokt was. Zijn broer was verliefd op een dienstmeid? Een Schotse nog wel? Hoe had hij dat kunnen missen? En hoe dacht Edward in godsnaam dat dit een toekomst kon hebben? Maar toen Daniel zag dat zijn oudste broer het meende, had hij geen andere keuze dan hem te steunen. Ze zouden samen een oplossing vinden. Edward zag Gillian inderdaad niet in de dagen die volgden, maar hij was niet bang dat ze zich bedacht had. Hij had haar immers zelf gezegd zich schuil te houden. Mevrouw Cole zou haar uit het zicht houden en Edward was ervan overtuigd dat Gillian zou wachten tot hij haar kwam halen. Ze was er de vrouw niet naar om nu nog van gedachten te veranderen. Hij had in haar ogen gezien dat ze ook voor hem koos. Hij piekerde zich suf over hoe hij dit moest aanpakken, maar alles, elk scenario, begon en eindigde ermee dat Edward zijn vader de simpele waarheid moest vertellen. Hij moest de confrontatie aangaan, voor eens en voor altijd. En op de derde dag na het bal besloot Edward dat hij de volgende ochtend met zijn vader zou gaan praten.

Het gesprek kwam eerder dan verwacht. Al vroeg in de ochtend meldde Wakefield zich met een ernstige uitdrukking op zijn gezicht bij Edward en zei hem dat zijn vader op hem wachtte in zijn werkkamer. Edward had simpelweg geknikt.

Dit was het moment.

Het was zover.

Tientallen emoties suisden door zijn lijf toen Edward door de gang liep die naar de werkkamer van zijn vader leidde. Hij had Wakefield gezegd beneden te wachten, want hij wilde geen luistervinken bij het gesprek dat ging komen, al wist Wakefield op de een of andere manier altijd precies wat zich onder het dak van Ridgewood Hall afspeelde. De afkeurende blik op zijn gezicht toen Edward hem bedankte en sommeerde naar beneden te gaan sprak boekdelen.

Edward voelde zich opgewonden bij het vooruitzicht een leven te starten met Gillian. Hij keek voor het eerst uit naar de toekomst en het voelde alsof het gewicht van de wereld van zijn schouders was verdwenen na zijn besluit niet met Guinevere te trouwen. Maar hij was ook bang voor de gevolgen. Zijn vader zou woest worden, zonder twijfel, dat wist Edward, maar wat kon de graaf doen? Edward wist dat hij Gillian zou beschermen, wat er ook zou gebeuren. In de paar weken dat ze elkaar kenden, was zij het middelpunt van zijn wereld geworden en bovenal was haar niets te verwijten. Dit was zíjn keuze, zíjn leven. Het was absurd dat er in een tijd als deze, een moderne tijd waarin ontwikkelingen elkaar sneller opvolgden dan de meeste mensen konden bijhouden, nog huwelijken gearrangeerd werden. Edward zette zijn invloed als oudste zoon van de graaf niet graag in, maar als het nodig was om een leven met Gillian mogelijk te maken, zou hij het doen. Het was tijd voor verandering. Niet alleen op Ridgewood Hall, maar ook in de maatschappij. En het begon hier, vandaag.

Hij haalde diep adem en legde zijn hand op de deurknop van zijn vaders werkkamer. Dit was het moment. Edward ademde uit en dacht aan Gillian. Hij deed dit allemaal voor haar. En voor zichzelf. Voor het eerst in zijn leven deed hij iets voor zichzelf en dat voelde goed. Die gedachte en het beeld van Gillian op zijn netvlies gaven hem de moed en de kracht om de deur te openen en naar binnen te stappen.

Zijn vader zat achter zijn bureau en keek direct op. Edward wist niet wat hij had verwacht: een tirade, woede, schaamte of bulderende woorden? Alles, maar niet de kalmte waarmee zijn vader hem nu opnam en de lome glimlach die over het gezicht van de graaf trok. 'Zo, daar ben je dan.'

Hij verstarde. Er klopte iets niet. Waarom was de graaf zo rustig?

'Ga zitten, zoon.' De graaf leunde genoegzaam achterover en wees op de stoel tegenover hem. Edward bleef echter staan. Zijn vader reageerde dan misschien niet zoals hij had verwacht of voorspeld, maar dat veranderde niets aan zijn intentie.

'Ik ben hier om u te vertellen dat het huwelijk met Guinevere Parker niet doorgaat.' Edwards woorden klonken rustig, in tegenstelling tot de storm die in zijn binnenste woedde.

'Is dat zo?' Zijn vader keek hem onderzoekend aan. Zijn tevreden gezichtsuitdrukking maakte Edward misselijk en zijn hartslag versnelde. 'Ik denk eerlijk gezegd dat je gewoon met Guinevere Parker zult trouwen zoals we overeen zijn gekomen. Zeker als het waar is wat haar vader me heeft verteld over wat zich in de tuin heeft afgespeeld. Ik heb hem gezegd dat het absurd is en dat er absoluut geen sprake van is dat het huwelijk niet door zou gaan. Het woord van een heer is immers bindend en de papieren zijn getekend.'

'Niet door mij,' kaatste Edward terug, hoewel hij wist dat het niets uit zou maken.

'Nee.' Zijn vader schudde bedenkelijk zijn hoofd. 'Niet door jou. Niet dat het ertoe doet. Mijn handtekening is sowieso meer waard dan de woorden van mijn verachtelijke nietsnut van een zoon.' Het gezicht van de graaf liep nu rood aan en hij kwam overeind. 'Wat dacht jij?' riep hij toen plotseling, zijn geveinsde kalmte verdween als sneeuw voor de zon. 'Dat je kon trouwen met een díénstmeid? Dat je onze naam, onze reputatie, alles te grabbel kon gooien? Dacht je echt met die miezerige hersenen van je dat je daarmee weg zou komen? Dat ik dat tóé zou laten?' brieste zijn vader en hij liep om zijn bureau heen. Met grote passen beende hij op Edward af en hij kwam slechts enkele centimeters van hem af tot stilstand. 'Jij. Maakt. Onze. Familie. Niet. Te. Schande. Ik sta het niet toe!' bulderde de man buiten zichzelf van woede.

Edward week achteruit, een centimeter maar, en zette toen een stap naar achteren om zijn evenwicht te hervinden. Hij rechtte zijn schouders en keek zijn vader aan. 'Ik trouw niet met Guinevere Parker. U kunt me niet dwingen.'

'Natuurlijk wel!' schreeuwde zijn vader en hij draaide zich met een ruk om. Met een woeste zwaai van zijn hand gooide hij een stapel boeken van zijn bureau en bulderde: 'Dit alles doe ik voor jullie, jullie zijn een stel ondankbare honden. Jullie waarderen niets van wat ik doe. Ik denk aan de toekomst. Mijn toekomst. Jullie toekomst. Jij trouwt met haar en daarmee uit.'

'Ik doe het verdomme niet,' schreeuwde Edward terug. Hij liet alle beleefdheidsvormen varen. 'U staat geen moment stil bij míjn toekomst. U denkt alleen maar aan uzelf, altijd al gedaan. Ik hou van Gillian en ik ga met haar trouwen, ongeacht de consequenties. U hebt geen invloed meer op mij. Die verdomde titel en dat verdomde graafschap interesseren me helemaal niets. Ik ben er klaar mee. Jarenlang heb ik gedaan wat u wilde, het is klaar. Ik ben klaar!'

Misschien had Edward wel een klap verwacht. Hij zette zich al min of meer schrap voor de vuist van zijn vader, die zich na deze woorden vast niet langer zou kunnen beheersen. De graaf van Ridgewood was altijd al een opvliegende man geweest en hij zou niet accepteren dat zijn zoon – of wie dan ook – zo tegen hem sprak. Maar wat er toen gebeurde, deed het bloed in Edwards aderen veranderen in ijs.

Want de graaf van Ridgewood begon te lachen. Hij keek zijn zoon aan en hij lachte.

Edward schudde verward zijn hoofd en een angstaanjagende gedachte kwam in hem op. Het duurde even voordat hij woorden kon geven aan het vreselijke besef.

Nee.

Nee, het kon niet waar zijn.

Langzaam drong tot hem door dat hij Gillian niet meer gezien had. Ze zou toch niet... Hij zou toch niet... Hij keek zijn vader ongelovig aan. Het voelde alsof hij geen lucht kreeg. De man glimlachte alleen maar. 'Wat hebt u gedaan?' bracht Edward met moeite uit.

Maar de graaf van Ridgewood bleef lachen. Hij bulderde nu zelfs. En toen hij enigszins kalmeerde, liep hij terug naar zijn stoel en zakte weer achter zijn bureau neer. Hij zette zijn vingertoppen tegen elkaar en keek zijn zoon een paar seconden zwijgend aan. Toen zei hij: 'Ik heb gedaan wat nodig was, waar jij te slap voor bent.'

Het was alsof Edward niet meer kon bewegen. Alsof al zijn ledematen langzaam veranderden in beton en hem tegen de grond drukten, hem op zijn plek hielden. 'Wat. Hebt. U. Gedaan?'

'Ik heb ervoor gezorgd dat de oorzaak van ons probleempje is verdwenen.' Hij grijnsde. 'Poef. Weg. Opgelost.'

Edward schudde zijn hoofd. Dit kon niet waar zijn. Zonder af te wachten wat de graaf nog meer te zeggen had, draaide Edward zich om en stormde de kamer uit.

Met zijn hart in zijn keel rende hij door de gangen van Ridgewood Hall. Verder voelde hij niets. Zijn lichaam was als verdoofd. Zijn brein kon nog maar één woord voortbrengen. *Gillian. Gillian. Gillian.* Bij elke voetstap dreunden de lettergrepen door zijn hele lichaam. De angst dat er iets met haar gebeurd was, nam hem compleet over. Hij vloog de trap op naar boven, naar de kamers van de bedienden. Welke was haar kamer? Hij wist het niet eens. Hij gooide deur voor deur open. Waar was ze?

'Gillian! Gillian!?' schreeuwde hij terwijl de paniek hem steeds meer dreigde over te nemen. Wat had zijn vader gedaan? Wat had Edward gedaan door haar aan haar lot over te laten? Hij had beloofd er voor haar te zijn, haar te beschermen en nu... Hij durfde zijn eigen gedachten niet eens af te maken.

Toen hij alle kamers had gehad en haar nergens zag, stormde Edward weer naar beneden. Zonder te pauzeren roffelde hij alle trappen af, helemaal omlaag, tot hij in de keuken uitkwam. Hij stormde op mevrouw Cole af en pakte haar ruw bij haar armen. 'Waar is ze? Wáár is ze?' schreeuwde hij tegen de arme oude vrouw. Pas toen hij zijn eigen woorden hoorde, besefte hij wat hij deed en hij liet haar los. Toen hij zijn blik over haar gezicht liet glijden, zag hij de roodomrande ogen van de huishoudster en de donkere kringen onder haar ogen.

'Edward, alsjeblieft.' Ze pakte hem bij zijn arm en trok hem snel mee naar haar kantoortje tegenover de keuken terwijl ze zenuwachtig om zich heen keek. Ze sloot de deur snel achter hem en keek hem indringend aan. 'Rustig, jongen, rustig.'

Edward brak bij het horen van de vertrouwde stem van mevrouw Cole. Haar sussende woorden overspoelden hem met jeugdherinneringen. Beelden flitsen voorbij, van hem als kleine jongen in de armen van zijn moeder. Vervlogen tijden. 'Wat heeft hij gedaan? Waar is ze?' smeekte hij nu.

Tranen blonken in mevrouw Coles ogen toen ze fluisterde: 'Het spijt me, milord, maar… ze is weg.'

Gillian

Haar handen trilden onafgebroken en het kostte haar alle energie die ze had om haar ademhaling onder controle te krijgen. Haar benen trilden nog van de hobbelige rit op het paard, dat ze hijgend had achtergelaten bij een staljongen. Het lukte haar met moeite om het kaartje aan de conducteur te laten zien zonder al te veel argwaan te wekken. Als hij maar geen alarm zou slaan of haar zou tegenhouden. Hij mocht geen vragen stellen, hij móést haar doorlaten. Ze hield haar adem in, forceerde een beverige glimlach en na een korte aarzeling tikte de man tegen zijn pet en liet haar door.

Vanaf het moment dat mevrouw Cole haar kamer was binnengestormd, suisde angst door haar aderen. De huishoudster had de deur achter zich gesloten en Gillian in volle paniek aangekeken. 'Je moet hier weg. Nu meteen,' had ze gezegd, waarna ze Gillians spullen uit de kast was begonnen te trekken. Gillian was van haar bed opgesprongen. Ze had meteen geweten dat het mis was. Hijgend bracht mevrouw haar op de hoogte van de man die beneden naar haar op zoek was en haar vermoedens over zijn beweegredenen. 'We hebben niet veel tijd,' sprak ze en ze keek verwoed om zich heen. Toen trok ze een paar biljetten uit de zak van haar rok en stopte ze in Gillians hand. 'Snel! Ga hier zo ver mogelijk vandaan en kom niet meer terug,' had ze met tranen in haar ogen gefluisterd. Rennend waren ze samen de trappen afgedaald, waarna mevrouw Cole Gillian via een zijuitgang naar de stallen had gestuurd.

Timothy had met een angstig gezicht in de stallen op haar staan wachten, waar de staljongen haastig een paard zadelde. Ze had weinig ervaring met paarden, maar liet zich door Timothy op het dier hijsen en deed haar best om zijn instructies op te slaan. Toen was ze op een drafje van het landgoed weggereden. Al die tijd had ze amper kans gehad om na te denken over wat er gebeurde en wat de gevolgen hiervan waren. Haar enige gedachte was om te vluchten.

Je moet hier weg. Nu meteen.

Gillian trok haar uitpuilende tas met de bezittingen die ze in alle haast had weten te verzamelen over haar schouder en liep haastig door de wagon. Ze keek continu achterom in de angst dat ze achternagezeten werd. Ze had zelf niemand gezien, maar de angst in de ogen van mevrouw Cole was genoeg geweest om Gillian te alarmeren en niet te twijfelen over de ernst van de situatie. Als Gillian terugdacht aan mevrouw Coles bevende stem, sloeg de angst haar opnieuw om het hart. Haar ogen prikten door de opkomende tranen van verdriet.

Ze was bang. En woedend, op zichzelf. Want ze had het geweten. Ze had geweten dat het te mooi was om waar te zijn, het was slechts een droom geweest, die nu was veranderd in een nachtmerrie. Natuurlijk kon Edward zeggen dat hij voor haar koos, met haar wilde trouwen, maar dit was groter dan hij. Groter dan de beloftes die hij haar had gedaan. Hun liefde was onmogelijk en dat had ze vanaf het begin geweten. Verdorie, ze had zichzelf zo voorgenomen om het niet zo ver te laten komen, zich niet mee te laten slepen in deze onmogelijke romance en nu… nu was ze op de vlucht: ze was haar baan kwijt en moest met lege handen naar haar ouderlijk huis terugkeren. Lege handen en een gebroken hart.

Ze zakte neer op een bank in de hoek van de wagon, trok haar tas beschermend tegen zich aan en maakte zich zo klein mogelijk. Angstig bleef ze om zich heen kijken, zonder oog te hebben voor de verbaasde blikken van haar medepassagiers. Haar ogen schoten continu van de deur van de coupé naar buiten, uit angst iemand te zien die haar zou beletten hier weg te gaan. Op een vreselijke manier.

De graaf van Ridgewood was een wrede man, dat wist ze. Maar ze had niet gedacht dat hij zo ver zou gaan. Nog nooit eerder had Gillian ware doodsangst gevoeld, maar nu ze hier met bonzend hart zat, wist ze dat dit het was. Het angstzweet op haar handen, haar dichtgeknepen keel en de repeterende gedachten in haar hoofd: rijden, rijden, rijden.

Snel! Ga hier zo ver mogelijk vandaan en kom niet meer terug. De woorden van mevrouw Cole achtervolgden haar en knepen haar keel nog verder dicht. Ze snakte naar adem en een snik ontsnapte uit haar mond. Hoe had het zo ver kunnen komen? Hoe had zij het zo ver laten komen?

Na wat een eeuwigheid leek te duren kwam de trein in beweging. Hij kraakte en piepte en de locomotief blies zijn stoom uit. Langzaam, tergend langzaam gleed het perron voorbij. Precies op het moment dat de trein het station sjokkend verliet, rende een grote man het perron op. Hij keek woest hijgend om zich heen en een seconde, die een eeuwigheid leek te duren, keken ze elkaar aan. Zijn schouders zakten naar beneden en Gillian sloot haar ogen. Op dat moment reed de trein het station uit en de man bleef op het perron achter.

Het was gelukt.

Ze was ontsnapt.

Ze probeerde zichzelf te kalmeren. Ze ging naar huis. Elke meter spoor die onder haar door trok, bracht haar dichter bij Edinburgh, haar eigen stad, haar thuis, de plek waar haar ouders haar weer in hun armen zou sluiten, ongeacht wat er gebeurd was. De plek waar ze was opgegroeid, waar ze tot voor kort gelukkig was geweest. Ze zou weer bij haar broertjes en zusjes zijn en kon voorkomen dat Graham opnieuw naar Ridgewood zou afreizen. Maar met elke draai van de wielen raakte ze ook verder verwijderd van de man die haar hart had veroverd. Die knappe, donkere man die Ridgewood Hall alleen al door zijn aanwezigheid vulde met warmte. Die haar verblijf duizendmaal prettiger had gemaakt en die haar beloftes had gedaan tot een gelukkig leven samen. Beloftes waarvan ze had geweten dat ze nooit werkelijkheid zouden kunnen worden. Maar toch… toch had ze zichzelf een moment toegestaan hem te geloven, te dromen over hoe het zou zijn om elke dag zijn sterke armen om zich heen te voelen, elke dag die warme lippen op de hare te hebben en zelfs zijn vrouw te zijn.

Als ze haar ogen sloot, zag ze hem voor zich. Zijn strakke kaaklijn, zijn warme bruine ogen en die prachtige glimlach die haar altijd weer geruststelde.

Het is vanaf nu jij en ik. Wij samen.

Ze zou dat beeld, dat moment in de tuin altijd blijven koesteren. Ze zou altijd over hem blijven dromen en ze zou altijd van hem blijven houden. En terwijl ze zich probeerde te verzoenen met het feit dat ze de liefde van haar leven nooit meer terug zou zien, viel er een eenzame traan op haar wang en bracht het spoor haar steeds verder weg. Weg van Ridgewood. Weg van Edward.

28.

'Rustig, in godsnaam!' Daniel verhief zijn stem in een poging om tot Edward door te dringen, die als een dolle stier zowat tegen de muren van zijn werkkamer op vloog.

'Die man is gestoord!' brieste Edward. Zijn haar piekte alle kanten op en de donkere kringen onder zijn ogen wezen op gebrek aan slaap, maar niemand kreeg lang de tijd om ernaar te kijken, want dan was hij alweer naar de andere kant van de kamer gelopen. 'Hij is gek geworden. Compleet gestoord, zeg ik je.'

Daar had Daniel weinig tegen in te brengen.

James had een hele tijd gezwegen, maar keek nu op. 'Maar waar is ze dan nu?'

Edward stopte met ijsberen en zuchtte. 'Terug naar Edinburgh? Ik weet het niet zeker. Maar daar kom ik snel genoeg achter. Ik blijf hier niet langer dan nodig is. Ik vertrek zo, ik moet alleen...' Hij zweeg.

Daniel schudde zijn hoofd. 'Ik wist dat vader tot veel in staat was, maar dit...'

Edward legde zijn handen op zijn hoofd. Zijn vingers gleden door zijn donkere lokken en vonden er houvast. Hij moest er niet aan denken wat er was gebeurd als de graaf zijn plan had kunnen doorzetten. Toen mevrouw Cole hem apart had genomen in haar kantoortje, had ze hem verteld dat er de dag na het bal een vreemde man beneden was gekomen, op zoek naar Gillian. Het was een onguur ogend type geweest. 'Ik kreeg er direct de rillingen van, milord,' zei mevrouw Cole. 'Ik wist meteen dat het niet goed was en dat Gillian gevaar liep. Echt, Edward, het is allemaal zo vreselijk uit de hand gelopen.' De man was door de graaf gestuurd om Gillian te halen en ervoor te zorgen dat ze niet meer terugkwam. De huishoudster had gelukkig de helderheid van geest gehad om hem naar buiten te sturen, de tuin in, met de smoes dat Gillian daar kruiden aan het plukken was. Toen de man naar buiten liep, instrueerde mevrouw Cole enkele betrouwbare bedienden dat ze hem bezig moesten houden. Ze rende daarna in allerijl naar Gillian, die nog op haar kamer was. Mevrouw Cole hielp haar gehaast met pakken en stuurde haar via een zijdeur met wat geld uit haar eigen spaarpot naar de stal. De staljongen had al een paard gezadeld, waarmee Gillian zo snel mogelijk het graafschap kon verlaten. In de drukte met de paarden van de gasten, de gestalde rijtuigen, de vertrekkende auto's en de rondzwervende gasten was haar vertrek amper opgemerkt.

Edward blies zijn adem uit. Hij moest er niet aan denken wat er was gebeurd als die man Gillian eerder had gevonden dan mevrouw Cole. Hij was de oude huishoudster eeuwig dankbaar maar nu… nu moest hij iets doen.

'Maar ze heeft dus niet gezegd waar ze heen ging?' vroeg James nogmaals.

Edward schudde zijn hoofd. 'Daar was geen tijd voor. Mijn hemel, wat moet ze bang zijn geweest.' Zijn hart verkilde bij de gedachte aan Gillian die onverwacht haar spullen had moeten pakken en zonder pardon was weggestuurd. Zonder te weten of hij hiervan wist, zonder te weten of… Hij schudde opnieuw zijn hoofd. Het had geen zin om allerlei doemscenario's te herhalen in zijn hoofd. Hij had lang genoeg gewacht – te lang. Het was tijd om in actie te komen. 'Ik ga haar zoeken.'

Daniel keek zijn broer zwijgend aan. Er waren tientallen vragen te lezen in zijn ogen, maar hij sprak ze geen van alle uit. Ze wisten allebei namelijk wat dit zou betekenen. Het feit dat hun vader zoveel moeite had gedaan om Gillian uit beeld te krijgen, gaf aan hoe ver hij zou gaan om de familienaam, het fortuin en het landgoed te beschermen. En hij zou dus ook zo ver gaan met zijn eigen zoons. Als Edward nu vertrok, als hij ervoor koos om Gillian achterna te gaan, zouden de gevolgen desastreus kunnen zijn. Voor iedereen.

Edward besefte dat maar al te goed. Toch keek hij zijn jongste broer vragend aan. Hij snakte naar goedkeuring, naar een teken dat hij dit kon doen, dat hij kon gaan en dat ze samen de gevolgen zouden ondergaan. Hij had die bevestiging van zijn broer nodig. Dus toen Daniel bijna onmerkbaar knikte, ademde Edward opgelucht uit.

Toen keek hij naar James, die er eerlijk gezegd net zo slecht uitzag als hijzelf. Het was überhaupt een wonder te noemen dat James na het verlovingsfeest nog altijd op Ridgewood was. Waarschijnlijk wilde hij tijdelijk onder de radar blijven na het hele gebeuren met de dochter van burggraaf Davings.

Edward nam zijn broer onderzoekend op. James staarde op zijn beurt in zijn glas. Besefte hij wat de mogelijke gevolgen konden zijn? Edward grimaste. Een titelopvolging was niet zomaar ongedaan gemaakt. Maar hij kende zijn vader. Hij was sluw genoeg om een manier te bedenken om te voorkomen dat Edward nog een cent zou krijgen.

Edward nam zijn besluit. 'Ik ga naar haar toe.'

Daniel knikte en James keek hem meewarig aan.

Edward beende naar zijn bureau, pakte zijn persoonsdocumenten en een stapeltje bankbiljetten en stopte alles in de zakken van zijn jasje. 'Ik vertrek meteen.'

Hij nam afscheid van zijn broers en liep de trap af. Hij zou te paard naar het station rijden en daar de eerstvolgende trein naar Edinburgh nemen. Het kon haast niet anders of Gillian had diezelfde route gekozen. Het zou gekkenwerk zijn om de hele reis te paard af te leggen – of het zou dagen duren, en hij wist dat ze geen behendige ruiter was – en ze zou een privérijtuig of taxi niet kunnen betalen. Edward was dankbaar dat mevrouw Cole haar wat geld had meegegeven. Hij ging er dus van uit dat ze naar het station was gereden en daar de trein naar Edinburgh had gepakt. Waar zou ze anders heen kunnen? Ze had altijd vol liefde en affectie over haar familie gesproken; het zou de enige logische plek zijn om naartoe te gaan wanneer ze hier niet veilig was.

Edwards maag kromp ineen als hij bedacht hoe bang ze geweest moest zijn. Hij had geen tijd meer te verliezen. Via de hal schoot hij de bediendengang in en zo kwam hij in de keuken uit, waar hij naar mevrouw Cole seinde. Zonder vragen te stellen volgde ze hem naar haar kantoortje. Ze wierp nog een behoedzame blik om zich heen en sloot toen de deur achter zich.

'Kunt u bericht naar Edinburgh sturen dat ik onderweg ben?'

'Maar milord, we hebben geen adres, ik –'

'Er is vast wel iemand die het weet, dus alstublieft, probeert u het,' onderbrak hij haar. Toen de ogen van de huishoudster groot werden, had hij direct spijt. Hij wreef even vermoeid over zijn gezicht. 'Het spijt me, mevrouw Cole. Het is gewoon… Ik moet er niet aan denken als…' Hij schudde zijn hoofd. 'Ik ga naar haar toe.'

De huishoudster knikte alleen maar. 'Ik zal bericht laten sturen. Misschien dat Timothy het adres nog weet, hij heeft laatst ook dat bericht gestuurd toen Gillians broertje hier was. Maar Edward… Wees alsjeblieft voorzichtig,' herhaalde ze haar woorden van enkele weken geleden.

Hij schonk haar een weemoedig lachje. 'Ik vrees dat het daarvoor nu te laat is.'

Hij nam afscheid van de vrouw die hem altijd had gesteund en liep snel de trap weer op. Hij doorkruiste opnieuw de hal en…

'Edward.'

Hij verstijfde. Woede schoot omhoog en hij draaide zich met een ruk om naar zijn vader. De graaf stond een paar meter van hem af, met rechte rug, zijn schouders strak en een duistere blik op zijn gezicht. Edward liet zich niet koeioneren door de imposante houding van zijn vader, enkel bedoeld om zijn macht en status te laten gelden.

Hij liep met grote stappen naar zijn vader toe en stopte een paar centimeter voor hem. Zijn vader was een grote man, maar Edward was ook lang en dus stonden ze neus aan neus. 'U bent nu echt te ver gegaan.'

'Het is klaar, Edward. Laat het rusten.'

Angst omklemde hem. 'Ik ga achter haar aan.'

Even werden de ogen van de graaf groot, maar hij herstelde zich direct. Zijn gezicht liep rood aan en hij keek dreigend naar zijn oudste zoon. 'Edward Robert Bellamy. Als jij nu dit huis verlaat om achter die hoer aan te gaan, dan zweer ik je dat je nooit meer een stap op Ridgewood zult zetten. Als je nu vertrekt, dan ben je dood voor mij en zal ik zorgen dat je dood bent voor de rest van de wereld.'

Zodra zijn vader die woorden zei, gebeurde er iets met Edward. Vreemd genoeg gaven ze hem precies de moed waar hij jarenlang naar op zoek was geweest. Dit was het laatste zetje. Niet langer hingen de verantwoordelijkheden als een donderwolk boven hem. Dit was zijn vrijbrief, zijn uitweg. Hij besefte dat als zijn vader zijn woorden daadwerkelijk waarmaakte, dit gevolgen had voor zijn broers, voor het landgoed, voor iedereen, maar hij had te lang voor anderen gedacht, gezorgd en geleefd.

Edward rechtte daarom zijn schouders, keek zijn vader in de ogen en zei: 'Gecondoleerd met het verlies van uw zoon.'

Zonder op een reactie te wachten draaide hij zich om en beende naar buiten. Hij stormde naar de stal, zadelde zijn paard en nog voordat de staljongen naar hem toe was gekomen, steeg Edward op, zei de beduusde jongen gedag en reed misschien wel voor de laatste keer weg bij Ridgewood Hall.

29.

De reis naar Edinburgh verliep voorspoedig. Edward was op het nippertje op tijd in Londen aangekomen om The Flying Scotsman te halen, de trein die elke dag vanuit Londen vertrok. Hij prees zichzelf gelukkig, want het alternatief was tot de volgende ochtend wachten op de volgende trein en elke minuut die Edward niet onderweg was, was er een te veel. Bovendien had hij geen plek meer om naar terug te gaan, tenminste niet als zijn vader woord hield. Edward had zijn paard de sporen gegeven en uiteindelijk de teugels van het dampende dier in de handen van een hulpje geduwd. Toen hij zei dat de jongen het paard terug moest brengen naar Ridgewood Hall en de jongen had gemompeld dat dat al de tweede keer deze week was, wist Edward genoeg. Ze was hier geweest.

Zijn vaders woorden waren duidelijk. Dit was de grens. Edward voelde zich vreemd genoeg alleen maar gesterkt door die verklaring. Dit was namelijk ook zíjn grens. De man was duidelijk gestoord en Edward kon en wilde niet langer onder één dak met hem wonen, laat staan hem opvolgen. De titel, het landgoed: het kon hem allemaal gestolen worden. Natuurlijk deed het hem verdriet om zijn broers achter te laten. Zijn gedachten gingen ook uit naar mevrouw Cole en alle andere mensen die hard werkten om Ridgewood Hall te maken tot wat het momenteel was. Misschien zou hij nooit meer met de oude Wilkens praten of nooit meer over de markt slenteren. Maar het was het allemaal waard als hij Gillian had.

Hij keek peinzend uit het raam, waar het landschap aan hem voorbijtrok. Het was stil in de wagon, alleen het geritsel van de krant van de man schuin tegenover hem verbrak de stilte en af en toe floot de stoomtrein. Hij staarde naar de uitgestrekte weilanden en de glooiende heuvels terwijl de afstand tussen hem en Ridgewood Hall steeds groter werd.

Hij koos ervoor zijn zorgen over de toekomst te negeren. Dat was voor later. Zijn grootste zorg was op dit moment Gillian. Hij hoopte dat zijn aanname klopte dat ze naar haar familie was gevlucht. Als ze naar een willekeurige plek was gegaan, zou het haast onmogelijk zijn om haar te vinden. Al zou niets hem tegenhouden om het te proberen…

Het is klaar, Edward. Laat het rusten. De woorden van zijn vader dreunden op het ritme van de trein door zijn hoofd. Zijn vader had gebluft. Hij had niet geweten dat mevrouw Cole ervoor had gezorgd dat ze was ontkomen en blijkbaar had zijn mannetje maar half verslag gedaan. Edward kon niet anders dan ervan uitgaan dat ze ontkomen was, want anders… Nee, daar kon hij niet eens aan denken.

Toen de trein vlak voor het station van Edinburgh afremde, versnelde Edwards hartslag. Het was al avond, de schemer had ingezet, maar hij was vastbesloten om Gillian vanavond nog te vinden. Eenmaal buiten keek hij om zich heen. De winkels waren gesloten, maar uit de pubs in de stad klonk geroezemoes. De officiële instanties waar hij zou kunnen informeren naar adresgegevens waren natuurlijk allang dicht. Hij vervloekte zichzelf dat hij in zijn haast Timothy niet had gevraagd naar het adres. Nu dwaalde hij doelloos door de straten. Hij zou navraag moeten doen om erachter te komen waar Gillian was. Hij probeerde een van de pubs. Het was een aangenaam ogende herberg, met op de groene gevel in sierlijke gouden letters TEARIN' THE TARTAN INN. Hij liep naar binnen. Achter de bar stond een grote man met donker krullend haar, helderblauwe ogen en een vriendelijke uitstraling. Zonder introductie vroeg Edward aan de kastelein of de man bekend was met het gezin MacLachlan, bestaande uit zes kinderen van wie de oudste dochter onlangs een betrekking in Engeland had gekregen.

'MacLachlan, meneer? Hebt u enig idee hoe vaak die naam hier voorkomt? De helft van de stad heet MacLachlan.' De kastelein schudde zijn hoofd. ‘U zult wat meer informatie moeten hebben, anders kan ik u niet helpen.’

Meer informatie had hij niet. Teleurgesteld liep Edward weer naar buiten. Hij zwierf een tijdje door de straten, vroeg bij enkele gelegenheden naar een familie MacLachlan met zes kinderen, maar kreeg overal hetzelfde antwoord.

Rond middernacht was Edward moe en mistroostig en bovendien was hij geen steek verder gekomen. Hij liep terug naar de eerste herberg waar hij was geweest en vroeg om een kamer. De kastelein keek even peinzend, mompelde dat hij eigenlijk vol zat, maar dat hij nog wel een kleine kamer vrij kon maken als Edward even kon wachten. Om de wachttijd te verzachten werd er een grote pint voor hem neergezet.

Het was al ver na middernacht toen Edward eindelijk zijn vermoeide hoofd op het te dunne kussen kon leggen. Het maanlicht scheen dwars door de dunne gordijnen van de kleine kamer met niet meer dan een bed, een kast en een stoel, en hij draaide zich een aantal keren om op zoek naar een manier waarop de bulten in het matras niet zo ongemakkelijk lagen. Uiteindelijk viel hij in een onrustige slaap. Hij droomde afwisselend van Gillian en zijn schreeuwende vader, die veranderde in het sombere gezicht van Daniel, en toen hoorde hij opnieuw het fluiten van de trein en werd alles weer donker.

Edward schoot omhoog. Daglicht scheen al door het raam. Hij greep zijn zakhorloge – het was al negen uur. Hij vervloekte zichzelf dat hij zo lang had geslapen. Snel waste hij zich bij de wastafel met het inmiddels koude water dat gisteren voor hem was klaargezet, en hij trok zijn kleding aan. Het ontbijt sloeg hij over, hij betaalde de kastelein en liep de straat op.

Zijn eerste bestemming was het stadhuis, een imposant gebouw dat verscholen lag achter een muur met stenen bogen aan de Royal Mile. Hij laveerde tussen de vele handelaren, venters en inwoners door en liep vastberaden naar binnen. In het holst van de nacht had Edward zich een gesprek met Gillian herinnerd waarin ze vertelde dat haar vader bij een bank werkte. Hij wist de naam van de bank niet meer, maar met deze informatie kon hij wellicht wel een adres achterhalen. Desnoods zou hij alle banken in Edinburgh afgaan, als dat nodig was.

Ongeduldig wachtte Edward tot hij aan de beurt was, waarna hij zijn vraag stelde. Hij negeerde de wantrouwende blik van de man achter de balie en beantwoordde die slechts met indringend gestaar en een handvol muntgeld op het bureau. Dit maakte dat de man zonder verdere vragen op zoek ging tussen de papieren, wat mompelde en toen uit het zicht verdween.

Na enkele minuten kwam de man terug. Hij had zijn kleine brilletje met ijzeren montuur naar het puntje van zijn neus verplaatst en hij keek met een strenge blik over de rand naar Edward. 'Ik heb een adres gevonden van een familie MacLachlan waarvan de man sinds kort bij de Bank of Scotland werkt.'

'Mooi zo.' Edward keek de man ongeduldig aan, waarop deze hem een papier toeschoof. Edwards ogen vlogen over de geschreven regels, waarna hij het papier weggriste, de man bedankte en in volle vaart het stadhuis verliet.

Dit moest het zijn. Edward keek naar het smalle huis dat ingeklemd stond tussen twee identieke huizen. Sterker nog, de hele straat bestond uit dezelfde huizen. Met drie grote stappen liep hij het trappetje bij de voordeur op en klopte een aantal maal dringend op de deur.

Zijn hart bonsde onregelmatig, hij voelde het zweet op zijn voorhoofd en hij hijgde lichtjes, maar hoe hij eruitzag, was op dat moment niet belangrijk. Hij moest weten of dit het adres was van Gillians familie en bovenal of ze er was, of ze veilig was.

Haar broer Graham deed open. Een kort moment was de jongen verrast, maar zijn gezicht verduisterde al snel. 'Ja?'

'Is ze hier? Is Gillian hier?' perste Edward eruit zonder zich druk te maken over formaliteiten.

Hij was een kort moment in tweestrijd, maar toen vernauwden de heldergroene ogen van de jongen – háár ogen – zich. 'Meneer Bellamy, u... u...' Hij slikte moeizaam. 'U bent hier niet welkom, het spijt me.'

Edward wilde hem wel met zijn hoofd tegen de muur slaan en was tegelijkertijd ontzettend opgelucht dat haar broertje voorzichtig genoeg was om niemand te vertrouwen, zelfs hem niet. 'Graham, is ze hier?' vroeg hij daarom nu iets kalmer.

De jongen twijfelde nog altijd zichtbaar. 'Ik... Milord, het is...'

'Ik moet het weten, jongen... Is ze hier?' Edward legde zijn hand op de deur en oefende iets meer druk uit. Als ze hier was, wilde hij naar binnen. Hij wilde haar zien en zeker weten dat alles goed met haar was.

'Sorry, maar ik –'

'Edward?'

Op het moment dat hij haar stem hoorde, sijpelde opluchting door elke vezel van zijn lijf. Met een bleek gezicht en grote ogen stond ze achter haar broertje. Hij ademde uit, liet zijn handen slap langs zijn lijf hangen en was zo vreselijk dankbaar.

Ze was veilig.

'Edward, wat doe je hier?' Gillian keek angstig over zijn schouder de straat in, haar ogen schoten onrustig heen en weer. 'Je kunt hier niet zijn.'

Hij negeerde haar woorden. 'Godzijdank ben je veilig,' verzuchtte hij en hij nam haar van top tot teen in zich op. Ze was precies zoals hij haar herinnerde. Ze droeg een simpele groene jurk en haar rode krullen hingen los over haar schouders. Ze zag er prachtig uit. Maar toen hij beter keek, zag hij de donkere kringen onder haar ogen, haar angstige blik en haar trillende lip. 'Lieve Gillian...' Hij zette een stap naar voren en wilde niets liever dan haar in zijn armen sluiten, maar op dat moment voelde hij een magere hand op zijn onderarm.

'Het is in orde, Graham, het is...' Gillian stopte met praten en keek Edward met grote ogen aan. 'Je kunt hier niet zijn, het is... het is te gevaarlijk.'

'Het komt goed, ik heb voor jou gekozen.'

Haar ogen vulden zich nu met tranen en ze schudde zachtjes haar hoofd. Opnieuw keek ze angstig langs hem en tuurde de straat in. Alsof ze iemand anders verwachtte.

'Gillian?'

Ze keek weer naar hem, maar schudde toen vastberaden haar hoofd. 'Het spijt me, maar ik kan het niet.'

'Gillian?' herhaalde Edward en hij pakte nu haar hand vast. 'Wat bedoel je?'

Ze beet op haar lip, trok haar hand los en schudde haar hoofd. 'Sorry, maar… het kan niet. Je moet teruggaan. Vergeet mij, vergeet dit. Vergeet alles en ga terug naar huis. Je maakt de verkeerde keuze, geloof me.'

Verbijsterd keek hij haar aan. Ze zette een stap achteruit. 'Dag Edward,' prevelde ze toen en ze draaide zich om.

Edward schoot naar voren in een poging haar pols vast te pakken, maar tot zijn grote verbazing en frustratie schoot Graham tussen hem en zijn zus. 'Ze zei nee, dat hoor je toch?' Hij maakte zich groot.

Die jongen had wel lef, dat moest Edward hem nageven.

Edwards blik schoot naar Gillian die wegliep, zij het veel langzamer dan ze zou kunnen. Toen besefte hij het. Ze aarzelde, ze twijfelde. 'Gillian?' riep Edward daarom nogmaals. Hij snapte er niets van.

'Wegwezen!' Graham had het lef verzameld om Edward tegen zijn schouder te duwen, waardoor Edward half draaide en opnieuw zijn evenwicht moest zoeken.

Dat was precies genoeg tijd voor Gillians broer om de deur te sluiten. Edward zette een stap naar voren en bonkte erop. 'Gillian!' Maar toen hoorde hij een zwaar slot draaien en was het stil.

30.

Hij verschool zich in het steegje halverwege de straat en hield de deur van het huis waar Gillian woonde in de gaten. Nog nooit van zijn leven had hij zoiets gedaan. Als een of andere schurk hield hij zich schuil terwijl hij een plan probeerde te bedenken om Gillian opnieuw te kunnen spreken. Hij voelde zich belachelijk, maar tegelijk had hij geen keuze. Iets hield haar tegen en hij zou erachter komen wat dat was. Hij moest haar spreken, of anders haar broer, haar vader of wie dan ook. Als die persoon hem maar kon vertellen wat hier gaande was. Hij was niet naar Edinburgh gekomen om weer weggestuurd te worden. Verdomd, hij had niet alles op het spel gezet om met zijn staart tussen zijn benen terug te keren.

Hij stond daar al uren, maar er gebeurde niets. Edward schudde zijn schouders los, boog zijn knieën en overwoog net om zijn post te verlaten om in ieder geval iets te gaan eten toen de deur opengingg. Een donkere gedaante met een rieten mand om de arm kwam naar buiten, keek om zich heen en daalde toen het trapje af. De persoon droeg een lange mantel, met een grote kap over het hoofd getrokken. Hij vernauwde zijn ogen en keek toe hoe de gedaante zijn kant op liep en… het was Gillian.

Edward schoot naar voren, de straat op. Gillians ogen werden groot toen ze hem in het zicht kreeg, haar lippen vormden een geschrokken 'o'. 'Edward?' Het was meer een fluistering dan iets anders.

Een kort moment was hij bijna beledigd. Had ze echt gedacht dat hij het zo snel zou opgeven? Hij keek haar indringend aan en trok haar toen mee het steegje in. 'Wat is er aan de hand?' vroeg hij zacht, in de hoop haar niet bang te maken. Hij nam haar onderzoekend op. Ze keek inderdaad angstig, maar ze was niet bang voor hém. Er was iets anders. Ze aarzelde. In haar blik woedde een interne strijd die hij niet kon plaatsen. 'Je kunt me alles vertellen.'

Toen sloeg ze haar ogen neer. 'Hij heeft gedreigd mijn hele familie kapot te maken als ik ooit nog met je praat. Hij is erachter gekomen.' Ze aarzelde even. 'Van het geld,' verduidelijkte ze toen.

Edwards keel kneep dicht. 'Mijn vader?'

Gillian beet op haar lip en knikte. 'Toen ik net in Edinburgh was aangekomen, heeft mevrouw Cole me een bericht gestuurd om me te waarschuwen. Je vader heeft gezegd mijn hele familie op te sporen en kapot te maken als ik nog contact met je zoek. We zullen direct op straat komen te staan, mijn vader zal zijn baan verliezen...' Ze schudde haar hoofd. 'Ik... ik kan het risico niet nemen.'

Edward liet haar woorden tot zich doordringen. Hij wist niet of zijn vader zijn woorden waar zou maken, maar hij wist wel dat hij dit niet zou laten gebeuren. Hij zou er alles aan doen om Gillian te beschermen. Hij liet zijn armen om haar middel glijden en tot zijn opluchting stond ze het toe, hoewel ze haar blik nog altijd op de grond gericht hield. Hij bracht zijn vingers naar haar kin, die hij langzaam optilde zodat ze hem aan moest kijken.

Op het moment dat hun ogen elkaar ontmoetten, wist Edward het. Ze verlangde net zo naar hem als hij naar haar en het was alleen de angst voor zijn vader die haar tegenhield. 'Hij kan jullie niets maken, ik zal je beschermen. Jou en je familie,' beloofde hij. Elke vezel in zijn lijf verlangde naar haar, wilde haar behoeden en haar overhalen om haar angst los te laten en te kiezen voor hun geluk.

Ze zuchtte, schudde lichtjes haar hoofd, maar gaf geen antwoord.

Edward pakte haar steviger vast. Hij moest haar overtuigen, want anders... 'Alsjeblieft, denk aan je eigen geluk. Ik geef alles op voor jou, voor ons. En dat zal ik blijven doen.' Hij haalde diep adem. 'Ik heb niets nodig: geen titel, geen geld, geen landgoed. Ik kies voor jou.'

'Dat vindt hij nooit goed,' fluisterde ze; tranen vulden haar ogen.

'Ik zal ervoor zorgen dat hij ons met rust laat. Geef me een week.'

Ze keek hem aarzelend aan, maar hij keek vastberaden terug. Hij zou niet toegeven. Toen gleden zijn ogen naar haar prachtige volle lippen, hij boog naar voren en liet zijn lippen op de hare neerkomen. En ze liet het toe. Zodra ze elkaar vonden, stroomde de warmte door zijn verkilde lijf. Hij zoende haar, toonde haar de liefde en overtuiging die hij voelde en na een paar seconden ontspande ze in zijn armen.

Toen maakte ze zich van hem los. 'Wat ga je doen?'

'Ik ga met hem praten, onderhandelen... ik zal hem dwingen ons met rust te laten. Ik zal doen wat nodig is. En dan kom ik terug,' beloofde hij. Er moest een oplossing zijn. Goedschiks of kwaadschiks. Iets anders was geen optie.

'Hij is gevaarlijk,' prevelde Gillian. 'Ik wil niet dat er iets gebeurt.'

'Dat klopt. Hij is gevaarlijker dan ik dacht, maar hij zal alles doen om zijn naam en status te beschermen, dus ik zal een manier vinden om dit op te lossen. Ik ken hem, Gillian. Ik ken hem beter dan hij zelf denkt. Het gaat me lukken.'

Ze zuchtte, maar hij wist dat hij haar opnieuw voor zich had gewonnen. Nu moest hij terug naar Ridgewood en zijn vader overhalen om hen te laten gaan. En daar had hij alle hulp bij nodig die hij kon krijgen.

'In hemelsnaam, Edward.' Daniel schudde zijn hoofd en keek zijn broer ongelovig aan. 'Heb je enig idee wat je vertrek teweeg heeft gebracht?'

'Ik kan me er iets bij voorstellen,' grimaste hij. 'Maar weet je, het interesseert me niet. Het enige wat mij interesseert, is hoe ik ervoor zorg dat vader ons met rust laat. Hij heeft zelfs gedreigd haar familie iets aan te doen. Hij had er iemand op uit gestuurd om haar wie weet wat aan te doen, Dan. Die man is gevaarlijk.' Edward verlegde zijn blik naar James, die onderuitgezakt naast Daniel zat. James haalde zijn schouders op. Zijn blik gleed afwezig naar buiten. Zijn haar zat warrig en hij had een stoppelbaard. Daniel had behoorlijk wat moeite moeten doen om James te vinden toen Edward had laten weten dat hij zijn broers dringend moest spreken.

Nu zaten ze hier in een donker hoekje van een pub ergens in de buurt van Cambridge. Het was er nietszeggend en armzalig, maar dit was precies het soort locatie dat Edward nodig had gehad voor deze afspraak. Een plek waar ze niet zouden opvallen, waar niemand hen kende en waar ze ongestoord een plan konden maken.

'Vader is buiten zichzelf. En hij…' Daniel aarzelde.

'Wat?' eiste Edward. Als Daniel iets wist, dan wilde hij het horen. Hij had zoveel mogelijk informatie nodig voordat hij de confrontatie met zijn vader aanging. Verliezen was geen optie.

'Hij is iets van plan,' zei Daniel toen. Hij liet zijn blik door de ruimte glijden, alsof ze ook hier niet veilig waren.

'Wat dan?' Edward had niets aan vage zinnen.

'Ik geloof dat hij in het Hogerhuis dingen voor elkaar wil krijgen.'

'Dingen?' Edward trok zijn wenkbrauwen op.

'Ik weet het niet precies. Lord Johnson is in ieder geval al een paar keer op Ridgewood geweest.'

Lord Johnson was al jarenlang de notaris van Ridgewood. Zijn komst betekende inderdaad dat zijn vader plannen beraamde, vergaande plannen. Zou hij zijn woorden waarmaken en Edward onterven? Edward wreef met zijn hand over zijn gezicht. Hij kon niet eens zeggen dat hij het erg vond. Het enige wat hij wilde, was bij Gillian zijn en als dit was wat ervoor nodig was, dan zou hij het zonder protest ondergaan. Hij had liever een leven vol liefde dan een titel, macht en rijkdom. Maar de gevolgen voor zijn broers en iedereen die verder betrokken was bij het landgoed en het huis waren ook verstrekkend. Kon hij zijn handen daarvan aftrekken? Kon hij zijn broers aan hun lot overlaten?

Wat er ook gebeurt, jullie moeten elkaar nooit in de steek laten. Beloof me dat. De woorden van zijn moeder klonken na al die jaren nog altijd in zijn hoofd. Hij wilde zijn broers niet in de steek laten, maar moest het hem echt alles kosten? Had zijn moeder gewild dat hij alles opgaf? Een kans op liefde?

James had nog altijd een afwezige blik in zijn ogen, maar toen ze elkaar een kort moment aankeken, zag Edward dat James dondersgoed wist wat er op het spel stond, wat voor gevolgen dit kon hebben. James klemde zijn kaken op elkaar, een spiertje schoot op en neer.

'James?' Edward keek zijn broer smekend aan. Hij zou alles doen wat hij kon om zijn broers te helpen. Hij zou voor hen door het vuur gaan, maar zijn eigen liefde opgeven... Hij wist niet of hij dat kon. Hij had zoveel jaren van zijn leven gegeven voor het landgoed, aan zijn broers. Hij had zijn broers altijd overal uit de wind gehouden, zodat zij hun eigen leven hadden kunnen leiden – ongeacht wat ze met die vrijheid hadden gedaan. Maar nu...

Het spijt me, moeder.

James staarde terug. Hij las de onuitgesproken vraag in Edwards ogen. Toen haalde hij gelaten zijn schouders op. 'Prima, doe maar. Die man is waarschijnlijk toch onsterfelijk en tegen de tijd dat hij het loodje legt, kan alles alweer anders zijn. De wereld verandert. Dus dat zien we dan wel weer.'

Edward keek zijn broer onderzoekend aan. Nam hij het wel serieus? Toen schudde hij zacht zijn hoofd. Het deed er niet toe. Hij had het antwoord dat hij nodig had om de volgende stap te zetten.

De volgende stap naar een leven met Gillian.

Een leven vol liefde.

Het was tijd om de confrontatie met de graaf aan te gaan.

31.

Het was onnatuurlijk stil op het landgoed toen Edward in de gehuurde auto aankwam. Tot zijn grote afschuw betrapte hij zichzelf erop dat hij indruk op de graaf wilde maken. Hij wilde laten zien dat hij iemand was om rekening mee te houden, dat hij zijn gelijke was en niet langer zijn onderdanige zoon. Edward stapte uit en keek om zich heen. Het was alsof de bladeren aan de bomen waren gestopt met ruisen en de vogels angstvallig hun snavel hielden. Het hele landgoed hield zijn adem in in afwachting van wat de terugkomst van de oudstc zoon van de graaf van Ridgewood betekende. Edward sloot zijn ogen een kort moment en probeerde zijn kalmte te hervinden. Die kon hij goed gebruiken.

De deur van het landhuis vloog open op het moment dat Edward zijn voet op de onderste trede van het bordes zette. Wakefield stond met een ernstig gezicht in de deuropening. 'Uw vader wacht op u in zijn werkkamer, milord.'

Edward slikte en knikte naar de man die altijd als een stille kracht in zijn leven aanwezig was geweest. Hij was dan misschien een trouwe bediende van zijn vader, maar hij had altijd het beste voorgehad met Edward en zijn broers. De man had hart voor het landgoed en daar had Edward alleen maar respect voor.

'Milord?'

Edward hield in bij dat ene woord. Hij draaide zich om naar de oude butler. Ze keken elkaar een paar seconden zwijgend aan.

Maar toen knikte de man kort en hij draaide zich abrupt om. Was het een stille steunbetuiging? Edward wilde het graag denken, want hij kon elke bondgenoot goed gebruiken. Ook al was het iemand die nooit van zijn vaders zijde zou wijken. Het gaf hem net dat laatste beetje moed.

Hij verspilde geen tijd en liep rechtstreeks door naar de werkkamer van zijn vader. Met een diepe ademteug duwde hij de deur open. Zijn vader zat achter zijn bureau op hem te wachten. In de hoek van de kamer zat Lord Johnson, maar Edward besteedde geen aandacht aan de man en richtte zijn blik op zijn vader.

De graaf zag er rustig en zelfverzekerd uit. Hoewel hij zat, leek hij op Edward neer te kijken en in plaats van hem te begroeten, snoof hij enkel en wachtte zwijgend tot Edward tegenover hem kwam zitten. Edward liep naar voren, maar bleef staan. Hij was niet onder de indruk van het machtsspel. Hij hield zijn kin omhoog en wachtte niet af tot zijn vader het woord zou nemen. 'Ik wil dat u Gillian en haar familie met rust laat.'

De graaf keek niet eens op, ordende wat documenten op zijn bureau en schraapte zijn keel. Lord Johnson bewoog onrustig op zijn stoel.

'U hebt het recht niet om haar familie te bedreigen en u stopt daar onmiddellijk mee,' ging Edward verder en hij hield zijn blik strak op zijn vader gericht.

Die keek nu spottend op. 'Of anders?'

'Anders... Of anders...' Edward had er geen antwoord op. Verdomme.

Zijn vader keek hem vol walging aan. 'Ik kan niet geloven dat je dit doet. Al die jaren heb ik geloofd dat je het in je had. Dat je mijn genen had en een echte man was geworden. Geen dromer. Ik zat er blijkbaar naast. Dat je je als een verliefde idioot zou gaan gedragen zo gauw een vrouw met haar rok naar je zwaait, had ik niet verwacht. Een dienstmeisje nog wel, het laagste van het laagste. Vuilnis. Een hoer. Ze is niets waard. Net als jij. Niets. Helemaal niets,' siste zijn vader nu. Hij liep rood aan en wrong zijn handen zo stevig in elkaar dat zijn knokkels wit zagen.

Edward wist dat hij zich niet uit de tent moest laten lokken. In al die jaren had hij al zoveel van zijn vader te verduren gehad dat zijn woorden hem nu niet meer konden raken.

De graaf hervond zijn kalmte, pakte een document en legde het voor Edward neer. 'Ik geef je een keuze, je laatste kans.' Hij keek over zijn leesbril naar zijn oudste zoon en even dacht Edward een flintertje hoop in de ogen van zijn vader te zien. 'Dit document is allesbepalend. Als ik dit teken, ben je namelijk dood voor de wet. Je bent niet langer mijn erfgenaam, je hebt geen recht meer op de titel, het fortuin, het huis, niets… Je raakt alles kwijt. Je zult dood zijn voor mij. En voor heel Engeland.'

Edward voelde een brok in zijn keel, maar hij slikte hem snel weg. Zijn handen trilden toen hij het document oppakte en doorlas. Onder aan de tweede pagina zag hij verschillende handtekeningen, waaronder die van de premier, het hoofd van het Hogerhuis. Edward wierp een snelle blik op de notaris, die vluchtig knikte.

Dit was dus rechtsgeldig. Zijn vader had blijkbaar al zijn contacten en macht ingezet om Edward officieel te onterven en dood te verklaren. Het was de enige manier waarop Edward en zijn nakomelingen op geen enkele manier aanspraak op de titel en het landgoed konden maken. Waarop hij compleet buitenspel gezet werd.

Hij kon nu nog terug.

Maar zo gauw die gedachte in hem opkwam, verwierp Edward haar weer. Nee. Nee, dit was precies wat hij zo verafschuwde en wat hij niet langer wilde. Hij legde het document terug op het bureau en keek op zijn vader neer.

'Teken het maar,' zei hij vlak. De graaf van Ridgewood koesterde blijkbaar toch nog hoop dat zijn oudste zoon, zijn erfgenaam, dit niet zou doorzetten, want ontzetting schoot over zijn gezicht.

Het bleef een kort moment stil, waarna de graaf het document naar zich toe trok. Hij keek er een paar seconden naar, toen hief hij zijn gezicht op. 'Als ik dit teken, is het klaar met je. Ik hoef je nooit meer te zien. Je zet nooit meer een stap in dit huis, op dit landgoed, of zelfs in Engeland. Zo gauw je je vertoont, zal ik zorgen dat je wordt opgepakt voor fraude en dan verdwijn je de rest van je leven achter de tralies. Je maakt onze familie te schande.' De graaf keek hem trillend van woede aan en zocht naar een reactie die zijn woorden teweeg zouden brengen.

Hij vond niets.

Edward staarde terug. 'Als u mij, Gillian en haar familie met rust laat, dan zult u me nooit meer zien.'

De graaf keek zijn zoon aan en schudde zijn hoofd. 'Je hebt je dwaze keuze gemaakt.' En met een woest gebaar zette hij zijn handtekening.

Edward staarde naar de handtekening op het papier.

Het betekende het einde van dit leven.

Het betekende vrijheid.

'Uit mijn ogen,' zei de graaf zonder op te kijken. 'Verdwijn. Ga maar naar die hoer van je.'

En na die woorden draaide Edward zich om en liep zijn leven uit.

32.

Deze keer duurde de reis naar Edinburgh een eeuwigheid. Edward keek uit het raam van zijn wagon en herbeleefde het afscheid op Ridgewood Hall.

Nadat hij zijn belangrijkste spullen en kleding in koffers had gestopt, had hij afscheid genomen van mevrouw Cole. Het was emotioneel geweest; de lieve vrouw had haar tranen niet kunnen bedwingen en toen hij zijn armen om haar schouders had geslagen, had ze tegen zijn borst gemurmeld dat het stil en koud op Ridgewood zou zijn zonder hem. 'Het is allemaal zo gruwelijk uit de hand gelopen, ik vind het zo vreselijk.' De huishoudster zag ertegen op om alleen nog maar voor de graaf te werken, maar op haar leeftijd zou ze nergens anders meer heen gaan.

'Daniel en James zijn er nog en ze hebben u nodig,' had Edward haar op het hart gedrukt. 'Nu meer dan ooit.'

Ze had geknikt en haar tranen weggeveegd, waarna ze naar hem geglimlacht had. 'Zorg goed voor Gillian, ik zal haar missen.'

'Ik zal goed voor haar zorgen. Misschien… misschien kunt u ons ooit komen opzoeken,' zei Edward tegen beter weten in.

Ze glimlacht triest. 'Ja, misschien wel.'

Het afscheid van zijn broers was een afscheid geweest zoals mannen dat deden. Ze hadden buiten gestaan en elkaar ongemakkelijk op de schouders geslagen. Daniel had de tranen uit zijn ogen geknipperd. Hij keek zijn broer aan en knikte, waarna hij snel wegkeek.

James had gegrijnsd, het was een lege lach geweest. 'Het ga je goed, broer. Tot weerziens.' Of hij de hele situatie onderschatte of bagatelliseerde of zich groothield, was Edward zoals altijd een raadsel. Nu

Edward voor de wet dood was, was James de volgende in de lijn om alles te erven. Edward betwijfelde of zijn vader dat in al zijn woede wel tot zich had laten doordringen. Voor Edward was het een feit dat hij niet meer zou terugkeren naar Ridgewood, of zelfs naar Engeland. Zijn toekomst wachtte op hem in Schotland.

Na wat een reis van dagen leek, maar in werkelijkheid slechts acht uur was, kwam Edward opnieuw aan in Edinburgh. Bij het station huurde hij een rijtuig en hij liet zich ditmaal rechtstreeks naar het huis van Gillians familie brengen. Voordat hij terug zou keren naar Tearin' the Tartan Inn, waar hij voorlopig zou verblijven, had hij iets belangrijks te doen. Hij instrueerde de koetsier om al zijn spullen naar de herberg te brengen, betaalde de man en rende toen met twee treden tegelijk de trap op. Hij hief zijn hand om aan te kloppen. Op dat moment vloog de deur al open en verscheen Gillian met een opgelucht gezicht en tranen in haar ogen. 'Edward, je bent in orde. Wat ben ik blij je te zien!'

Als antwoord sloeg hij zijn armen om haar heen en trok haar tegen zich aan. Hij stak zijn neus in haar haren en de geur van zeep, vermengd met iets bloemigs en iets aards, gaf hem een vertrouwd en warm gevoel.

Het gevoel van thuis.

'Het is klaar,' mompelde hij tegen haar kruin. 'Het is gebeurd.'

Haar lichaam ontspande zich tegen het zijne aan. Daar, op dat moment, was hij gelukkiger dan hij ooit was geweest.

'Gillian, wie is daar?' Er verscheen een lange man in de gang. Hij had donkerblond haar, droeg een overhemd en een broek met bretels. Hij fronste toen hij Edward zag. Zijn blik gleed van hem naar Gillian en weer terug. 'Is dit… Is het…'

Gillian zuchtte lichtjes en stapte uit zijn armen. 'Vader, dit is Edward.'

Het gezicht van zijn vader verzachtte iets, al bleef de frons tussen zijn wenkbrauwen staan. Hij wreef over zijn gezicht. 'Ik geloof dat ik het je op z'n minst verschuldigd ben om je binnen te vragen.'

Edward knikte eerbiedig en stapte naar binnen. Hij liet Gillians hand niet los en volgde haar de kleine woonkamer in. Gillians moeder – de gelijkenis was opmerkzaam – en haar twee jongere zusjes schoten omhoog. 'Milord...' stamelden ze en ze maakten een reverence.

Edward glimlachte vermoeid. 'Het is tegenwoordig gewoon Edward.' Hij kneep even in Gillians hand. 'Ik ben niet langer de zoon van een graaf.' Hij wierp een blik opzij. 'Maar gewoon de aanbidder van uw dochter.'

Gillians moeder wierp een onderzoekende blik op haar dochter, maar toen zij met een blik vol adoratie naar de man naast haar keek, glimlachte ze. 'Ga toch zitten. Wil je een kopje thee?'

De warmte waarmee het gezin hem ontving, was, in tegenstelling tot zijn vorige bezoek, precies wat hij had verwacht van Gillians familie. Hij werd op de bank neergezet en Gillians zusjes Maura en Kitty tuimelden zowat over elkaar heen met vragen, afgewisseld door verheugde blikken. Het duurde niet lang voordat er twee tienerjongens in de deuropening verschenen met daarachter Graham. Alle drie hadden ze eerst een bedenkelijke frons, net als hun vader, maar hoe meer Edward en Gillian vertelden, hoe meer ook haar broertjes opwarmden.

Graham sloeg met zijn kin in de lucht zijn armen voor zijn borst. 'Ik heb altijd al geweten dat Edward een held is. Hij wilde toen ook al helpen.'

Edward schudde zijn hoofd. 'Ben ik niet, verre van zelfs. Dat ik nu hier ben...' Hij slikte moeizaam en dacht aan de mogelijke gevolgen. Toen schudde hij die naargeestige gedachte van zich af. 'Hoe dan ook, ik kan niet meer terug.'

Gillians vader, die tot dan toe voornamelijk zwijgend had geluisterd en geobserveerd, nam het woord. 'Nou, ik werk sinds kort bij de Bank of Scotland, na het gedoe bij mijn vorige werkgever. Ik zou kunnen kijken of ik iets voor je kan regelen daar. Iemand met jouw vaardigheden en capaciteiten zullen ze vast wel kunnen gebruiken.'

Edward knikte dankbaar. Hij had nooit gedacht dat hij ooit een gewone baan zou willen, maar nu hij hier zat, met Gillian naast zich en de kwebbelende familie om zich heen, besefte hij pas dat hij niets liever wilde: een normaal leven met een normale baan. Hij keek even opzij. Met een allesbehalve normale vrouw aan zijn zijde.

Gillian

Ze kon het nog steeds niet geloven en kneep even in zijn hand. Het kneepje dat ze terugkreeg, verzekerde haar ervan dat het toch echt waar was. Edward was hier omdat hij voor haar had gekozen. Al zijn banden met Ridgewood waren verbroken. Hij ging nergens meer heen.

Hij was hier.

Ze waren veilig.

En langzaam begon Gillian te durven dromen van een toekomst samen.

Ze schrok op toen zijn hand uit de hare gleed terwijl Edward zich met een kuchje tot Gillians vader richtte. 'Zou ik u even onder vier ogen kunnen spreken?'

Haar maag buitelde. Vlinders stoven op en haar ogen schoten naar haar moeder, die het tafereel met een gelukzalige glimlach bekeek.

Graham vernauwde zijn ogen. 'Mag ik mee?' vroeg hij toen zijn vader en Edward samen naar de bescheiden werkkamer liepen.

'Jij blijft hier, jongen,' antwoordde zijn vader echter rustig, waarna hij de deur achter hen sloot.

Graham bleef met een frons achter. Het bleef even stil in de woonkamer.

Kitty en Maura giechelden.

Gillian durfde niet eens te denken aan wat haar vader en Edward op dit moment bespraken, maar ze hoopte...

O, ze durfde het haast niet te hopen.

En dus wachtte ze rustig af.

33.

Edward keerde terug met Gillians vader en ging rustig weer op de bank zitten. Hij was zo gelukkig dat hij elk moment uit elkaar zou kunnen knappen, want nu hij wist dat hij haar vaders zegen had, stond niets hem meer in de weg.

Drie keer was scheepsrecht.

Toen het gesprek overging op een ander onderwerp – een roddel die Maura had gehoord over iemand die Edward niet kende, waarna Gillians moeder nieuwsgierig naar voren leunde en de jongens kreunend naar het plafond keken – keek Edward even naar Gillian. Hun ogen ontmoetten elkaar en ze glimlachte nerveus.

'Denk je dat we er even tussenuit kunnen?' vroeg hij zacht.

Gillian keek hem vragend aan, maar knikte toen. Ze excuseerden zich en verlieten de woonkamer terwijl zeven paar ogen hen nieuwsgierig nakeken. Gillian pakte haar mantel en samen stapten ze naar buiten. Ze legde haar hand in zijn elleboog en liet zich door Edward meenemen door haar stad. Ze liepen over de kinderkopjes, over de markt, staken de Royal Mile over en liepen toen de heuvel op, naar het kasteel waar Queen Mary ooit regeerde en dat sinds een aantal jaren opengesteld was voor bezoekers. Onderwijl vertelde Edward over het gesprek met zijn vader, zijn broers en het afscheid. Ze liepen naar de hoge stenen muur vanaf waar kanonnen over de stad waakten. Op die plek hield Edward stil.

Hij keek uit over de stad en ademde de frisse avondlucht in. Hij nam een moment om alles in zich op te nemen.

Hier stond hij dan, in een nieuwe stad en een nieuw land, met naast hem de vrouw die hij liefhad. Hij had geen titel meer, geen landgoed, geen rijkdom en toch voelde hij zich rijker en completer dan ooit tevoren. Hij wendde zich tot Gillian, die net als hij met een glimlach over de stad uitkeek. Hij pakte haar hand en streelde er met zijn duim over om haar aandacht te krijgen. Ze keek met diezelfde glimlach naar hem op, waarna hij ook haar andere hand in de zijne pakte.

'Mijn lieve Gillian.' Hij keek op haar neer en kneep even in haar handen. 'Ik zou nergens ter wereld liever willen zijn dan hier, nu, met jou, want jij bent alles wat ik nodig heb: mijn familie, mijn rijkdom en mijn wereld.'

Gillian keek met glanzende ogen naar hem op en hield haar hoofd iets schuin. Haar handen trilden lichtjes. Hij kneep er nogmaals in. 'Jij bent het beste wat me is overkomen en ik was je bijna kwijt. Dat laat ik niet nog eens gebeuren. Dus ik vraag het je voor de zoveelste keer...' Hij keek haar diep in haar ogen en zijn mondhoek kroop omhoog. 'Lieve Gillian, wil je met me trouwen?'

Haar antwoord kwam niet in de vorm van een woord. Sterker nog, in de minuten die volgden, kwamen ze niet meer aan praten toe, want Gillian sloeg lachend haar armen om zijn nek, trok hem naar zich toe en vertelde hem op die manier alles wat hij moest weten.

Deel 9

HEDEN

34.

Zijn reactie vertelde haar alles wat ze moest weten. Jackson hield fronsend de envelop in zijn handen die Katie aan Flora had gegeven. 'Serieus?' mopperde hij toen hij de inhoud eruit haalde. De kaartjes voor de Military Tattoo.

Een steek van teleurstelling schoot door haar heen. Ze had niet gedacht dat hij het zo vreselijk zou vinden om met haar op stap te gaan, maar het was duidelijk. Direct wuifde ze het idee weg. 'Ik kan ook Ava vragen of anders de kaartjes aan Philip en Mary geven als bedankje. Ik bedoel, je hoeft niet –'

'Ik ga wel mee.'

Dat klonk nog altijd niet alsof hij stond te springen.

'Het hoeft niet,' herhaalde ze nogmaals nadrukkelijk. Hij was opnieuw een stuk gereserveerder dan vanochtend. Het laatste wat ze wilde, was een ongemakkelijke avond met een zwijgende Jackson naast zich. Het zou haar nerveus maken en ze wist toch al niet zo goed wat ze van de hele situatie moest vinden.

Van hem.

Van alles.

Hij zuchtte en zijn blik verzachtte iets. 'Ik ga wel met je mee, ik doe het graag. Het is voor mij ook alweer even geleden dat ik het gezien heb. Het is gewoon…' Hij zocht even naar woorden. Zijn vingers friemelden aan de theedoek in zijn hand. 'Mijn tante is vooral… Nou ja, maakt ook niet uit. Ik ga met je mee. Geen probleem.'

'Weet je het echt zeker?' Flora kon het niet laten om zichzelf ervan te verzekeren dat hij uit vrije wil met haar meeging.

Toen verraste hij haar door zijn hand op haar schouder te leggen.

'Heel zeker.'

De warmte van zijn hand trok door de stof van haar shirt in haar huid. 'Oké.'

Jackson keek op zijn horloge. 'Ik moet echt aan de slag, voordat de drukte in de keuken begint. Maar ik wilde nog voorstellen om morgenochtend na het ontbijt naar het archief te gaan. Kijken of daar nog iets te vinden is.'

Zijn voorstel verraste Flora, juist op het moment dat ze dacht dat hij zich weer voor haar afsloot. Ze nam het aanbod dankbaar aan. Ze wilde zelf dolgraag weten of er nog meer informatie over Edward te vinden zou zijn en vooral waarom hij Engeland had verlaten. Al betwijfelde ze of ze daar zo makkelijk achter zou komen.

De volgende ochtend liepen ze na het ontbijt naar het stadsarchief. Dezelfde man als bij hun eerste bezoek zat achter de balie. 'Kan ik u helpen?' vroeg hij vriendelijk.

'Goedemorgen,' begon Flora. 'Ik was hier een paar dagen geleden ook. U gaf me toen het adres van het huis waar Edward Bellamy had gewoond.'

De man deed zijn bril af en keek van Flora naar Jackson. 'Ja, dat herinner ik me nog. Sterker nog, ik heb me de afgelopen dagen zelfs in de familie Bellamy verdiept.' Hij glimlachte. 'Philip is een goede vriend van me en hij vroeg mijn hulp.'

Flora wisselde een verbaasde blik met Jackson en lachte toen naar de man. 'Dan ben ik u ontzettend dankbaar.'

'Ik doe het graag. Waarmee kan ik jullie vandaag helpen?'

'Wij kwamen eigenlijk vragen of er niet nog meer te vinden is in het archief. Wat dan ook over hun leven. Misschien is er toch nog iets?'

De man schudde zijn hoofd, maar richtte zich wel op het scherm van zijn computer. 'Alles wat er te vinden was, heb ik inmiddels met Philip bekeken en uitgeplozen.' Hij tikte wat in, klikte een paar keer en schudde toen zijn hoofd. 'Edward Bellamy schreef zich zoals gezegd in juni 1904 in op het adres dat ik u de vorige keer heb gegeven. Hij werkte jarenlang bij een bank.' De man kneep zijn ogen tot spleetjes en schoof iets naar het scherm toe.

Flora's hart veerde hoopvol op.

'Kijk, ik kan hier doorklikken naar de gegevens van het gezin, dat hebben we in die stamboom verwerkt. Meneer Bellamy kreeg zes kinderen in totaal, de jongste werd geboren in 1915.'

'Dat is mijn opa,' knikte Flora; ze probeerde haar teleurstelling te verbergen. Hij vertelde haar niets nieuws.

'Maar dit is het digitale archief,' brak Jackson in. Hij schoof iets naar voren, waardoor zijn arm tegen Flora's zij kwam. 'Er is ook een fysiek archief?'

De man keek op en zette zijn bril weer af. 'Ja, we hebben hier ook een fysiek archief, maar dat wordt een hele zoektocht kan ik u zeggen. We hebben hier de basisgegevens ingevuld. Alles waar we niets mee konden of wat zich lastig laat inscannen en niet interessant genoeg is voor een van de musea, leggen we in het fysieke archief.'

'Mogen we daar kijken?' vroeg Flora aan de man en ze wierp een hoopvolle blik op Jackson. De bemoedigende glimlach die hij haar schonk, maakte dat ze kort vergat wat ze hier deed.

'Officieel moet je daarvoor een afspraak maken, maar...' Hij keek even om zich heen. 'Het is niet druk en de baas is op vakantie, dus als je even kunt wachten, mag je van mij zo dadelijk een kijkje nemen.' Hij glimlachte naar hen.

'O, dank u wel, dat zou fantastisch zijn.'

'Verwacht er alsjeblieft niet te veel van. Het is een enorme verzameling documenten, papieren en wat dan ook waarvan we niet zeker wisten wat we ermee moesten.' De man fronste. 'Alles is per decennium ingedeeld. Maar de kans dat je iets relevants vindt, is echt heel klein.'

Bijna zakte Flora de moed weer in de schoenen.

'Maar er is een kans, toch?' zei Jackson.

De man leunde achterover en glimlachte. 'Edinburgh had rond 1904 ongeveer 350.000 inwoners, maar ja, er is een kans.'

Flora keek vragend naar Jackson. Die keek echter naar de man achter de balie. 'Dan willen we graag zelf een kijkje nemen,' zei hij gedecideerd.

De manier waarop hij naast haar stond en belangeloos met haar meeging, deed iets met haar. Hij steunde haar op zoveel meer manieren dan hij zelf besefte. Hij gaf haar houvast. En dat maakte haar doodsbang.

Twee uur, tientallen stoffige stellages en ontelbaar veel dozen later zat Flora mismoedig aan de lange tafel in het midden van de ruimte. Ze waren inmiddels nog de enigen in het archief. Tot een uur geleden had er een oude man kranten zitten doorspitten aan de andere kant van de tafel, maar ook die had na een tijdje ter groet tegen de zijkant van zijn hoofd getikt en was vertrokken.

Flora liet haar hoofd in haar handen zakken en kreunde. 'Dit heeft echt totaal geen zin,' waagde ze eindelijk uit te spreken, nadat de gedachte al ruim een halfuur continu door haar hoofd danste. 'Die man had gelijk, de kans dat we iets vinden, is echt nihil...'

Jackson kwam uit een andere gang gelopen en zette met een plofje een nieuwe doos op de tafel. 'Dat dacht ik dus ook. Maar misschien pakken we het verkeerd aan.'

Ze keek weer op. Jacksons haar was naar voren gevallen en hing nu over zijn voorhoofd en voor zijn ogen. Hij veegde het met een geïrriteerd gebaar aan de kant. 'We zoeken in het eerste decennium van de vorige eeuw, maar ze hebben hier natuurlijk veel langer gewoond. Kijk.' Hij wees op de doos. 'Dit is een doos uit 1915, het geboortejaar van je opa. Misschien vinden we daar iets.'

Flora keek hem wanhopig aan. Ze waardeerde zijn doorzettingsvermogen, maar wat had het voor zin om al deze dozen door te kijken? Ze moest gewoon accepteren dat ze hier niets nieuws ging ontdekken. Dat ze het moest doen met de informatie die ze nu had gevonden en wellicht hopen dat Philip nog iets meer zou ontdekken.

Net toen ze Jackson wilde zeggen dat ze het wilde opgeven, kwam de man van de balie door de grote deur naar binnen. Hij fronste even bij het zien van de vele dozen op de tafel. 'Ik ga ervan uit dat jullie dat allemaal weer netjes terugzetten?'

Flora sprong op. 'Ja, natuurlijk, sorry. En dan zullen we gaan. Ontzettend bedankt voor uw moeite. We hebben helaas niets gevonden, maar u zei het al: een kans van één op 350.000, hè.'

'Nou, dat zei ik niet precies, maar...' Hij liep naar de dozen toe en bekeek de jaartallen. Pas toen zag Flora het briefje in zijn hand. 'Ik heb misschien iets...' ging hij verder, maar hij maakte zijn zin niet af en liep weg van de tafel, een gang in waar ze nog niet waren geweest.

Flora keek Jackson vragend aan. Hij trok zijn wenkbrauwen op en tuurde naar de plek waar de man was verdwenen.

Net toen Flora wilde gaan kijken of de man misschien onwel was geworden – het bleef zo lang stil – klonk er geschuif, gemompel en toen een zachte: 'Aha.'

Een kort moment later verscheen hij weer. Hij zette een grote doos neer, rommelde erin, haalde er een paar dingen uit en stopte ze weer terug. Toen lichtten zijn ogen op en haalde hij een pakketje uit de doos. Het was een stapeltje brieven die met een oud lint samengehouden werden. Met glinsterende ogen bekeek hij het en legde het op de tafel voor hen neer.

'Wat is dat?' vroeg Flora terwijl haar hartslag versnelde en er onwillekeurig een huivering door haar heen schoot.

'Ik ben nog eens in het digitale systeem gedoken en heb alle mogelijke zoekopdrachten gebruikt, ook die van andere familieleden,' zei de man. 'En toen trof ik een aantekening dat er in 1941 een stapel brieven op naam van Edward Bellamy was gearchiveerd. 'Ik weet het natuurlijk niet zeker, maar wellicht is dit wat jullie zoeken.' De man schoof het stapeltje nu naar Flora en gaf haar toen een los, oud uitziend briefje. 'Dit hoort erbij.'

Flora pakte het briefje met trillende handen aan.

Edward,
Ik vond deze tussen de spullen van wijlen mevrouw Cole.
Het ga jullie goed,
Wakefield

Zonder na te denken trok ze de brieven naar zich toe, haalde het lint ervan af en opende de eerste brief. Toen ze de afzender zag, slaakte ze een kreetje en sloeg haar hand voor haar mond. 'Dit is niet te geloven,' mompelde ze terwijl haar ogen zonder aankondiging volliepen met tranen. Snel pakte ze een volgende brief en een volgende. Allemaal hadden ze dezelfde afzender.

Gillian Bellamy.

Haar overgrootmoeder.

'O, ik...' Flora keek op naar de man. 'Dank u wel, dit is het. Dit is... Ik weet niet wat dit is, maar het is iets!' Toen vlogen haar ogen verheugd naar Jackson. Op het moment dat ze zijn oprechte lach zag, sprong ze zonder na te denken op en sloeg haar armen om zijn nek. Hij ving haar op en zijn grote armen gleden om haar middel.

'Goed gedaan, Sherlock,' mompelde Jackson zachtjes bij haar oor.

Plotseling was ze niet meer in staat te bewegen. Ze vergat waar ze was, wat ze deed en had alleen nog maar aandacht voor zijn warme lijf tegen haar aan. Zijn geur omringde haar en...

De man van het archief schraapte veelbetekenend zijn keel.

Flora stapte snel achteruit. Haar wangen werden warm toen ze de blik op Jacksons gezicht zag. Snel wendde ze zich van hem af. 'Sorry,' zei ze tegen de man, 'ik liet me even meeslepen.'

'Geen probleem,' antwoordden de beide mannen tegelijk, al keek de archiefman er heel anders bij dan Jackson. Hij schraapte opnieuw zijn keel. 'Ik laat u nog even alleen.'

Maar toen de man de deur achter zich sloot, veranderde de uitgelaten stemming direct. Opgelaten keek ze om zich heen. Ze durfde Jackson amper aan te kijken. Wat moest hij wel niet van haar denken?

Ze pakte snel de stapel brieven op en keek ernaar.

'Nou, waar wacht je nog op, lass?' zei Jackson toen. 'Ga ze lezen.'

Ruim een uur later nam Flora voor het archief ietwat ongemakkelijk afscheid van Jackson, die terug moest naar de B&B, en liep zelf door naar het huis van Philip. Ze wilde hun vondst graag meteen met hem delen, omdat hij tot nu toe zo betrokken was geweest. En bovendien deed ze er alles aan om haar gedachten af te leiden van die spontane omhelzing met Jackson en de blik die daarop volgde.

De oude man was verrast toen ze voor de deur stond, maar toen hij haar gezicht zag en ze alleen maar zei: 'Ik heb iets gevonden,' wenkte hij haar snel naar binnen.

Ze gingen aan de keukentafel zitten en Flora schoof de stapel brieven eerbiedig over de tafel naar hem toe. 'Dit zijn brieven van Gillian, mijn overgrootmoeder, gericht aan ene mevrouw Cole. Van wat ik eruit kan opmaken, was zij de huishoudster op Ridgewood. De brieven waren gebundeld en er zat nog een klein briefje bij.'

Ze schoof ook dat briefje naar Philip toe. Bij het zien van de afzender keek hij verbaasd op. 'Wakefield?' zei hij.

'Uit de brieven maak ik op dat hij de butler van Ridgewood was,' antwoordde Flora snel met een zweem trots in haar stem.

Philip knikte. 'Dat zou goed kunnen. Het frustreert me enorm dat er zo weinig te vinden is over het landhuis in die periode. Maar lass, deze brieven vertellen je dus het verhaal van je overgrootouders? Mag ik ze lezen?'

Flora knikte en wachtte af. Ze had alle brieven gelezen, elk woord verslonden. In de brieven vertelde haar overgrootmoeder hoe ze verliefd was geworden op de zoon van de strenge graaf. Hoe ze elkaar telkens opnieuw opzochten en hoe ze, hoewel ze ertegen vocht, niets anders kon dan voor hem vallen. Ze sprak niet alleen over zijn knappe uiterlijk, maar schreef ook over zijn interesse in haar, zijn liefde voor haar familie en hoe hij beetje bij beetje haar hart stal. Vervolgens bedankte Gillian de oude huishoudster voor haar hulp om te ontkomen aan een man met kwade bedoelingen, waarschijnlijk door de graaf op haar afgestuurd. Ze vluchtte naar Edinburgh, waar Edward haar achterna kwam, met grote gevolgen voor zijn toekomst. Haar overgrootvader had alles opgegeven voor de liefde.

De thee die Mary op een gegeven moment voor hem had neergezet, was koud toen Philip de laatste brief met een zucht neerlegde. Al die tijd had Flora hem verwachtingsvol aangekeken. Hij liet zijn hand op de laatste brief liggen en staarde ongelovig naar het stapeltje. 'Ze zijn dus gevlucht,' mompelde hij terwijl hij verwerkte wat hij zojuist had gelezen. 'Edward en Gillian zijn gevlucht, omdat ze verliefd op elkaar waren, een verboden liefde. De zoon van een graaf die trouwde met een dienstmeid, dat was natuurlijk een schande. En van wat ik hier lees, heeft de graaf van Ridgewood ook echt alles willen doen om dat te voorkomen. Hij had immers al geregeld dat Edward met Guinevere zou trouwen.' Toen keek Philip op. 'De graaf was blijkbaar erg gebrand op een verbintenis met die familie.'

Flora schudde verbijsterd haar hoofd: de graaf had die arme Gillian dus echt iets willen aandoen om maar te voorkomen dat zijn zoon met haar zou trouwen. Het was tevergeefs geweest, zoveel was haar nu duidelijk, want ze wisten dat Gillian en Edward een gelukkig leven hadden opgebouwd toen ze eenmaal in Edinburgh terecht waren gekomen.

Gillian bedankte mevrouw Cole in haar brieven voor haar hulp en haar steun en ze bleef herhalen dat het zonder haar heel anders had kunnen aflopen. De brieven waren in de loop van de jaren minder frequent geworden. Haar overgrootmoeder had haar oude bazin niet vaak meer geschreven, soms zat er zelfs een paar jaar tussen, maar elke keer als er gezinsuitbreiding was, werd mevrouw Cole op de hoogte gesteld van het nieuwe gezinslid en vertelde Gillian hoe het haar, Edward en de kinderen verging. Ook de geboorte van opa Graham werd beschreven. Hij was hier in dit huis geboren en Edward was extra verheugd geweest over het feit dat het een jongetje was. 'Nu is het genoeg hoor,' had Gillian geschreven, en blijkbaar had haar lichaam dat ook gedacht, want na opa Graham waren er geen kinderen meer geboren.

Ze tuurden naar de data van de brieven. Ze hielden op in de periode van de Eerste Wereldoorlog. Gillian had mevrouw Cole geschreven dat Edward aan het front meevocht en dat ze vreesde voor zijn leven.

Flora keek op. 'Hij overleefde het, toch?'

Philip knikte met een glimlach. 'Je overgrootvader kwam ongeschonden uit de oorlog en is oud geworden in dit huis.'

Ongelofelijk. Flora staarde naar de brieven en dacht na over alles wat ze vandaag te weten was gekomen. Ze wist nu zoveel meer, maar toch was er nog zoveel onduidelijk. Want hoe kwam het dat het landgoed niet langer bij de familie hoorde? Wat was er van James terechtgekomen en waarom was daar zo weinig over te vinden? Zou ze daar ooit achter komen of was dit alles wat er nog was aan informatie over haar familie?

Ze zou het voor nu hiermee moeten doen. Het was al meer ze had durven dromen en het gaf haar genoeg om over na te denken. Geheel in gedachten verzonken dronk ze nog een kop thee en daarna nam ze afscheid van het oudere paar met de belofte snel weer langs te komen.

Flora wilde niet meteen terug naar de B&B. Ze had tijd nodig om na te denken over alles wat ze nu wist en wat er was gebeurd. Ruim twee uur slenterde ze door de National Gallery. Het was binnen vreemd rustig in vergelijking met de drukke straten van de stad door The Fringe. Vanaf een bankje staarde ze naar het schilderij voor haar terwijl ze de serene sfeer van het museum over zich heen liet glijden. Mensen liepen zwijgend voorbij of fluisterden met elkaar om de stilte niet te verbreken. Soms ging er iemand naast haar zitten, maar een groot deel van de tijd zat ze daar alleen. Voor haar hing een imposant schilderij van een edelhert met een grote, gouden lijst eromheen. Het was zo realistisch geschilderd dat het net een foto was. Ze wist niet waarom, maar het fascineerde haar en maakte haar rustig. Haar gedachten gleden naar haar moeder.

Want als er iets was wat ze op dit moment nodig had, dan was het wel iemand die haar kon helpen om haar gedachten op een rijtje te zetten. Door alle ontdekkingen en uiteenlopende emoties was het een chaos in haar hoofd. Opnieuw voelde ze Jacksons handen om haar middel... Ze kneep even in de stof van haar broek. Jarenlang was dit zo'n moment geweest dat ze haar moeder belde om haar hart te luchten en hoewel ze haar altijd om raad vroeg, wist die vrouw het altijd zo te draaien dat Flora uiteindelijk zelf oplepelde wat ze het best kon doen.

Maar ze kon haar niet meer bellen. En nu wist ze niet meer wat ze het best kon doen. Tranen prikten achter haar ogen. Snel richtte ze haar blik weer op het edelhert.

Rustig.

Telkens opnieuw kalmeerde ze haar razende gedachten door naar de afbeelding van het hert te kijken. Het temperde haar gedachten over haar moeder, over Stan die plots weer in haar gedachten opdook, over haar leven en haar werk, over hoe eenzaam ze zich de dagen rondom de uitvaart had gevoeld en hoe ze zich, gek genoeg, zo op haar plek voelde hier in Edinburgh. Als vanzelf dacht ze weer aan Jackson. Ze kreeg maar geen hoogte van hem. Zijn wisselende stemmingen maakten haar onzeker. Het ene moment was hij charmant en vriendelijk en keek hij haar op die bepaalde manier aan, precies zoals hij haar vanochtend aankeek toen ze hem omhelsde. Maar het andere moment was hij juist stil, gereserveerd en kortaf en leek het alsof hij niet wist hoe snel hij bij haar uit de buurt moest komen.

Maar er waren nog belangrijkere vragen die door haar hoofd spookten. Hoelang wilde ze hier nog blijven? Was het echt zo belangrijk om te achterhalen waarom Edward naar Edinburgh was gekomen of was het slechts een excuus geweest om het echte leven te ontwijken, om bepaalde confrontaties uit de weg te gaan? Wat wachtte haar in Nederland? Mensen die haar hadden teleurgesteld, een groeiende wachtlijst, een verlaten huis aan de Amstel...

Rustig.

En wat zei het dat ze het liefst alles wat ze ontdekte en meemaakte als eerste met Jackson wilde delen? Waar was ze mee bezig? Ze was hiernaartoe gekomen om alleen te zijn, rust te vinden en wellicht wat antwoorden met betrekking tot de geschiedenis van haar familie. Niet om zich halsoverkop in een nieuwe romance te storten, waarvan ze eerlijk gezegd niet eens wist of de andere helft daar wel op zat te wachten.

Ze knipperde en keek weer naar het schilderij. Het edelhert straalde zoveel rust en vertrouwen uit. Alsof er niets was wat hem uit het lood zou kunnen slaan. Flora bewonderde het dier erom, ze wilde dat zij zelf ook standvastiger was. Ze kon niet ontkennen dat ze gevoelens voor Jackson had. In slechts een paar dagen had hij iets in haar weten te raken. Zijn rust suste haar onrust. Zijn vriendelijke blik liet al het ijs rond haar hart smelten. Maar op dit moment wist ze niet zeker of ze zich wel voor de liefde kon openstellen.

Het was wat frisser geworden toen Flora uiteindelijk weer buiten was. Donkere wolken trokken samen. Het zou niet lang duren voordat het zou gaan regenen, maar ze was er inmiddels aan gewend. Het hoorde bij de stad, net zoals zijn mensen en zijn grijze straten. Het was een lange dag geweest en ze was moe, ze verlangde naar haar bed.

Op dat moment hoorde ze het geluid van een bericht op haar telefoon. Al lopend keek ze op het scherm. Haar huid begon te tintelen toen ze de afzender zag.

Hallo Flora,
Wat een bijzonder bericht. Mijn moeder heette inderdaad Lily en na wat navraag weet ik nu dat haar oma Elizabeth heette. Ik ben erg benieuwd naar het boek waar je over schrijft. En… ik ben benieuwd naar jou, want als ik je goed begrijp, zijn we familie van elkaar. Ik ben een alleenstaande moeder met twee kinderen, dus ik ben helaas niet zo flexibel als ik zou willen, maar als je ooit in Londen bent, zou ik graag kennis met je maken. Je bent van harte welkom. Ik kijk naar je komst uit.
Liefs,
Rose Hall

35.

Ze had wel tien verschillende reacties bedacht en een aantal zelfs getypt, maar ze had ze ook allemaal weer verwijderd. Dus toen Flora die avond met Jackson naar het kasteel liep, had ze nog altijd geen reactie naar Rose gestuurd.

Flora voelde een bepaalde verwachting bij het lezen van Roses bericht, alsof ze precies op het juiste moment een handreiking had gedaan naar de jonge vrouw. En dat maakte haar nieuwsgierig.

Maar goed, ze had nu andere dingen aan haar hoofd. Flora schudde de gedachten aan Rose en Londen van zich af. Vanavond wilde ze er even niet over nadenken. Morgen keek ze verder, dan zou ze keuzes maken over haar verblijf hier en de nabije toekomst. Ze wierp een zijdelingse blik op Jackson. Hij was weer zwijgzaam en misschien was dat maar beter ook. Des te makkelijker zou het zijn om straks afscheid van hem te nemen. Wat ze ook voor hem voelde, er was op dit moment geen plek voor hem in haar leven. Het was te snel en te veel en bovendien woonde hij te ver weg. Hoe ze het ook wendde of keerde, haar leven was in Nederland. Daar zou ze naar terugkeren en daar zou ze opnieuw iets opbouwen.

'Deze kant op.' Jackson gebaarde naar rechts en liep bijna tegen haar aan, omdat ze zo in gedachten was verzonken. Ze veranderde snel van richting, waarbij zijn hand over haar rug gleed in een vriendelijk gebaar om haar de juiste kant op te dirigeren.

Toen zijn hand bleef liggen, werden haar wangen warm. Op het moment dat hun ogen elkaar ontmoetten, kroop zijn mondhoek iets omhoog. Verdorie. Wat had ze nu net afgesproken met zichzelf?

Flora's maag maakte een eigenwijs pirouetje en ze versnelde haar pas om het moment te verbreken. Ter afleiding rommelde ze in haar tas, op zoek naar de kaartjes, toen de entree in zicht kwam. 'We zitten op rij 14, stoel 24 en 25.'

Pas toen ze hem weer aankeek, zag ze dat hij haar onderzoekend opnam. Even leek het alsof hij iets wilde zeggen, maar toen knikte hij en liep naar een van de poortjes. Ze lieten hun kaartjes controleren en zochten hun plekken.

Flora was nog nooit bij een militaire parade geweest en het klonk haar eerlijk gezegd een beetje duf in de oren, maar het was volgens Katie hier in Edinburg hét evenement van het jaar, dus ze liet zich verrassen.

Aan weerszijden van het grote plein stonden tribunes, die inmiddels zo goed als vol waren. De meeste bezoekers hadden poncho's aan en Flora wierp een angstvallige blik op de open hemel. Als het zou gaan regenen, waren ze de klos.

'Het blijft droog,' klonk het naast haar. Ze keek hem eindelijk weer aan, maar hij keek nu juist naar het verlichte kasteel. Paarse en blauwe schijnwerpers wierpen sprookjesachtige schaduwen over de stenen, terwijl op de borders rijen met toortsen flakkerden. Hij knikte ernaar. 'Dat beeld verveelt nooit.' Ze kon niet anders dan dat beamen en ze keken er in stilte naar totdat de show begon.

Een taptoe bleek zoveel meer dan ze had verwacht. Een indrukwekkende parade met marcherende muzikanten, allemaal in uniform, wisselden af met prachtige choreografieën van muzikanten die in ingewikkelde patronen door elkaar heen liepen, maar geen moment uit de maat raakten. Er was vuurwerk, er werden traditionele Schotse dansen opgevoerd, er was muziek en het duurde niet lang voordat Flora alles om zich heen vergat. Ze liet zich meevoeren door de indringende klanken van de doedelzakken, de opzwepende drums en de ingewikkelde patronen die de tamboers met hun stokken maakten.

Maar toen een ensemble uit de poort van het kasteel marcheerde en de eerste klanken van 'Scotland the Brave' klonken, werd ze overvallen door een golf emoties. Bij het horen van het lievelingslied van haar opa begon haar neusbrug te tintelen. Plotseling opkomende tranen vertroebelden haar zicht. Ze knipperde snel om ze terug te dringen, maar dat maakte juist dat de tranen nu tussen haar wimpers door druppelden. Flora perste haar lippen op elkaar en trok voorzichtig haar neus op in een poging haar verdriet te verbergen. En op dat moment sloot Jacksons hand om de hare. Zijn huid voelde warm. Toen zijn vingers zich met de hare verstrengelden en hij kort in haar hand kneep, schroefde haar keel helemaal dicht.

Hij zei niets, hij deed verder niets, hij liet haar simpelweg weten dat hij er voor haar was. En terwijl muziek door de nachtelijke hemel klonk, probeerde Flora uit alle macht te voorkomen dat de barsten verder braken en ze in scherven uiteen zou vallen. Maar ze miste haar ouders opeens zo erg dat het pijn deed in haar borst en ze verlangde zo naar liefdevolle troostende armen om zich heen. Ze had zich zo alleen gevoeld de afgelopen maanden, zo alleen op de wereld en nu...

Zijn duim streek zachtjes over de rug van haar hand. Zijn kleine gebaren maakten dat haar vastberaden hart begon te wankelen, het smeekte haar om hem toe te laten. Om hem aan te kijken en zich door hem te laten troosten.

'Hé,' hoorde ze Jackson zachtjes zeggen en hij kneep even in haar hand. Ze kon hem niet aankijken, ze wilde niet...

'Hé, Flora, kom...' prevelde hij zachtjes. Hij veegde de tranen van haar wang en dwong haar om hem aan te kijken. Ze klemde haar kaken op elkaar terwijl ze haar hoofd schudde. Als hij haar zo aankeek, raakte ze alle realiteitszin kwijt.

'Flora, stop met denken.' Hij keek haar indringend aan. Zijn duim gleed over haar wang en hij glimlachte somber. 'Je mag verdrietig zijn. Dat is niet erg.' Jackson verschoof iets, sloeg toen zijn arm om haar schouders en drukte haar zacht tegen zijn borst aan. En na een korte aarzeling liet Flora hem met een zucht toe. Langzaam wiegde hij haar heen en weer terwijl hij onverstaanbaar Schotse woorden in haar haar mompelde en met zijn hand over haar rug wreef. Er was nu geen houden meer aan. De tranen stroomden over haar gezicht. 'Het is oké,' hoorde ze hem herhaaldelijk zeggen. Langzaam, terwijl minuten voorbijgingen, droogden de tranen op en kalmeerde Flora weer. Zijn geur stelde haar gerust, zijn aanraking verwarmde haar en zijn zachte woorden braken steen voor steen de muur af die ze zo zorgvuldig overeind probeerde te houden. Beetje bij beetje kreeg Flora weer oog voor haar omgeving. De fanfare was allang doorgegaan naar het volgende nummer.

Flora kwam omhoog en schoof beschaamd ietsje opzij. Ze durfde Jackson niet aan te kijken, dus zocht ze in haar tasje naar tissues, geen overbodige luxe op dit moment. Ze depte haar gezicht af, snoot haar neus en haalde diep adem. Godzijdank was het donker, dat zou haar toestand enigszins verhullen. Toen ze eindelijk de moed vond om naar hem op te kijken, was ze totaal niet voorbereid op de blik in zijn ogen. Diezelfde blik als die ochtend.

Toen klonk er een luide knal: duizenden sterren schoten door de lucht, gevolgd door sierlijke rode en paarse krullen. Het overweldigende vuurwerk dat volgde, verlichtte de hemel en het kasteel. Het maakte bovendien dat Flora eindelijk weer glimlachte.

Met diezelfde glimlach keek ze naar Jackson, die op zijn beurt ook naar haar lachte. Zijn hand sloot opnieuw om de hare, veilig en vertrouwd. En ze wilde niets liever dan dit gevoel, dit moment vasthouden.

Bij de volgende knal tilde Jackson haar kin op en keek in haar ogen. Toen gleed zijn blik naar haar lippen. Een opgewonden tinteling gleed door haar lijf. Het tintelende gevoel vulde haar van kruin tot tenen toen hij langzaam naar voren leunde terwijl hij haar bleef aankijken, op zoek naar een antwoord op een onuitgesproken vraag. Hij kneep zachtjes in haar vingers en Flora kon niets anders dan hem blijven aankijken. Moest ze dit wel doen? Wat als het misging? Wat wilde hij precies van haar? Wanneer zou ze hier weggaan? Hoe kon ze... Het werd stil in haar hoofd, want ze dacht op dit moment nog maar aan één ding: ze wilde niets liever dan deze man, die haar troostte, die haar zo aankeek, die haar het gevoel gaf dat ze leefde en niet alleen was. Ze wilde hem. Haar lippen gingen langzaam uiteen en haar maag maakte een verwachtingsvolle draai op het moment dat zijn mond de hare raakte.

Flora sloot haar ogen en stond zichzelf toe om kopje-onder te gaan in zijn warmte. Zijn lippen op de hare gaven haar een gevoel dat ze de rest van haar leven zou koesteren.

Ze bracht haar vrije hand naar zijn wang, streelde met haar vingers over de stoppels, waarna ze haar hand in zijn nek legde, hem dichter tegen zich aan trok en de wereld om hen heen compleet verdween.

36.

Flora keek vanachter het muurtje naast de kanonnen uit over de stad. Honderden kleurrijke lichten schenen haar tegemoet en vertelden haar dat de stad leefde, ondanks het nachtelijke uur. Verkeer reed af en aan en ze tuurde ernaar terwijl ze haar wervelende gedachten probeerde te ordenen.

Ze voelde hem achter zich. Hij zweeg, wachtte af tot ze er klaar voor was. Klaar voor wat er dan ook zou volgen. Hij gaf haar de regie, maar eerlijk gezegd wist ze op dit moment niet wat ze ermee moest.

Hun handen waren ineengestrengeld gebleven tot aan het einde van de show. Ze had tegen hem aan geleund en genoten van zijn arm om haar heen, de geborgenheid die hij haar bood. Maar nu de show afgelopen was, nam het echte leven haar gedachten weer over. Ze kon niet blijven dromen, ze moest realistisch zijn. Na nog een laatste blik op de stad onder haar slaakte ze een zucht en draaide zich naar hem om.

Het was prachtig. Hij was prachtig. Met op de achtergrond het verlichte kasteel stond hij met zijn handen in zijn zakken naar haar te kijken. Zijn donkere haren krulden over zijn voorhoofd, zijn blauwe ogen glansden en om zijn lippen speelde een voorzichtige glimlach. Hij wendde zijn blik van haar af en keek nu naar het uitzicht. Alsof hij aanvoelde dat zelfs oogcontact haar van de wijs bracht.

'Mooi hè,' was het enige wat hij zei.

Dankbaar draaide ze zich weer om. 'Ja, dit is mijn favoriete plekje geworden.'

Ze voelde dat hij een stap naar haar toe zette. En toen nog een. En het feit dat ze bleef staan, was haar antwoord.

Op het moment dat zijn armen langzaam om haar heen gleden en zijn borst haar rug raakte, zuchtte haar lichaam van opluchting. De spanning gleed van haar schouders en een kort moment stond ze zichzelf toe om te genieten van zijn warmte die haar omhulde.

Zwijgend keken ze uit over de stad. De stilte duurde minutenlang en net toen Flora zich afvroeg hoe ze vanaf hier verder moesten, begon hij te praten. 'Ik had niet gedacht dat het nog kon.'

Ze hoefde niet te vragen wat hij bedoelde. Ze wist het. Ze begreep het. Ze draaide zich naar hem toe om hem aan te kijken. Hij bleef echter voor zich uit kijken en sloot kort zijn ogen. Toen hij ze weer opende, keek hij naar haar. 'Ik had niet gedacht dat ik nog eens liefde zou kunnen vinden.'

En op het moment dat hij die woorden zei, besefte ze het. Het begon ergens in haar maag en kroop omhoog. Het kneep haar keel dicht en ze voelde kriebels in haar neus. Het maakte dat ze een stap naar achteren zette.

Zijn woorden raakte haar. Ze snakte zo naar liefde, naar genegenheid, naar de warmte die hij haar bood, maar het was veel te snel. Ze was nog niet over Stan heen, ze rouwde om haar moeder. Ze was verdrietig en alleen, en...

Nog een stap naar achteren.

Jackson keek haar aan. 'Wat gaat er toch allemaal in dat koppie van je om?'

Ze schudde haar hoofd. Ze kon het hem niet zeggen, want ze wist het zelf ook niet meer. 'Sorry,' fluisterde ze daarom alleen maar.

Haar voeten dwongen haar om om te draaien. 'Het spijt me.' En na die woorden begon ze te lopen en ze liet hem achter.

Hem, en een nieuwe kans op liefde.

Ze liep en liep en ze wist niet eens waarheen. Ze kon niet terug naar de B&B, nog niet. Niet voordat ze antwoorden had op de talloze vragen die door haar hoofd zoemden. Kon ze opnieuw openstaan voor de liefde? Was het te snel? Wat als het misging? Was het opnieuw een vlucht? Het beeld van zijn gekwetste gezicht spookte door haar hoofd.

Ze was het hem verschuldigd om hem een antwoord te geven. Welk antwoord dan ook.

En zolang ze dat antwoord niet had, zou ze blijven lopen…

Het was al ver na middernacht toen ze zichzelf binnenliet. Alles was donker en de pub was leeg. Ze liep de gang in en de smalle trap op terwijl ze probeerde zo min mogelijk geluid te maken. Ze was halverwege de treden toen ze een deur hoorde opengaan. 'Flora?'

Ze draaide zich om. Jackson stond in de gang. Hij was blootvoets, droeg een pyjamabroek en daarboven een grijs shirt dat strak om zijn borst spande.

'Ja?' fluisterde ze.

Het bleef even stil.

'Fijn dat je terug bent.'

Haar hart maakte een vrije val. Ze slikte moeizaam. 'Ik… ik spreek je morgen, goed?'

Hij keek haar nog even onderzoekend aan. 'Alles oké?' Ze knikte, waarop hij berustend terug knikte. 'Oké. Welterusten dan.'

Opgelucht haalde Flora adem toen hij zich omdraaide en weer verdween. Ze kon het niet. Nog niet. Ze kon de confrontatie nog niet aan. Ze had uren door de stad gelopen, door de donkere straten gedwaald en was opgegaan in het uitgaanspubliek. En met elke stap die ze had gezet, was duidelijker geworden wat ze moest doen.

De volgende ochtend kwam Flora pas laat beneden. Ze had een onrustige nacht gehad, was al uren wakker, maar had dit moment zo lang mogelijk uitgesteld.

Toen ze de ontbijtzaal passeerde, kwam Chrissie net naar buiten. '*Mornin'*, lass.' Ze glimlachte. 'Ik heb je gemist vanochtend. Wacht even, ik heb nog wat broodjes voor je bewaard. Je hebt vast honger.' Ze verdween om snel terug te komen met een servetje met daarin twee belegde broodjes.

Flora nam de broodjes dankbaar aan en liep naar de binnentuin, waar ze op het bankje ging zitten. Toen ze omhoog tuurde, zag ze dat de zon weer scheen. Ze sloot haar ogen en liet de warmte over haar huid glijden. Daarna pakte ze haar telefoon en terwijl ze naar het bericht van Rose scrolde, nam ze een hap van een van de broodjes.

Ze had hier de hele nacht over nagedacht. Ze moest dit doen, voor zichzelf.

Ze typte het bericht, verstuurde het en at daarna in de serene stilte van de tuin haar broodjes op.

Een geluid bij de deuropening verbrak de stilte en maakte dat ze opkeek.

Jackson keek haar vragend aan. 'Mag ik?'

'Het is jouw binnentuin,' glimlachte ze.

'Dat bedoel ik niet, dat weet je.' Jackson keek haar even onderzoekend aan, maar stapte toen de tuin in. Na een korte aarzeling liep hij naar haar toe en nam naast haar op het bankje plaats.

'Ik was bezorgd gisteravond,' begon hij.

'Dat snap ik,' antwoordde Flora snel. 'Het spijt me dat ik ervandoor ging. Ik had...' Ze zocht naar woorden.

'Je had ruimte nodig,' maakte hij haar zin af.

'Ja, inderdaad.'

'En heb je die gehad? Genoeg, bedoel ik?' Hij draaide zijn gezicht naar haar toe en haar hart kromp ineen toen ze hem aankeek.

Ze knikte.

Het bleef even stil. Toen stond Jackson op. 'Kom, laten we een stukje gaan wandelen. Ik wil je iets laten zien.'

Het was alsof hij aanvoelde wat er ging komen. Alsof hij het wist, maar het nog even wilde uitstellen. Wat het ook was, Flora liet zich gewillig meevoeren.

Ze liepen zwijgend door de straten van de stad. Af en toe legde hij zijn hand op haar rug om haar de juiste kant op te sturen of gaf hij kort aan welke kant ze op gingen. Maar verder zeiden ze beiden niets. Ze liepen helemaal tot het einde van de Royal Mile, waar een groot paleis stond. Ze liepen eromheen en vervolgens tot Flora's verbazing een glooiende groene heuvel op. Het was hier rustig. Hier en daar liep een stel of een wandelaar met een hond, maar verder waren ze nagenoeg alleen. Ze slenterden een tijdje over het gras tot ze bij een grote omgevallen boomstronk kwamen die als bankje diende.

Jackson gebaarde haar te gaan zitten en toen Flora dat deed, zag ze het prachtige uitzicht over de stad. Ze snoof de frisse lucht op terwijl ze de zonnestralen op haar gezicht voelde.

Jackson kwam opnieuw naast haar zitten. Er was een frons op zijn voorhoofd verschenen terwijl hij naar het uitzicht keek en zijn mooie blauwe ogen stonden somber.

Ze wachtte af, maar er kwam niets. Net toen Flora moed aan het verzamelen was om dan zelf maar te beginnen, begon Jackson te praten. 'Ik kwam hier vroeger vaak. Met haar.'

Ze wist meteen over wie hij het had.

'Op een van onze eerste dates wandelden we hier. En in de jaren daarna zaten we soms uren hier op deze boomstronk. Soms zonder iets te zeggen, maar meestal kletste ze de oren van mijn hoofd.' Hij glimlachte bij de herinnering, maar daarna kwam de frons weer terug. 'We hadden het vaak over de toekomst, hoe we die voor ons zagen. Niks bijzonders, gewoon huisje, boompje, beestje.' Hij slikte moeizaam. 'We stonden er geen moment bij stil dat die toekomst ons niet gegeven zou zijn. We dachten alle tijd van de wereld te hebben. We zouden mooie reizen maken, de wereld zien en dan samen een gezin beginnen…'

Flora's hart brak. Voordat ze zich kon inhouden, vouwde ze haar vingers tussen de zijne en kneep er even in. 'Het spijt me zo voor je.'

Hij glimlachte, maar die glimlach bereikte zijn ogen niet. 'Toen ze ziek was, echt ziek, stond ze erop dat we hiernaartoe gingen. We zaten hier en ze weigerde terug te gaan totdat de zon volledig onder was gegaan.' Hij wees een kant op. 'Daar gaat de zon onder en dat geeft het beste uitzicht dat je in de stad kunt krijgen.'

Flora volgde zijn vinger en stelde zich voor hoe de zon langzaam zou zakken en de stad in warme kleuren zou hullen voordat ze zou verdwijnen voor de nacht. Ja, ze kon zich voorstellen dat het een fantastisch uitzicht zou zijn.

'Ze liet me beloven dat ik verder zou gaan. Dat ik geen chagrijnige, oude man zou worden.' Zijn mondhoek trok omhoog. 'Ik had moeite om haar die belofte te doen; dat vooruitzicht was op dat moment best aantrekkelijk.' Hij zweeg even voordat hij verderging. 'Ik kon me namelijk niet voorstellen dat ik ooit nog een vrouw zou ontmoeten bij wie ik, net zoals bij haar, meteen wist dat het goed was. Zoiets maak je maar eens in je leven mee.' Hij keek opzij. 'Dacht ik,' voegde hij eraan toe terwijl zijn ogen over haar gezicht gleden. Het leek erop dat hij elke centimeter van haar in zich op wilde nemen. 'Ik kon het eerst niet geloven. Of ik wilde het niet geloven. Het voelde als verraad, want hoe kon ik...' Hij maakte zijn zin niet af en slikte moeizaam. 'Het was alsof ik Abigail zou vervangen als ik het toe zou laten. Dus ging ik je uit de weg, bewaarde afstand. Maar... ik word telkens weer naar je toe getrokken. Ik wil je troosten als je verdrietig bent, met je lachen als je vrolijk bent. En hoe je kijkt als het over je opa gaat...' Hij schudde zijn hoofd. 'Alsof elk puzzelstukje over toen weer een stukje van je hart lijmt.'

Er ontstond een brok in haar keel en de tranen prikten achter haar ogen. Ze kneep nog eens in zijn hand en glimlachte, al kostte het haar ontzettend veel moeite.

Hij keek haar onderzoekend aan. 'En dan is dit het moment dat je mijn hart gaat breken, of niet?' Zijn woorden klonken luchtig, maar zijn gezicht vertelde haar dat hij er allerminst zo over dacht.

'Jackson, ik...' Ze keek hem aan. 'Ik weet niet of ik het kan.'

Hij beet op zijn lip en knikte. Toen wreef hij met zijn vrije hand over zijn gezicht en zuchtte.

Flora schraapte haar keel. Ze wist dat ze hem meer verschuldigd was dan dit. 'Ik kwam hier om te zoeken naar mijn familie, door het boek en de brief hoopte ik hier antwoorden te vinden. Maar eerlijk gezegd wilde ik ook weg van huis. Weg van al het verdriet en de herinneringen na het overlijden van mijn moeder, maar ook mijn verbroken relatie. Ik...' Ze beet op haar lip en keek hem aan. 'Ik heb het gevoel dat ik meer tijd nodig heb. Het gaat allemaal te snel.'

Hij knikte nogmaals en richtte zijn blik op een punt ergens in de verte. 'Het is oké, ik snap het.'

'Stan en ik... Onze relatie is pas een paar maanden geleden stukgelopen en ik had nooit gedacht dat... Nou ja, ik had gedacht dat we samen oud zouden worden.'

'Wat gebeurde er?'

'Hij ging vreemd.'

Jackson keek haar aan en schudde zijn hoofd. 'Wat een sukkel.'

Onbedoeld kwam er een lachje uit haar keel. 'Nogal.' Daarna zei ze niets meer. Ze wist dat ze nog een belangrijke mededeling had en die viel haar zwaarder dan ze had gedacht. Toen ze daar zo zaten, nam de twijfel het over. Was dit de juiste keuze? Naast haar zat een geweldige man, aantrekkelijk, zorgzaam en lief, en hij gaf aan klaar te zijn voor een nieuwe liefde.

En zij...

'Ik ga weg.' Ze kneep haar ogen dicht, bang om de woordeloze reactie in zijn ogen te zien. Hij kneep alleen even in haar hand. Toen ze haar ogen opende, keek hij haar aan en knikte langzaam.

'Ik begrijp het.' Hij zweeg een tijdje en staarde voor zich uit. 'Maar je moet me één ding zeggen. En wees alsjeblieft eerlijk...' zei hij toen.

Ze knikte en keek hem vragend aan.

'Kom je terug?'

En dat was het. Hij gaf haar een kans op vrijheid, op ruimte en rust, maar tegelijkertijd ook op liefde. Wanneer ze er klaar voor was. Op haar moment.

Een warm gevoel verspreidde zich door haar borst en bijna begon haar besluit weer te wankelen. Waarom zou ze in godsnaam weglopen van deze man?

Omdat je het jezelf verschuldigd bent.

Flora keek hem aan, staarde in zijn blauwe ogen en zag alles wat ze nodig had in zijn blik. Genegenheid, geduld, warmte. Ze besefte dat hij waarschijnlijk de meest onzelfzuchtige man was die ze ooit had ontmoet. Hij was bereid op haar te wachten. Totdat hij die woorden had uitgesproken, had ze niet geweten dat dat precies was wat ze wilde. Waar ze op hoopte. Wat ze nooit van hem zou kunnen verlangen.

Ze wilde hem.

En dus knikte ze kort. Een beweging die amper zichtbaar was, maar toen zijn gezicht verzachtte, wist ze dat hij het gezien had.

Ze zou terugkomen. Voor hem.

Maar eerst zou ze zichzelf nog wat meer tijd geven.

'Wanneer vertrek je?'

'Vandaag,' antwoordde ze vastberaden. 'Vanmiddag vlieg ik naar Londen.'

Hij knikte alleen maar. Toen stond hij op en trok haar omhoog. Zijn arm gleed om haar middel en hij trok haar dicht tegen zich aan. Een kort ogenblik stond ze zichzelf toe om hiervan te genieten. Ze snoof zijn geur op terwijl ze haar gezicht in zijn shirt drukte, zijn warme handen streelden over haar rug en toen ze opkeek, keek hij haar met een glimlach aan. Langzaam zakte zijn hoofd, totdat hun lippen elkaar raakten. Het was een kus vol belofte. Een belofte voor de toekomst. Wanneer die ook zou komen.

'Doe wat je moet doen, Sherlock,' fluisterde hij in haar oor nadat hij hun kus had verbroken. Zijn neus gleed langs haar wang. 'Edinburgh en ik zullen op je wachten.'

Epiloog 1

Edward

1915

'Het is een jongetje.' De vroedvrouw kwam met een grote glimlach de slaapkamer uit.

'Godzijdank,' prevelde Edward terwijl hij opgelucht zijn hand over zijn gezicht haalde.

'Ja, godzijdank dat hij helemaal gezond is,' beaamde de vrouw.

Edward keek verstoord op. 'Wat? O ja, dat ook.' De vrouw keek hem even bevreemd aan, maar liep toen met een doek in haar handen naar de waskamer. Edward schoot de slaapkamer in, waar hij Gillian trof met een gelukzalige glimlach op haar gezicht. In haar handen hield ze een klein bundeltje mens, gewikkeld in doeken. Het kind lag met gesloten ogen heerlijk te slapen. Zijn zoon. Zijn derde zoon.

Voorzichtig streelde Edward de donkere haartjes die boven de doek uitstaken en toen glimlachte hij naar Gillian. Ze was bleker dan ooit tevoren en vochtige strengen van haar rode haar plakten aan haar voorhoofd, maar haar ogen straalden. 'Gelijke stand,' fluisterde ze en Edward grinnikte.

'Hoe wil je hem noemen?' Edward streelde een lok haar uit haar gezicht en keek opnieuw naar zijn jongste aanwinst.

'Ik dacht aan Graham, naar mijn broertje.'

Edward knikte. 'Ja, Graham is een mooie naam. 'Graham James Bellamy. Welkom kleine man, jij gaat grootse dingen doen, let op mijn woorden.'

'Mama! Mogen we kijken?' Josie, hun oudste dochter, had de deur al opengegooid, te ongeduldig om het antwoord af te wachten. Niet veel later zaten Edward en Gillian omringd door hun hele gezin op het bed. Edward keek met een glimlach om zich heen. Liefde stroomde door hem heen als hij zijn kinderen om zich heen had. Ze hadden niet veel, maar ze hadden elkaar en dat was het allerbelangrijkst. Dát was rijkdom.

Daar kon geen landgoed tegenop.

Epiloog II

Flora

Flora scande haar ticket en bekeek daarna het bord met de vertrektijden. Haar vliegtuig zou over een halfuur vertrekken, dus ze moest nu echt gaan boarden.

'Flora!'

Dat was vast niet voor haar bedoeld. Flora was immers een echte Schotse naam en niemand zou hier voor haar zijn. Ze trok haar koffer achter zich aan en begon in de juiste richting te lopen.

'Flora!'

Of toch wel? Ze draaide zich om. Katie kwam op haar af. De grote knot op haar hoofd deinde heen en weer bij elke stap en de grote roze lelie in haar haren hing naar de zijkant. 'Flora!' hijgde ze nog eens en toen kwam ze voor haar tot stilstand. 'Ik ben zo blij dat ik je nog even tref.' Ze legde haar hand op haar borst, die op en neer ging in een poging op adem te komen. 'Jackson vertelde me… Hij vertelde me dat je wegging.' De oudere vrouw keek haar nu onderzoekend aan. 'Het verbaasde me eerlijk gezegd, maar toen besefte ik dat het klopte.'

Flora trok vragend haar wenkbrauwen op.

'Het was te snel, dat snap ik ook wel. Maar goed, jij hebt nog een reis tegoed en ik zal hem ondertussen voor je in de gaten houden.'

'Katie, ik weet niet of –'

'Natuurlijk wel. We zien je snel genoeg weer terug. Of Jackson in ieder geval. Maar je bent er nog niet. Stom dat ik dat niet eerder begreep.'

De vrouw sprak opnieuw in raadsels en Flora besloot het te negeren. 'Bedankt voor alles wat je voor me gedaan hebt,' zei ze daarom vriendelijk en toen zwaaide ze met haar ticket door de lucht. 'Ik moet naar mijn gate.'

'Ja, natuurlijk. Het volgende verhaal wacht op je.'

En net toen Flora haar wilde vragen wat ze bedoelde, glimlachte Katie, ze kuste haar op beide wangen en verdween toen net zo snel als ze gekomen was.

Flora schudde met een glimlach haar hoofd. Jacksons tante was een vreemde vrouw.

Maar soms was vreemd zo gek nog niet.

Flora draaide zich weer om en liep naar haar gate, waar het boarden inmiddels al was begonnen. Ze sloot aan in de rij en tuurde door het raam naar buiten, terwijl ze zachtjes meeneuriede met de muziek die uit de kleine speakers in de hal kwam.

Het duurde even voordat ze doorhad welke melodie het was. Maar toen ze het herkende, glimlachte ze. 'Scotland the Brave'.

Ze wierp een snelle blik op de helderblauwe hemel en dacht aan haar opa, haar oma en haar ouders. Ze wist zeker dat ze daar ergens waren en met haar meekeken en zagen hoe ze op zoek ging naar het volgende deel van het verhaal.

Epiloog III

Rose

Rose had wel honderd keer haar bericht naar Flora teruggelezen. Elke keer als ze het las, klonk het in haar ogen nóg triester. Ze kon zichzelf wel voor haar kop slaan.

Ik zou graag kennis met je maken, je bent van harte welkom, ik kijk naar je komst uit.

Jeetje, hoe wanhopig wilde je het hebben?

Ze kreunde opnieuw bij de gedachte aan haar treurige reactie. Ze was verrast geweest toen ze het berichtje via Facebook had gekregen. En eerlijk gezegd had ze meteen een seconde later al willen reageren, maar ze had gelukkig nog de helderheid ván geest gehad om een paar dagen te wachten. De waarheid was dat Rose snakte naar een vriendelijk contact, iemand om mee te praten, over de kinderen, over alle perikelen rondom het werk en… over hém. En als die persoon ook nog eens familie zou kunnen zijn – hoe geweldig zou dat zijn?

'Maaaama!' Ze schrok op van het langgerekte geroep van Miles. 'Kom eeeeeens.' Rose onderdrukte de neiging om met haar ogen te rollen. Miles was al bijna acht en prima in staat zijn weinige huiswerk zelfstandig te maken, maar hij greep elke gelegenheid aan om zijn moeders aandacht van zijn kleine zusje af te leiden.

Ze wierp een blik op Lily, die onverstoorbaar met haar blokkentoren verder ging. De onderste drie blokken stonden akelig scheef op elkaar en het zou dan ook niet lang duren voordat de hele boel zou instorten. Het was een soort Russisch roulette of Lily dan zou moeten lachen of huilen. In tegenstelling tot haar broer had Lily een vurig temperament en daarmee vroeg ze dus ook veel aandacht van haar moeder.

'Maaaamaaaa,' klonk het opnieuw. Rose keek nog een keer snel naar Lily, besloot het erop te wagen en liep naar de kleine hal, waar ze zag dat de deur van zijn slaapkamer wagenwijd openstond.

'Miles, je kunt heel goed zelf die puzzel maken. Juf Lyla hoeft dat toch ook niet meer voor je te doen?'

Hij keek haar schuldbewust met grote ogen aan en schudde toen vastberaden zijn hoofd. 'Nee, jij moet helpen.'

Rose zuchtte, keek op zijn werkboek neer, maar draaide zich vervolgens weer naar Miles toe. 'Als jij nou eens zelf die puzzel maakt, dan heb ik tijd om warme chocolademelk voor ons te maken. Wat dacht je daarvan?'

De ogen van haar zoontje lichtten op en hij trok het werkboek weer naar zich toe.

Lachend liep ze terug naar de kleine woonkamer, waar Lily trots naast een enorme toren stond. 'Kijk, mama!'

'Prachtig meisje, kijk je uit dat je niet –'

Een enorm kabaal volgde op het moment dat Lily met een karatetrap de toren omschopte. Rose beet op haar wang om te voorkomen dat ze moest lachen. 'Hoe vaak moet ik nog zeggen dat je niet mag schoppen, Lily?'

'Maar blokken wel, blokken hebben geen gevoel.'

'Hm.' Rose besloot dat geen antwoord op dit moment beter was. 'Heb je ook zin in chocolademelk?'

'Jaaaaaah!' Opgewonden begon Lily te springen. Rose liep snel naar de open keuken in haar kleine appartement en zette een pannetje melk op het vuur. Vervolgens zocht ze in de kastjes naar het blik cacao, dat ze altijd goed moest verstoppen voor de grijpgrage handjes in dit huishouden.

Toen ze de schepjes cacao in de melk had gedaan en in gedachten verzonken stond te roeren, hoorde ze het geluid van haar telefoon.

Haar hart veerde iets op.

Zou het van hem zijn?

Ze pakte snel de mokken op en zette die op tafel. 'Hier, jongens. Chocolademelk.'

'Ik ben een meisje.' Lily keek haar vermanend aan.

Rose zuchtte enkel en pakte haar telefoon op. Haar hartslag versnelde toen ze een bericht van Flora zag.

Beste Rose,

Wat fijn om van je te horen en wat bijzonder dat we familie van elkaar blijken te zijn. Ik wil me niet opdringen en het klinkt misschien raar, maar als je het goed vindt, kom ik direct naar Londen toe. Ik wil je het boek laten zien, honderdduizend vragen stellen en natuurlijk jou en je kinderen ontmoeten. Kun je me laten weten of het uitkomt en weet je toevallig een plek waar ik kan logeren?

Ik hoop snel van je te horen,

Alle liefs,

Flora

Rose legde haar telefoon weer neer en keek zwijgend toe hoe haar kinderen netjes over hun mok bliezen en voorzichtig nipten van hun warme chocolademelk. Ze wist niet precies waarom, maar ze moest alle zeilen bijzetten om haar tranen te bedwingen. Flora klonk zo... aardig.

'We krijgen bezoek,' verkondigde ze toen vanuit het niets.

Verrast keken Miles en Lily naar haar op. 'Wie dan?' vroeg Miles behoedzaam.

'Toch niet oma Beth, hè?' Lily trok haar neus op.

'Dat is niet aardig om te zeggen, Lily,' antwoordde Rose plichtsgetrouw, al begreep ze goed waarom haar dochter haar oma niet mocht.

Tante Beth had Rose opgevoed, gekleed en te eten gegeven, maar daar was ook alles mee gezegd. Rose had altijd het gevoel gehad dat ze haar tante tot last was en dat Beth haar liever kwijt dan rijk was geweest.

Haar eigen moeder had geen goede band gehad met haar zus. Hun karakters hadden niet verder uit elkaar kunnen liggen. Rose wist dat haar eigen moeder zacht en gevoelig was geweest, een levenslustige vrouw die genoot van het leven. Tante Beth was altijd teruggetrokken en op zichzelf geweest. Ze was erg gelovig en zei altijd genoeg te hebben aan God. En oom Carl natuurlijk. Niet dat die veel inbreng had in het huishouden. Haar oom was vaker weg dan thuis, maar iedereen leek dat prima te vinden. Hij was amper een vaderfiguur voor haar geweest, dus Rose wist eerlijk gezegd niet wat ze miste. Ze had nooit geweten wie haar biologische vader was en tante Beth liet geen moment voorbijgaan om Rose te vertellen dat dat niet zo gek was omdat haar moeder een losbandig leven had geleid.

Rose beet op haar wang en keek naar haar eigen kinderen. Een losbandig leven kon ze dat van haar niet noemen, maar ook zij had tot twee keer toe voor een man gekozen die de benen had genomen zo gauw Rose zwanger bleek te zijn.

Ze waren op zichzelf aangewezen en Rose was te trots om haar tante om hulp te vragen wanneer ze met moeite de huur kon betalen of wanneer Miles een gat in zijn broek viel en daar mee rond moest lopen tot Rose genoeg geld had voor een nieuwe.

Ze wilde geen geld van haar tante. En ook geen hulp. Ze zou het alleen wel redden, met zijn drieën hadden ze alles wat ze nodig hadden: een dak boven hun hoofd, eten op tafel en kleren om te dragen. Met haar twee lieverds kon ze de wereld aan, en die twee... dat was pas echte rijkdom, daar kon niks of niemand tegenop.

'Wie dan?' drong Miles nu aan en Rose knipperde even met haar ogen om zichzelf bij de les te houden.

'Tante Flora.'

Het bleef even stil. 'Tante Flora? Die ken ik niet.' Miles keek bedenkelijk.

'Mama kent haar ook nog niet, maar ze is familie en ze komt op bezoek.'

Daar dacht Miles even over na en toen knikte hij. 'Oké.'

'Ze mag wel in mijn bed slapen,' zei Lily. 'Dan mag ik bij mama in het grote bed.'

Rose lachte en woelde door Lily's donkere haren. 'Wat een slimme dame ben jij toch.'

'Wanneer komt tante Flora?'

Rose keek weer naar het bericht op haar telefoon. Ze had nog niet gereageerd, maar ze wist dat dat niet al te lang zou duren. Ze hoopte zo dat Flora net zo aardig was als ze in haar berichten klonk.

'Heel snel, lieverd,' antwoordde ze daarom. 'Tante Flora komt al heel snel.'

Woord van de auteur

Het schrijven van een (deels) historische roman vraagt meer dan alleen maar je favoriete historische serie nog eens nauwkeurig bekijken. Hoewel ik me als auteur graag onderdompel in zelfverzonnen verhalen en werelden, wil ik wanneer ik een roman schrijf die zich grotendeels afspeelt in een andere tijd en een ander land (en vooruit, een andere klasse dan ik gewend ben) ook eer doen aan de waarheid en de feiten.

Voor het schrijven van deze trilogie heb ik dan ook heel wat uren doorgebracht op het internet, speurend naar de geest van die tijd, de industriële ontwikkelingen en de nieuwste (door stoom aangedreven) technische snufjes. Ik deed navraag bij experts, keek alsnog een aantal historische series (want ontspanning en research gingen nog nooit zo goed samen), dwaalde virtueel door Edinburgh (en gelukkig ook live) en ploos verschillende artikelen uit over het schrijven van historische romans.

Om Edwards verhaal het best uit de verf te laten komen moest ik hier en daar toch de realiteit een tikje oprekken. Zo was het hoogst uitzonderlijk dat een zoon van een edelman onterfd werd. Dat kon inderdaad pas wanneer iemand dood werd verklaard, maar dat was in de meeste gevallen (en dat waren er niet zoveel) pas mogelijk wanneer iemand minstens vijf jaar vermist was. Ik wilde de graaf (en jullie) echter niet zo lang laten wachten, dus ik liet hem extra belangrijk zijn en het (bijna) onmogelijke voor elkaar krijgen: Edward werd voor de Engelse wet doodverklaard.

Verder treffen we Gillian bij het serveren van de maaltijd tijdens het diner waar Edward Guinevere voor het eerst ziet en tijdens het verlovingsbal. In werkelijkheid werden dienstmeiden niet ingezet om het eten op te dienen. Dit was een taak voor de mannelijke bedienden, de zogenaamde *footmen*. De dienstmeiden in Engeland aan het begin van de twintigste eeuw waren met name verantwoordelijk voor het huishouden en de keuken. Maar als ik daaraan vastgehouden had, hadden Gillian en Edward elkaar amper getroffen en was er weinig van het verhaal overgebleven.

Ik baseerde Ridgewood Hall op een bestaand landhuis in Engeland: Montacute House, het huis dat je op de voorkant van dit boek ziet. Montacute House werd gebouwd in 1598 in Somerset en werd de afgelopen decennia zelfs meerdere malen gebruikt voor filmopnames (ik gooi maar even een balletje op…). Wat zou ik er veel voor overhebben om een keer écht door Ridgewood Hall te dwalen, al zal het er dan toch wat anders uitzien dan in mijn hoofd.

Soms is het balanceren op een dun lijntje tussen werkelijkheid en fictie, maar ik hoop vooral dat je hebt genoten van Edwards verhaal en uitkijkt naar de belevenissen van de andere broers.

Dankwoord

'We willen graag een historische trilogie uitgeven, met een duale tijdlijn en we denken dat jij hem moet schrijven.'

Ik had altijd al de wens om een keer een historische roman te schrijven, het was er echter nog nooit van gekomen. Toen HarperCollins Holland me vorig jaar vroeg of ik interesse had om voor hen een duale trilogie te schrijven, pakte ik de kans met twee handen aan. En dat heb ik geweten! Mijn hemel, wat een klus was het om alle verhaallijnen, gebeurtenissen en plotwendingen van drie boeken in één puzzel in elkaar te leggen. De eerste maanden was ik in mijn hoofd alleen maar bezig met alle mogelijke verhalen en personages en kreeg Ridgewood Hall steeds meer vorm, tot het punt dat ik niet eens verbaasd zou zijn als ik het écht in Engeland zou tegenkomen. Ik schreef letterlijk hele behangrollen vol om alle ideeën vanuit mijn hoofd op een logische manier op papier te krijgen. Post-its, notitieblokken, aantekeningen in mijn telefoon: op de vreemdste en ondenkbaarste plekjes in huis kwam je het afgelopen jaar stukjes Ridgewood tegen.

En wat ben ik blij, opgelucht en enorm trots dat de verhalen nu op papier staan en dat Ridgewood Hall én zijn bewoners tot leven zijn gekomen. Toen mijn redacteur mij de prachtige omslagen van de boeken liet zien, drong het echt tot me door: wauw, dit zijn mijn verhalen.

Dit project had aardig wat voeten in aarde en ik heb gelukkig hulp gehad van een aantal lieve mensen, die onmisbaar zijn geweest in het schrijfproces. Allereerst Lisanne, Amber, Soraya, Andere Lisanne en Nina van HarperCollins Holland, die elke versie kritisch hebben meegelezen en hebben meegedacht als ik vastliep in het zoveelste plothole.

Daarnaast had ik voor deze trilogie erg waardevolle proeflezers, die kritisch meelazen, maar tegelijkertijd volop genoten van de verhalen, iets wat mij direct meer zelfvertrouwen gaf om met de volgende broer aan de haal te gaan. Bedankt Ans Vos (yep, moeders!) en Roos Griffioen – *'well done my dear!'* – voor het lezen en genieten. Inge Hagen, extra bedankt voor de vele kilometers in onze benen tijdens het sparren en puzzelen over de verhaallijnen en ook speciale dank aan Priscilla Friesen-Bliek, oprichtster van het Victoriaans Genootschap in Nederland, voor de onmisbare kritische blik op de tijdgeest en alles wat daarbij komt kijken.

Ook nog speciale dank aan schrijfster Evie Dunmore – bekend van haar prachtige Oxford-serie, zeker een aanrader! – voor het sparren in oneindig veel dm's via Instagram. Hoe geweldig is het dat je zelfs met een collega-auteur aan de andere kant van de wereld kunt kletsen over onze gezamenlijke passie: romantische historische verhalen met charmante, aantrekkelijke mannen.

En tot slot kom ik bij jou, lieve lezer. Misschien kende je me al van mijn andere boeken (in dat geval: wat tof dat je ook *Ridgewood Hall* hebt gelezen) of misschien is dit je eerste kennismaking met mij als auteur (in dat geval: aangenaam kennis te maken!). *Ridgewood Hall* is mijn eerste uitstapje naar het historische genre en ik vermoed zomaar dat het niet mijn laatste zal zijn. Mijn andere boeken kenmerken zich door romantiek, humor en eigentijdse verhalen, en voor mij was het een feest en een uitdaging om mijn horizon te verbreden en op deze manier nog meer lezers aan te spreken met mijn verhalen. Ik hoop dat je ervan hebt genoten, daar gaat het voor mij om, en natuurlijk dat je nog even blijft hangen. Want je wilt nu natuurlijk wel weten hoe het de andere broers vergaat, toch?

Liefs,
Marijke

Marijke Vos (1985) is auteur en schrijfcoach. Na een finaleplek bij de schrijfwedstrijd van Chicklit.nl werd ze ontdekt en schreef ze onder andere *Ik pleit voor jou!*, *Wedden dat ik blijf* en *Eens in je leven*. In haar vrije tijd is ze een echte boekenwurm, zorgelijk schoenverslaafde en een ambitieuze wijnfanaat.

Benieuwd hoe het verhaal van Flora en Rose verdergaat?

Je leest het in *Daniels belofte.*

1905

Daniel Bellamy, de jongste zoon van de graaf van Ridgewood, is net begonnen aan zijn veelbelovende carrière als professor op Cambridge. Wanneer hij de mooie Elizabeth ontmoet, weet hij niet wat hij moet denken van zo'n vrijgesproken vrouw die vecht voor haar ambities en gelijke rechten. Maar wat is belangrijker: zijn carrière of de liefde?

Ruim 100 jaar later

Alsof de Londense Rose nog niet genoeg worstelt als alleenstaande moeder met twee jonge kinderen, raakt ze ook haar baan kwijt én zet ze zichzelf voor schut tijdens een lezing van haar favoriete auteur. De schaamte lijkt compleet als ze hem een week later letterlijk tegen het lijf loopt en hij haar herkent. Maar dan krijgt ze onverwacht bezoek van een achternicht met een wel heel bijzonder verhaal over hun familiegeschiedenis…